독자들이 말하는 《밥하는 시간》

이 책은 온전한 집과 밥과 몸을 이루려는 한 사람의 열망과 그 바람의 근원을 치열하게 살펴본 기록입니다. 낡은 집 한 채, 소박한 밥 한 끼에 온 인생과 우주를 담으려는 작가의 이야기가 저를 일깨웁니다.

_변영진(귀촌인, 러시아 문학 연구자)

이 책은 스르륵 넘겨볼 것이 아니라 글자 하나하나 꾹꾹 눌러 읽어야 진한 맛이 우러나는 책이다. 어쩌면 아무것도 아니어서 한없이 가볍게, 어쩌면 온 우주를 담아낸 무게감으로 다가온다.

_밀크티(예스24)

이 그림 같은 글을 따라가다 보면 문득 '나의 집으로 돌아가야 한다'는 자각을 하고야 만다.

_박계해('카페 버스정류장' 대표, 《빈집에 깃들다》 저자)

내 안에서 솟아나는, 뭐라고 말해야 할지 잘 모르겠는, 어쩌면 아주 사소하고 기본적인 것들에 목말라하는 한 생명 자체인 나의 이야기와 생각을 어찌 이리 잘 풀어내었을까요.

_김이희(시인)

누군가와 함께 읽고, 이야기하고, 내 이야기를 만들어 하나하나 살고 싶게 하는 아름다운 책. 삶의 방향을 정하고 정성을 다해 온몸으로 탐구하고 실천해나가는 한 존재의 모습이 감동을 준다. 지리멸렬한 나의 '여기'에 머물며 고개 숙여 들여다보고, 기다리고, 만져보고 몸으로 겪으며 일상에 대한 감수성을 회복하라는 작가의 메시지는 깊은 울림으로 남는다.

_곽경미(국어 교사)

니체는 글로 쓴 모든 것 중에서 오로지 피로 쓰인 것만을 사랑한다고 했다. 《밥하는 시간》은 저자가 피눈물로, 온몸으로 쓴 글이다.

_최정은(사회복지법인 Wing 대표, '곁애' 북토크에서)

솔직하면서 깊이 있는 내용과 문체, 수십 년 만에 훌륭한 한국문학을 접한 듯했어요.

_백영애(전직 교사, 라틴댄스 애호가)

문장 하나하나 바느질하듯 쓴 글, 도서 《실격당한 자들을 위한 변론》만큼이나 삶 전체로 쓴 글. 나의 삶을 돌아보며 깊이 성찰하는 중입니다.

_주은경(참여연대 아카데미 느티나무 원장)

오롯이 밥이 목적이 된다는 걸 생각조차 해본 적이 없었다. 개인적인 이야기임에도 놀라운 공감을 일으키며 영혼을 울린다. 마지막 책장을 덮으며 그게 나의 이야기로 들어앉는 신기한 경험을 한다. 백 년도 더 된 집을 가꾸어 정성껏 밥을 하며 살아가게 된 사람의 일상을 엿보다 보니 내가 되고 싶은 사람의 이미지가 그려졌다. 그저 마음 편하게 존재하는 것으로 의미를 지닌다면 얼마나 든든하면서 따뜻한 삶이 될까.

_나비종(알라딘)

선생님의 책은 내 안에 숨었던 눈물을 흐르게 했고, 희망을 느끼게 해주었어요. 선생님과의 만남은 세상을, 사람들을 다시 믿게 되는 계기가 되었고요.

_윤정원(참여연대 아카데미 느티나무 '제미란의 창조성 놀이학교' 북토크 참가자)

언니가 책을 읽다가 멈칫멈칫, 눈에는 물기가 어리고, 에궁……. "이리 줘 봐, 내가 읽어보게." 언니가 읽던 대목을 내가 읽어보니 나도 모르게 눈물이 먼저 올라와 둘이 마주 보고 웃어요.

_최진아(마을예술가, 상주)

글자 한 자가, 한 단어가, 한 문장이 모두 아포리즘이다. 새기고 음미하고, 향기 맡으며 지니고 싶은 글들이다. 이 책을 읽고 나니, 다시 허물고 지어야 할 내 삶의 모습이 보인다. 살아가는 모든 순간이 마치 남의 인생을 사는 것처럼 그냥 스쳐 지나간 시간이 얼마나 될까? 모든 순간에 집중하는 게, 심지어 밥을 먹는 시간도 그 자체를 즐기는 것이 바로 일상의 성화인 것을, 이제 알게 된다.

_seyoh(예스24)

한 생애가 참 드라마틱했지만 자연과 함께하는 과정은 영화 〈리틀 포레스트〉를 떠오르게 합니다. 작가님의 존재의 기쁨이 묻어나는 미소에서 '삶의 고갱이'가 느껴졌습니다. 일상이 거룩한 공간이 되도록 지금 여기의 삶을 소중히 여기게 하네요. '생명의 명랑성'! 잊지 않을게요. 필사하고 싶은 곳이 정말 많아요!

_전은숙(우분투북스 북토크 참가자)

집의 의미를 이보다 절절하게 느끼게 해준 책은 없을 듯. 영화로 만들면 적어도 2천만 명은 자신들의 이야기라고 공감할 거예요. 생생한 자기 치유서, 최고의 심리학 책이기도 해요.

_한혜규(부부가족상담연구소 소장)

모든 것들이 무르익어서 여기 지금 내려앉은 작은 햇살 한 줄기 속에서도 우주를 발견하는 깊고 평온한 경지가 어떤 건지 보여주셔서 감사합니다.

_박선희(목회자)

나는 모든 게 다 갖춰져 있는데 왜 안착하지 못하고 부유하듯 다른 세상을 그리는 것일까? 그게 내 명상의 화두였다. 책을 읽으며 그 답이 보였다. 내가 '여기'에 발 담그려 하지 않았다는 걸, 내게도 정성스런 밥이 필요함을.

_김현주(영어 교사)

제 마음에 확 다가온 단어 두 개가 있어요. 하나는 '관계의 감수성', 하나는 '아침 공부'예요. 선생님이 자기 자신을 굉장히 꼼꼼하게 탐구했다는 걸 느낄 수 있었어요.

_경미(줌마네 집담회 북토크 참가자)

작고 힘없는 먼지 같은 존재지만 내 안에 이렇게나 커다란 우주가 있다는 것이 느껴지는 공간. 아마 마당 있는 집에서는 그것이 매일 느껴지지 않을까라는 생각이 들었습니다.

_문힐(줌마네 집담회 북토크에서)

읽다 보면 구절구절이 처절할 정도로 아름답다. 무엇보다 '고요'에 대한 저자의 표현에 마음이 꽂혀 아쉬움에 책장 넘기기를 머뭇거렸다. 놀이하듯 밭일하는 할머니의 '단단한 고요', 아이들이 치고 노는 팽이의 '맹렬한 고요', 여름날 벼 가득한 논의 '빽빽한 고요', 고물상 물건들의 '늙음의 고요'. 저자가 고요에 대한 사색을 얼마나 깊이 했는지를 미루어 짐작하게 하는 표현들이었다.

_이경신(철학자, 《죽음연습》 저자)

치열하고 정직한 지난날들에 대한 회한과 성찰의 모습이 문장 하나하나마다 깊이 박혀 있어 글의 힘이 주는 그 이상의 강렬한 생기를 느낀다. 이 책은 경주 남산에서 자연과 흙과 함께한 삶을 통하여 체득한 참자신의 발견에 대한 일종의 신앙고백서라고 할 수 있겠다.

_최병한(경주 음악 카페 바흐 대표)

김혜련 선생님의 글과 일상을 접하면서, 여성임을 부정하고 싶었던 제가 여성성을 받아들이는 저로 변해가고 있습니다. 일상의 옷이 무겁다고 느끼시는 분들에게 꼭 읽어보시기를 권합니다.

_정숙정(세 아이의 엄마이자 사회학 연구자)

* 1쇄가 나온 2019년 여름부터 저자는 서울, 대전, 원주, 경주, 울산, 상주 등지에서 북토크를 열어 독자들의 목소리를 들었다. 책을 읽은 독자들이 직간접으로 전해준 독후감과 온라인 서점 서평을 간추려 정리했다. _편집자

밥

하

는

시

간

밥하는 시간

1판1쇄 발행 2019년 7월 10일
1판2쇄 발행 2020년 1월 31일

지 은 이   김혜련
펴 낸 이   김형근
펴 낸 곳   서울셀렉션㈜
편   집   김희선
교   정   김남희
디 자 인   홍성욱
마 케 팅   김종현, 황순애, 최문섭

등   록   2003년 1월 28일(제1-3169호)
주   소   서울시 종로구 삼청로 6 출판문화회관 지하 1층 (03062)
편 집 부   전화 02-734-9567 팩스 02-734-9562
영 업 부   전화 02-734-9565 팩스 02-734-9563
홈페이지   www.seoulselection.com

밥 하는 시간

김혜련

차례

저자의 말

한 끼의 밥

아침에 밭에서 오이를 딴다. 오이가 햇살을 받아 푸르게 반짝인다. 온몸에 뾰족한 가시를 종종종 달고 있어 찔리면 제법 아프다. 꼭지를 가위로 조심스럽게 자른다. 잘린 꼭지에 푸른 물이 맺힌다. 밭 모서리에는 호박이 숨어 있다. 커다란 호박 잎 사이를 들추면 숨바꼭질하다가 들킨 아이마냥 동그랗고 귀여운 애호박이 얼굴을 내민다.

오이 두 개, 호박 하나를 따서 부엌으로 들어온다. 흐르는 물에 살짝 씻는다. 까끌까끌하면서 단단한 오이의 물성이 손 안에 그득하다. 도마에 올려놓고 칼을 대니 팽팽하고 투명한 속살이 '사각' 하는 소리와 함께 갈라진다. 싱그러운 향이 코를 자극한다. 한 쪽 집어서 먹는다. 입 안에서 터지는 오이의 연둣빛 향기.

갓 딴 애호박이 여린 빛을 반짝이며 도마 위에 놓여 있다.

칼을 대니 마치 허공을 베듯 칼이 들어가는 느낌도 없다. 채소들도 자신을 보호하는 일종의 피부 같은 보호막이 있어, 따거나 썰 때 나름의 저항이 있다. 그런데 오늘 애호박은 아무런 저항도 없이 칼이 그저 '쓰윽' 들어간다. 미처 보호막도 만들지 못한 어린 것을 따온 것 같아 가슴이 잠시 철렁한다.

고춧가루를 조금 넣어 오이를 무치고, 새우젓으로 간을 해 호박 나물을 한다. 그리고 다시 뒷밭으로 나가 고추 몇 개와 쌈 채소들을 따 온다.

유월의 식탁은 달고 풍성하다. 막 맛이 들기 시작한 고추는 매콤하면서도 달콤하고, 상추나 케일 같은 쌈 채소들도 달다. 몇 년 동안 농사 지은 채소를 먹으며 알게 된 것이 있다. 비료로 뻥튀기하듯 키우지 않고 제 힘으로 자란 채소들은 뒷맛이 다 달다는 거다. 처음엔 그 사실이 잘 믿기지 않으면서 신기했다.

"응? 고추가 달콤하네."

"어머나, 상추가 이리도 달았단 말이야?"

채소들을 조금씩 입에 넣고 천천히 오래 씹는다. 입 안 가득 신선하고도 단맛이 차오른다.

이른 봄에 씨 뿌리고 물을 주고, 햇빛과 비를 받고 자라는 모습을 매일매일 지켜본 생명들이 놓여 있는 식탁. 내 손으로 기르고, 내 손으로 거둔 생명을 요리해 차린 밥상. 이 밥을 먹으면서 언젠가부터 내가 든든해지고 있다고 느낀다. 스스로가 소중한 느낌이 든다. 처음 느껴보는 생경하면서도 가슴 벅찬 기분.

그토록 막막하고 공허했던 삶이 어쩌면 아무렇게나 먹은 밥과 깊은 관련이 있을지도 모른다. 밥 먹기를 그리 허술히 하면서 삶이 풍성하길 바랐다니.

밥 경전

평생 허공에 뜬 황망한 삶이

함부로 먹은 밥, 씹지 않고 넘긴 밥, 뒤통수 맞으며 먹은 밥,

물 말아 먹은 쉰밥, 억지로 한 밥, 건성으로 한 밥, 분노로 한 밥,

'지겨워, 지겨워' 하며 한 밥, 울면서 한 밥, 타인의 수고로 먹은 밥,

돈으로 한 밥, 돈 주고 먹은 싸구려 밥……

밥들의 역사였다는 것이

오늘 아침 한 그릇 밥에 말갛게 드러나네.

스스로를 위해 정성 들여 지은 따뜻한 밥 한 그릇이

몽글몽글 피워내는 밥의 설법.

오십 평생 이 단순한 밥이 없었네.

그게 무슨 삶이라고!

나는 홀로 밥을 먹으며 즐겁고 충만하다. 이 먹을거리들이 어디서 왔는지 분명히 알 때, 공감과 애정의 유대가 생긴다. 내 밭에서 내 손으로 기른 생명들은 나의 일부이기도 하다. 그래서 홀로 밥 먹는 것이 유대와 공감의 따스한 자리가 된다.

밥을 정성스럽게 해서, 소박하고 아름다운 그릇에 담는다. 오늘 아침은 현미잡곡밥에 찐 고구마, 감자찌개, 갖은 채소, 된장, 얼갈이 김치다. 오래된 소나무 밥상에 올려놓고, 스스로 감사하며 한 입씩 먹는다. 혀끝에서 느껴지는 통통한 밥알의 무게, 쌀 알갱이가 톡 터지며 씹힐 때 입 안 가득 빛이 도는 듯 환한 느낌. 베어 물면 사르르 녹는 호박 고구마의 다디단 맛, 감자가 으깨지도록 푹 익혀 먹는 강원도식 고추장 감자찌개.

홀로 밥을 먹으면서 혼자가 아님을 느낀다. 벼가 익어가던 늦가을의 들판과 고구마를 여물게 하던 한여름의 햇살, 감자를 익히던 따뜻한 땅속의 기억, 감자꽃 향기가 묻어 있는 봄밤에 짧게 떴다 지는 초승달의 자취.

홀로 먹는 밥상이 다른 것들로 그득 차 있음을 알게 된다. 혼자 천천히 밥을 먹다 보면 그윽한 한 세상이 저절로 그렇게 펼쳐져 있다.

내가 먹는 것과 이야기할 수 있기에 홀로 먹는 밥이 진중하고 값지다. 비로소 밥을 밥으로 여기게 되는 이 시간들이 소중하다.

홀로 먹는 밥에서 느끼는 기쁨은 아마도 많은 여자들이 느끼는 것일 게다. 늘 누군가를 위해서 밥을 해야 하고, 누군가를 챙겨야 하는 여자들이 홀로 밥을 먹을 때의 홀가분함이라니!

자신을 위해 정성스런 밥상을 차리는 시간, 홀로 즐겁게 먹는 밥 이야기는 어쩌면 새로운 여성 서사일지도 모른다.

오십여 년의

긴 여정 끝에

나는 집으로 돌아왔다.

1장
집으로 돌아오는 시간

다시 집으로

집이라는 언어가 불러오는 몸과 마음의 울림을 표현할 능력이 내겐 없다. 우리말의 자음과 모음이 어우러지며 내는 한없이 따뜻하고 긴 여운의 깊이를, 그 언어 속에 축적된 인간의 오랜 역사와 정서를, 그것이 다시 내 삶에 쌓여 새롭게 창조된 경험의 두께를 표현할 방법이 내겐 없다. 다만 말로는 다 할 수 없어서 감탄사와도 같은 긴 호흡으로, 수화를 하듯 온몸으로 건너가기를 바라는 집에 대한 절실함이 있다. 집이 지닌 한없는 울림을 나는 더듬거리면서라도 말하고 싶다.

울림, 울린다는 것은 퍼져나가는 것이다. 성덕대왕 신종의 종소리가 퍼져나가듯 짙은 밀도로 온몸과 영혼에 퍼져나가는 울림. 집이 주는 기쁜 내적 출렁임에 대해 말하고 싶다. 나의 울림뿐만 아니라 타(他)의 울림들을 만나고 싶다. 그 울림들이 모여 이루어낼 중층적이고도 집단적 울림으로서의 집에 대한 사유와 체험이 강물처럼 흘렀으면 한다.

집

겨울밤 작은 건넌방 아랫목에
고단한 몸을 누이면
집이 날 품고 있다는 것을 알게 된다.
양피못 청둥오리가 알을 품듯
정성스레 감겨오는 따뜻한 몸

천 년 묵은 땅,
백 년 넘는 집이 내는 고요한,
오랜 숨소리를 듣게 된다.

엄마 배에 엎드려
엄마의 따뜻한 숨결 따라 움직이는
배의 고요한 출렁임을 믿고,
아주 믿고,
수만 년 전의 잠을 자는
갓난아기처럼

의심 없는 천진한 잠을 잔다.

"엄마, 안녕!"

이 빠진 헌 밥그릇같이

낡고 시린 몸에서

어여쁜 아기가 걸어 나와

집과 함께 아장아장 논다.

나지막이 울리는 집의 숨소리

집은 날 품고

부화孵化 중이다.

　나에게 집은 단순한 거주 공간이 아니다. 그것은 평생 그리워했으나 부재했던 따스함, 버려지거나 내쳐지는 것이 아닌 받아들여짐의 상징으로서의 공간, 세상으로부터 나를 온전히 지켜주고 품어주어 숨어들 수 있는 장소다. 갓 태어난 아기같이 천진한 잠을 잘 수 있는 깊고 원초적인 공간이다. 집은 부재했던 모성이며 나의 몸 자체이기도 하다. 새로운 시간을 창조하는 우주이며, 끝없이 다시 태어나게 하는 재생의 공간이다.

집에 대한 사유는 어이없게도 오십 평생을 집 없이 떠돈 뒤에 왔다. 집 없이 떠돌면서도 그 사실을 까맣게 모른 채 아무 생각 없이 이 집 저 집을 전전한, 오랜 시간 뒤에 왔다. 집으로부터 멀리 떠나 떠돌이의 자유와 '자아실현'이라는 현대인에게 주어진 위대한 과업(?)을 마음껏 추구하고, 그 이면의 쓰디쓴 맛 또한 톡톡히 본 뒤에 왔다. 마치 돌아온 탕자와도 같이 떠났던 그 자리에 돌아와 회한의 눈물을 흘리며 그동안 내가 했던 짓이 무엇이었을까, 불면의 밤에 홀로 자기와 대면하여 독백하는 이의 물음 같은 것.

너무도 당연하여 캐묻지 않았던 것들에 대해 묻기 시작한다는 것은 그만큼 삶이 위태롭다는 것이리라. 어리석게도 나는 무언가를 이루겠다고 허공 위를 질주하다가 어찌 해볼 수 없는 삶의 공허에 부딪히고 또 부딪히면서 깨닫고 있는 것이다. 내가 내팽개친 것이 삶을 받쳐주는 가장 근원적인 것이었음을. 너무도 당연해서 물음조차 던지지 않았던 근원의 영역, 그것은 집이며 밥이고 몸이며 땅이고 생명이다.

나카자와 신이치의《대칭성 인류학》[1]에서는 특별한 지혜에 다가가는 인디언 남자들의 비밀결사와 그 비밀지秘密智에 아예 차단된 여성들의 이야기가 나온다. 한 인류학자가 그 불평등에 대해 지적하자 마을의 여성이 웃으며 말한다. "가엾게도 남자들은 그렇게라도 하지 않으면 지혜에 다가갈 수가

1 〈카이에 소바주〉 시리즈 5권, 동아시아 2005.

없는 거예요. 하지만 여자는 그냥 자연스럽게 그것을 알죠."

나는 이 인디언 남자와 같다. 뭔가 특별한 것이 있다고 "온갖 고난을 무릅쓰고, 죽음과 재생의 의식을 치르고" 완전히 변화된 인간이 된 양 귀환한다. 하지만 거기서 기다리고 있는 것은 일상을 통해서 도달하게 되는 자연지自然智인 것이다.

오십여 년의 긴 여정 끝에 나는 집으로 돌아왔다. 집을 가꾸면서, 이 오래되고 진부한 일상적 행위가 나의 몸과 정신을 벼리는 일이라는 것을 알게 된다. '내가 하는 일이 곧 나 자신이다'를 집을 통해 알았다. 집을 청소하는 일이 나를 맑게 하는 일이고, 집의 고요가 나의 고요이며, 집을 아름답게 하는 일이 나를 아름답게 하는 일임을 경험으로 체득한다.

내가 살고 있는 집은 백 년이 넘은 낡은 집이다. 이 집은 삶의 원형 같다. 어떤 과장이나 왜곡 없이 단순하고 평화로운. 삶은 원래 그런 게 아니었을까. 육 년을 함께 산 늙은 개 하늘이가 가장 평화로운 곳을 찾아 따뜻하게 제 생명을 향유하는 것처럼, 삶은 그렇게 단순하고도 아름답고 절실한 그 무엇이었을 게다. 그 절실한 고갱이를 회복하고 온몸 깊이 새기는 과정이 앞으로 남은 나의 삶이다.

내게로 돌아오는 길

지리산 수련원에서 알게 된 지인을 따라 두어 번 와본 경주는 아름다웠다. 나지막한 산과 고층 빌딩 없이 확 트인 너른 벌판, 오래된 기와집과 소나무……

무엇보다 묘한 땅이었다. 시내버스를 타고 가다가 도시 한복판에서 문득 거대한 무덤을 만나는 곳. 시끄러운 자본의 한가운데에서 천 년의 침묵을 고스란히 안고 있는 고분과 그 위에 자라고 있는 키 큰 나무. 삶과 죽음이 한 공간에 자리하고 과거와 현재가 자연스럽게 함께하는 땅. 인간의 오랜 문명과 역사가 세월에 씻겨 풍광風光이 되어버린 곳.

이 땅에서 내가 느낀 것은 일종의 안도감이었다.

나는 텅 비어 있는 폐사지廢寺址에서 깊고 낮은 숨을 쉬었다.

작은 둔덕 같은 온화한 곡선의 무덤가를 걷고 또 걸었다. 무언가 한없이 그리웠다. 그리운 것은 사람이 아니었다. 사람보다 더 크고 넓어서, 아니 사람보다 더 낮고 낮아서 사람인 자신에게 속은 내 영혼을 고요히 눕히고 치유할 곳. 나는 나를 품어줄 공간, 내가 기대어 깃들 따스한 '어떤 장소'를 찾고 있었다.

'괜찮아……'

폐허의 땅에서 부는 바람 소리였다. 천여 년 전의 사람들이 이루어놓은 문명이 풍경으로 퇴적된 자리에 햇빛이 비치고, 바람이 지나갔다.

경주에서 내가 본 것은 인문人紋, 인간의 무늬 결, 삶의 쓰라림의 기록이었는지 모른다. 거대한 무덤을 바라보며 인간됨의 어떤 비극적 공통성을 느꼈는지 모른다. 인간은 결국 삶에 질 수밖에 없다. 그 사실이 주는 장엄한 위로.

고작 백 년도 채 안 되는 세월 위에 서 있는 부박한 삶이 아니라 천 년 이상의 깊은 뿌리가 내 발밑에 뻗어 있는 느낌, 어쩌면 나는 그 뿌리와 연결되어 있을 거라는 가슴 설렘. 내 삶의 '근원적 두터움'에 대한 느낌이 신생의 땅에 싹이 트듯, 떠올랐다. 그러자 뿌리도 근거도 없이 막막히 유랑하는 삶에 어떤 위엄 같은 것이 생겨나는 듯 했다.

여기서 살 수 있겠구나, 외로움 속에서도 기쁨이 있겠구나. 내면의 황량한 자리에 따뜻한 기운이 퍼져갔다. 불국사 아랫

마을에 1970년대식 낡은 한옥을 세 얻어 살기 시작한 것은 그런 이유에서였다. 동네 안쪽에 마치 알처럼 쏙 들어간 그 집에서 백 일 동안 칩거했다.

두렵고도 어두운 시간이었다. 헛살았다는 것은 알겠으나 제대로 사는 게 뭔지는 모호하기만 한 불안과 우울의 시간들. 캄캄한 밤에 좁은 낭떠러지 바닷길을 달리는데 헤드라이트가 없다. 브레이크를 밟으려 했는데 브레이크도 없다. '아, 아, 이제 죽는구나.' 절망하며 기진해 식은땀을 흘리며 깨어난다. 반복적으로 꾸는 꿈이었다.

고분의 비밀문서가 해독되듯, 보이지 않던 무언가가 드러나기 시작했다.

오십여 년을 살면서 일관되게 해온 질문이 있다. 그건 "나는 누구인가?"이다. 이 질문은 인간다움에 대한 질문이기도 하다. '인간인 나는 누구인가? 어떻게 살아야 인간다워질 수 있을까?'

거창한 철학적 주제를 잡고 이 질문을 한 것은 아니다. 별로 환영받지 못한 생명으로 태어난, 나의 환경과 기질이 만나 이루어진 질문이었다. 나를 세상에 내놓은 존재가 나를 부정하니, 나는 왜 살아서 숨 쉬고 있는지를 스스로에게 물어야 했다.

그 물음은 사실 끊임없이 스스로를 부정하는 물음이었다.

'나는 누구인가?'라는 질문 속의 나는 그냥 '있는 그대로의 나'가 아니라, 장차 되어야만 할 '이상적 존재로서의 나'였다. '나는 누구인가'는 '나는 누구여야만 하는가?'였다. 그런 '나'가 되었을 때 비로소 나는 엄마로 상징되는 이 세상에 받아들여질 것이었다.

그러니 '아름답고 이상적인 나'를 향해 끝없이 나아가야 했다. '지금의 나'는 부정하고 '미래에 올 진정한 나'를 향해 성장해야 했다. 오십여 년의 내 삶은 '현실의 나'와 '이상적 나' 사이의 한없는 괴리를 없애려는, 자신과의 기나긴 투쟁이었다.

'평생 나를 만나기 위해 애썼으나, 단 한번도 나를 만난 적이 없었다.'

이 황당한 역설이라니! 그러나 사실이었다. 구원처럼 매달렸던 문학, 심리학, 여성학, 성찰과 치유를 위한 모임들, 지리산에서의 수행…… 그 과정에서 나는 나를 더 깊이 만나는 듯했지만, 만남은 즉시 다른 방향으로 비껴갔다. '그래, 난 이렇게 초라하고 보잘 것 없어, 이런 나를 변화시켜야만 해.' 나는 재빨리 내가 만든 '환상의 나'를 향해 달려갔다.

나는 엄마가 했던 것보다 더 지독하게 나를 거부했다. 내가 만든 이상에 맞지 않는 나를 향해 "넌 고작 이것밖에 안 돼?" 하며 닦달하고 "인간이 되라!" 하고 잔인하게 내몰았다.

그것은 나를 향한 가혹한 학대였다.

내게로 돌아오는 길은 쓰라리고 비참했다. '난 너희를 몰라!' 두려워 외면하고, 죽어서 몰래 파묻고 싶었던 것들. 상처받고 뒤틀린 내 안의 온갖 '병신'들을 만나야 하는 기막힌 길이었다. "담요에 싸서 버리고 떠난 핏덩이가/ 장성하여 돌아와/ 무서운 얼굴로 서 있듯"[2], 그토록 멀리 달려와 이제는 영영 사라졌다고 믿었던 것들이 고스란히 살아서 자기 존재를 증명하며 드러났다.

할 줄 아는 건 떠는 것밖에 없는 '벌벌이'를 만나는 것도 처참했지만 이 바보를 안 만나려고, 성장이란 이름으로 내가 만든 '괴물'을 만나는 일 또한 비참했다. 바보는 울고, 괴물은 악을 쓰고, 바보는 괜찮다 하고 괴물은 억울하다 소리치고, 바보는 간디처럼 너그럽고 괴물은 히틀러처럼 잔인하고…….

할 수 있는 게 없었다. 내 안에서 올라오는 것들을 '그냥' 만나고 '그냥' 경험하는 수밖에. 다른 곳으로 달아나려는 몸짓을 그치고 속수무책 뒹굴고, 울고, 찢길 수밖에 다른 방법이 없었다.

나는 개념조차 없던 세계로 들어선 거였다. 내가 경험하려고도 하지 않았던 '지금 이 순간'이라는 세계, 늘 '저 높은 곳'을 향해 가기 바빠 단 한번도 제대로 밟은 적이 없는 땅.

그건 매 순간 '나는 이러해야만 하는 사람'이라고 주장하고픈 자아의 죽음이기도 했다. 그토록 두려워하던 '아무것도 아

2 박노해, 〈건너뛴 삶〉 중에서

님'의 무덤 속에 갇히는 일이었다. 어둡고 깊은 터널 속에서 누에고치처럼 꼼짝 않고 있어야 하는 시간들이었다.

나는 태어나 처음으로 나 자신과 화해한 것이다.

집의 기억

백 일의 칩거 동안 가슴 밑바닥에서 울려오는 소리가 있었다. 먼 곳의 북소리 같기도 하고, 희미한 함성 같기도 한 소리.

여자들이었다.

집 밖에서 울던 아이와 집의 온기가 그리워 남의 집 창 앞을 서성거리던 소녀, 집은 누군가와 함께 짓는 거라고 굳게 믿었던 젊은 여자와 이제는 더 이상 누군가를 기다리지 않는 나이 든 여자와…… 내 안의 모든 여자들이 해원굿을 하듯 함께 환호성을 치며 외치는 게 집이었다. 머리를 풀고 깃발을 날리며 북을 울리고 있었다. 집을 짓자, 이곳에 집을 짓는 거다. 평생 없었던 집을, 평생 그리워했던 집을, 나의 우주를 만드는 거다. 가슴이 쿵쾅거렸다.

경주의 어느 곳에 집을 지을까? 터를 찾는 일이 시작되었다. 지도를 방바닥에 펼쳐놓고 신대륙을 개척하는 탐험가처럼 골몰했다. 시내를 벗어난 지역들을 손가락으로 짚어나갔다. 내가 뿌리내릴 곳을 탐구하는 일은 아무리 해도 지루하지 않았다. 아는 이 없는 땅에서 '삶의 처음'에 서 있는 내 모습은 낯설고도 설렜다.

문득 지금 내가 서 있는 자리와 스무 살 무렵의 자유가 겹쳐졌다. 스무 살 때의 자유는 자유라기보다는 오히려 형벌에 가까웠다. 감당할 길 없는 그 막막한 가능성들이라니…… 내 안과 밖 어디에도, 어떤 힘이나 자원도 없이 그저 펼쳐져 있는 삶의 광활함. 그건 어쩌면 절망할 자유, 굶어 죽을 자유, 실패할 자유, 폐인이 될 자유에 가까웠는지 모른다.

지금의 이 자유는 아무것도 가진 게 없다는 점에서 스무 살의 자유와 닮았다. 이전의 모든 사회적 역할과 책무를 버리고, 관계를 스스로 끊거나 끊어짐을 당하고, 힘겹게 이루어냈던 정체성도 버리고 그냥 맨땅에 서 있다는 점에서 다르지 않았다. 난 가진 게 없었다.

어떤 면에선 아주 달라져 있기도 했다. 난 오십여 년의 삶을 살아냈다. 그 결과 절망에 이르렀지만 이십 대의 선험적, 관념적 절망과는 달랐다. 자신을 만나려고 '절망'에 이르기까지 나아간 것, 고개 돌리지 않고 정면으로 절망을 맞이한 것, 그게 바로 '힘'이었다. '겪어낸' 자의 힘이라고 해야 하나. '절망해야 할 것'에 절망한 자가 누릴 법한 힘이라고 해야 하나. 이 자유로 무엇이든 할 수 있을 만큼 내 안에 힘이 생겼다.

시골 마을들을 찾아다니는 순례가 시작되었다. 경주를 알고 새로운 땅들을 알게 되는 경험이었다. 좋아하는 장소, 마을과 집이 구체화되어갔다.

유독 마음이 가는 집의 종류가 있었다. 아무리 좋은 집이어도 새로 지은 집에는 끌리지 않았다. 현대식으로 지은 집이나 큰 집에도 마음이 가지 않았다. 땅을 사서 집을 짓고 싶은 마음은 더더욱 일지 않았다.

가슴이 설레고 탄성이 울리는 집들은 언제나 낡고 오래된 집이었다. 나지막하게 지붕을 얹은 작은 집 마당에 비치는 햇살이 그리 좋았고, 집만큼이나 낡은 흙돌담과 정성스레 손질한 오래된 나무 대문이 좋았다. 그런 집을 멀리서라도 바라보고 온 날이면 가슴이 설레고 또 보고 싶고 했다.

나는 어린 시절 광산촌을 전전하며 자랐다. 고등학교 때까지 광산촌 사택에서 살았다. 슬레이트 지붕을 덮은 긴 막사 같은 집들이 열병閱兵하듯 줄줄이 서 있는 곳. 옆집에서 요강에 오줌 누는 소리가 들리고, 자다가 무언가 얼굴을 밟고 지나가서 '툭' 치면 쥐가 달아났다. 허술하기 짝이 없는 삭막하고 스산한 집. 집이라기보다는 임시병영 같은 곳이었다.

헐벗은 공간이었다. 겨울밤 모든 것을 다 날려버릴 듯 태백산 골바람이 불어오면 집들은 정신 나간 사람처럼 삐거덕거리며 몸서리를 쳤다. 그 소리에 사로잡히면 잠을 이룰 수 없었다. 유독 낡고 허름한 집, 집 안이 훤히 들여다보이는 낮고 초라한 집에 친밀감을 느끼는 건 그 헐벗은 집들의 기억에서 오는 것이리라.

사실 집에 대한 깊은 정서는 아주 어린 시절, 초등학교도 가기 전 할머니 집에서의 기억과 연결되어 있다. 할머니 집은 '영월'에서도 좀 더 들어가는 시골 마을에 있었다. 나는 그 집에 대한 강렬한 기억 몇 토막을 지니고 있다.

마당 한 편에 우물이 있고 우물 옆에 커다란 살구나무가 있던 집. 한여름에 주홍빛 살구를 주렁주렁 달고 서 있던, 늙은 할머니와 비슷해 보였던 나무. 대청마루에 누워서 올려다본, 거대하고 어린 눈에 조금은 무섭게 보였던 검고 장중한 대들보와 서까래. 건넌방에서 문을 열면 뒤란의 앵두나무에 애처로울 정도로 다닥다닥 달려 있던 빨간 열매들. 안방에서 나던, 매캐하면서도 왠지 군침 돌게 하던 나무 타는 냄새⋯⋯.

무엇보다 내 기억 속에 판화처럼 각인된 장면은 부엌이었다. 대낮에도 문을 닫으면 어두컴컴한 부엌의 살짝 열린 문으로 들어온 한낮의 햇살 한 점, 마치 어둠을 잘 드는 칼로 베어낸 듯 선명하고 날카로운 햇살. 그 빛에 눈이 부셔 찡그린 눈으로 돌아섰을 때 눈가에 어룽거리던 뒤꼍의 장독들. 이를 보여주던 조금 열린 부엌 장지문의 거칠고 낡고 검은 뼈대⋯⋯.

그때 부엌의 햇살과 어둠이 만들어내던, 깊고 아늑하면서도 찌를 듯 강렬한 느낌은 내 안에 신화적 공간처럼 신성하고도 모호한 느낌으로 각인되어 있다. 따뜻하면서도 강렬하고 한없이 부드러우면서도 날카로운 어떤 것, 도무지 함께할 수 없을 것 같은 것들이 공존하는 어떤 강한 느낌.

그 기억이 내가 떠돌이 삶을 마치고 집을 다시 사유하게 될 때, 수십 년의 세월을 건너와 집의 원형처럼 나를 끌어당겼다. 어쩌면 집에 대한 나의 감각, 정서는 나 개인의 경험을 떠나 인류의 보편적인 감각일지도 모를 일이다. 내 몸에 수만 년 쌓인 인류의 역사적 감각, 그 까마득한 감각이 아니고서야 내 절실함을 어떻게 설명할 것인가.

시골에서 집을 구하는 일은 쉽지 않았다. 경주 시내에서 떨어진 마을들은 그저 시골 마을이었다. 우리나라의 시골마을이 겪어온 역사를 고스란히 안고 있는 그곳은 쓸쓸하고 황폐했다. 어린 시절 할머니 동네에서 느꼈던 안온함과는 거리가 먼 풍경들이었다.

왜 아니겠는가. 우리의 근대화는 시골의 땅을 없애고 집을 없애고 마을을 없애면서 이루어졌으니 말이다. 마을이라고 해도 불과 몇 집이 남아 있거나 폐가처럼 비어 있는 집들도 많았다. 마을 가운데로 도로가 들어온 곳도 여기저기 있었다. 조용하고 아름다운 마을 옆이나 마을 한복판으로 시

멘트 도로가 지나가고 있었다. 시골 마을들은 도로로 초토
화된 듯했다.

　나는 그런 마을을 보면서 내가 타고 다니는 자동차를 바라
봤다. 우리나라 굴지의 자동차 기업들과 토건 산업, 국가 권
력이 만들어낸 황폐한 삶. 그 끝에 나도 매달려 있었다.

　찢겨진 비닐 조각이 날리고, 폐휴지가 바람에 휩쓸려 다니
는 마을들은 기억을 잃은 사람처럼 텅 비어 보였다. 오랜 시간
축적된 삶의 흔적들은 무너지고 사라졌다. '시간의 향기'가
평화로이 배어 있는 마을을 찾는 일은 쉬울 것 같지 않았다.

천 년의 시간을 품은 마을

마을이 괜찮다 싶으면 집이 없고, 집이 괜찮으면 마을이 마음에 들지 않는 시간들이 계속되었다.

한동안 겉모습에 마음이 혹했던 집이 있었다. '내남' 쪽에 있는 낡은 한옥을 개조한 집이었다. 마을 어귀의 느티나무는 수백 년은 됐을 듯 거대했다. 그 아래 평상에서 할머니들이 나물을 다듬으며 한담을 하는 모습은 마치 오래된 영화 속 한 장면처럼 몽환적이었다.

집주인이 옷을 만드는 장인이라, 집을 아름답게 잘 고쳐놓았다. 낡았지만 고운 자태였다. 그러나 마을 안은 어수선했다. 몇 가구 되지 않는 점도 그랬지만 마을 자체의 위치가 후미지고 어두웠다. 게다가 그 집은 마을의 수로가 지나가는 맨

끝에 있었다. 집 옆으로는 개울이 있고 뒤쪽은 집보다 높은 논이 있다. 삼면이 물이었다. 습할 것이다.

집 자체는 마음에 쏙 드는데 마을과 집의 위치가 문제였다. 마치 결혼 상대가 외모는 준수한데 성격에 문제가 있고 부모나 집안 사람들이 별로 탐탁하지 않은 상황 같았다. 저절로 실소失笑가 나왔다. 나는 언젠가부터 "왜 이혼을 했냐?"는 질문에 "외모에 반해 한 결혼이었기 때문에"라고 웃으며 말했는데 바로 그 격이었다.

몇 번이고 그 집을 보러 갔다. 주인에게 이것저것 물어가면서 보고, 몰래 훔쳐보고, 이리저리 둘러봤다. 아침 햇살 속에서 눈부셔하며 보고, 석양빛에 고즈넉이 잠겨 있는 자태도 보고…… 그러다가 마음을 접었다. 또다시 외모에 빠져 인생을 그르칠 수는 없는 일이었다. 더구나 오십이 넘지 않았는가. 젊은 날의 실수는 삶의 자원이 될 수도 있지만 오십 대의 실수는 치명적이다.

이래저래 집 찾기가 쉽지 않았다. 원칙을 세워야 했다. 집보다 마을이 우선이었다. 아무리 집이 마음에 들어도 마을이 편안하지 않으면 그 마을에 있는 집이 안온하기는 어렵다. 스스로에게 물었다.

"어떤 마을을 원해?"

"음…… 오래된 마을이기를 원해. 깊은 시간이 쌓인 곳, 그 시간의 향기를 느낄 수 있는 곳이길 바라. 산책을 할 수 있어

야 해. 자연을 맘껏 누릴 수 있는 너른 벌판과 낮은 구릉 같은
산이 있었으면 좋겠어. 그리고 여자 혼자 살아도 안전한 곳,
사람 사는 온기를 느낄 수 있는 마을."

나는 오래된 마을의 품에 안기고 싶었다. 수십 년 도시에서
지치고 황량해진 몸과 마음을 편안히 눕힐 수 있는, 목화솜
이불처럼 두터운 시공간을 원했다.

지리산에서 사 년여 동안 매일 아침저녁으로 산책을 했다.
그 산책의 시간들이 내 몸에는 명상과 기쁨의 시간으로 쌓여
있다. 산책하면서 늘 그 자리에서 만났던 사물들, 계절 따라
달라지는 나무와 꽃들, 새와 짐승들…… 나무 밑에 앉아 있으
면 호기심 가득한 동그란 눈으로 "지금 뭐 하는 거죠?" 하고
문득 고개를 갸웃한 채 바라보던 아기 염소들. 봄에 계곡 가
던 길에 갓 세수한 얼굴로 청초하게 피어나던 돌배나무의 흰
꽃들, 겨울밤 하늘 가득 빛나던 차가운 별들…….

산책은 삶을 누리는 의식 같은 거였다. 소로우는 월든 호
숫가에서 하루에 네 시간 이상 산책을 하며 지냈다고 한다.
난 적어도 하루에 한 시간 이상은 산책을 하는 삶을 살고 싶
었다.

그리고 혼자 사는 여자가 안전하게 살 수 있는 마을이어야
했다. 가끔 시골에 들어간 독신 여성들이 마을에서 얼마 살
지 못하고 나오는 경우들을 보면서 생각한 것이었다. 그러자
면 너무 외지거나, 배타적이고 안정감 없는 마을이어서는 안

될 것이다. 안전하게 혼자 살면서, 사람들이 살아가는 삶의 훈기를 느낄 수 있는 마을이어야 했다.

그런 원칙을 가지고 마을들을 따져봤다.

'남산마을'은 남산 아래 칠십여 호가 있는 넉넉하고 큰 마을이다. 낮고 단단한 기와집, 작은 '촌집'들이 넓은 산자락에 여유 있게 모여 있다. 누가 봐도 한번쯤 살고 싶어지는 곳이다. 구석기 시대의 유물들도 발굴되었다고 하니, 아주 오래전부터 사람들이 모여 살기에 적합한 안온한 땅이었나보다.

"이 빨간색이 뭘 뜻하는 거죠?"

"유물 보전 지역 표시입니다. 남산마을에 집을 지으려면 제한이 많습니다."

시청 문화재보호과에 가보니 남산마을은 지도에 온통 빨간색으로 칠해져 있다. '유물 보전 지역'이라는 표시란다. 그도 그럴 것이 이곳은 신라시대에 수많은 절들이 들어서 있었던 곳이다. 지금도 신라시대 고유의 양식인 '삼층 쌍탑'이 두 군데나 남아 있고, 서출지를 비롯해《삼국유사》에 등장하는 유적, 유물들이 있다. '양피못'이라고 기록되어 있는 연못, 염불을 구성지게 잘하는 스님이 살아서 염불사라고 이름 붙은 절터도 있다.

일연 스님의《삼국유사》는 영혼의 거장들이라 할 만한 인물들의 스펙터클한 '퍼포먼스'와 신기하고 유쾌한 에피소

드들로 가득하다. 그 오래되고 풍성한 책 속 드라마에 나오는 장소가 바로 이곳에 버젓이 제 실체를 가지고 살아 있다니…… 역사 속의 장소에 서 있는 이 느낌이라니! 나도 일연 스님에게 전염되어 스스로 장엄하고, 아이처럼 마냥 유쾌하고 신이 났다.

이 아름다운 마을은 '개발'이라는 이름으로 함부로 훼손되지 않을 것이다. 유물보전 지역은 개발제한구역으로 묶여 있으니 말이다. 실제로 이 마을에 집을 지으려면 제한이 많다. 일단 땅을 파서 유물이 있는지 여부를 가리는 '발굴 조사'를 해야 한다. 그리고 단층일 것, 기와로 지붕을 올릴 것. 아무리 돈이 많아도 자기 마음대로 높은 집을 올리거나 마구 건물을 지어댈 수는 없는 것이다.

무엇보다 남산마을의 산책 코스는 다양하고 풍부하다. 마을을 둘러싼 너른 들, 봄여름가을 벼들이 자라고 익어가는 모습을 바라볼 수 있다. 마을 안쪽으로만 걸어도 삼십 분은 넘는 큰 마을이니, 사람들이 사는 다사로운 모습을 보며 한가히 걸을 수 있다.

남산으로 향하는 가늘고 작은 숱한 길들은 마을과 이어져 있다. 칠불암 올라가는 길, 약수터 가는 길, 정강 왕릉과 헌강 왕릉으로 이어진 소나무와 진달래 가득한 오솔길, 조금 더 걸어가면 수만 평의 땅에 나무와 풀, 꽃들이 우거진 산림연구원, 그 옆 갯마을 따라 조금 더 걸으면 잘생긴 신라 불상이 있는 보리사, 사면四面 모두에 불상과 비천상飛天像이 새겨진 부처 바위가 있는 탑곡塔谷, 일명 '할매부처'로 불리는 마애여래좌상磨崖如來坐像이 있는 불곡佛谷…… 어디든 걸어 다닐 수 있는 곳이다.

내가 찾는 건 삶의 황량함을 품어줄 '구체적, 물질적 조건'이었다. 바로 그 마을이 내 앞에 펼쳐져 있었다.

삶의 흔적을 새긴 집

매일 남산마을에 갔다. 마을 길을 따라 산책하고 동네 식당에 들러 밥을 먹었다. 비어 있는 집이나 팔려고 내놓은 집이 있는지 물었다. 가끔 염불사에 가서 아무도 없는 법당 옆의 다실茶室에 홀로 앉아도 있었다. 돌로 조각한 아름다운 보살상 앞에서 그 보살처럼 앉아도 보고, 차도 한잔 마시고, 창으로 들어오는 햇살도 맞고 돌아왔다. 마을의 이 골목 저 골목을 거닐며 정성스럽게 가꾸어놓은 남의 집 마당을 하염없이 바라보기도 했다.

그러던 어느 날 대문도 없는 낡은 집을 보았다. 주인을 불러도 사람이 없는 듯 했다. 발이 그냥 저절로 걸어 들어갔다. 마당에 잠시 가만히 서 있다 나왔다. 집에 가서 누웠는데 낮에 보았던 그 집이 눈앞에 가득 찼다.

다음 날 다시 갔다. 일흔이 넘은 할머니 한 분이 살고 계셨다.

"팔려고 내놓은 지 일 년이 넘었는데 임자가 아직 없네."

"좀 둘러봐도 될까요?"

"그러구려."

할머니는 심드렁했고, 나는 가슴이 울렁거렸다.

대부분의 시골집들이 그렇듯 ㄱ자로 위치한 두 채의 집이었다. 뒤뜰로 가보니 본채의 작은 방에는 아궁이가 있었다.

"어머나, 아궁이가 있네. 불 땔 수 있어요?"

"이제는 때진 않지! 우리 소 기를 땐 그 가마솥에다 소여물을 끓였지."

그러고 보니 본채와 사랑채 사이엔 세상에나, 우물도 있다! 들여다보니 제법 깊었다. 나는 귀중한 유물을 발견한 고고학자처럼 가슴이 두근거렸다.

집을 둘러보고 있는 데 뭐랄까, 아주 편안한 느낌이었다. 낡고 험한 집이었는데도 불구하고 따뜻하고 다정한 느낌이 들었다. 전형적인 민가 규모의 작은 집은 가난하지만 품격을 지닌 사람처럼, 남루했지만 제 격을 지니고 있었다.

그렇지만 집의 전체 모습은 말할 수 없이 퇴락했고 황량함 그 자체였다. 대문도 없고, 시멘트 블록으로 쌓은 담은 여기저기 무너지고, 지붕은 내려앉고, 처마 부분의 서까래는 거의 다 부러지고, 마당은 시멘트로 발랐고, 덕지덕지 덧대어놓은 작은 창고인지 뭔지 모를 것들…… 게다가 마당 안엔 커다란 시멘트 창고까지 있었다.

집 내부 또한 그랬다. 천장은 머리가 닿을 듯 낮고 어두웠다. 부엌은 을씨년스럽고 여기저기 곰팡이가 올라와 있었다. 사랑채는 창고처럼 황량하게 헐어 있고, 뒤에 붙어 있는 시멘트 블록 건물은 도무지 쓸 수 있을 것 같지 않았다. 그런데도 이상하게 집에 끌렸다.

"이 험한 집을 사서 어쩌려고 그래요?"

당장이라도 그 집을 계약하고 싶었지만 먼저 그동안 안면이 생긴 몇 사람들에게 집을 보여줬다. 그들은 하나같이 반대했다. "너무 낡아서 고칠 수도 없다." "고친다 하더라도 비용이 엄청날 거다." "차라리 집을 새로 지어라." 늘 현실감이 부족한 나는 주변 사람들의 말을 참고하는 게 잘하는 일인 경우가 많았다. 그래서 가슴이 좀 쓰리지만 잊기로 했다. 그런데 시간이 흐를수록 집은 가슴에 더 깊이 다가왔다.

나는 시멘트로 온통 때운, 거의 폐가인 집에 왜 그리 끌렸을까? 첫 만남의 순간, 그 깊은 울림은 어디서 온 것일까? 그것은 원형적 그리움을 불러내는 그 무엇이었다. 거의 직관적이라고 해야 할 어떤 절실한 그리움.

불을 때는 아궁이와 여전히 살아 있는 우물, 부엌 천장의 그을음 낀 서까래, 무너져 내리고 있는 짚 섞인 진흙들, 정결한 채소들이 자라고 있는 뒤뜰의 작은 텃밭. 그 옆에 겨우 살아남은 흙돌담……

그것들은 집의 근원적 흔적이었다. 궁핍한 삶이 필요에 따라 덧붙여놓은 시멘트 더미 속에서 살아남은 집의 원형이었다. 삶의 희로애락을 다 받아들인 눈빛처럼 묵묵히 빛나는.

그 흔적들이 나를 흔들었다. 광산촌의 어린 시절부터 오십 너머까지, 황량한 내면에서 끊임없이 갈망해왔던 원형적 그리움을 불러 일으켰다. 무르익은 시간의 퇴적층이 시멘트 더미 속에서 빛나고 있었다. 나는 남루 속에 드러난 원숙한 흔적들을 보았던 것이다.

더할 나위 없는 건 집의 앉음새였다. 집은 땅에서 돋아난 듯 나직했다. '하늘'의 집이 아니라 '땅'의 집이었다. 남산이 길게 내려온 자락에 피어난 듯, 내려앉은 듯 깃든 집이었다. 말하자면 겸손한 집이었다.

'겸손함'이라니! 나는 삶의 공허를 넘어서기 위해 평생 '저 너머'를 향한 삶의 초월을 추구했다. 그것은 불안과 오만이 뒤섞인 몸짓이었다. 어디에도 깃들지 못하는 끝없는 추구라는 면에서 '불안'이었고, 이 땅에서의 구체적 일상을 부정했다는 면에서는 '오만'이었다. 그러나 그 초월에의 갈망은 시간의 퇴적이 이루어내는 원숙한 군건함과 삶에 대한 어떤 겸허함에 이르고자 하는 무의식적 갈망이 아니었을까.

집이 그리웠다. 잊자고 하던 그 집을 다시 찾았다. 봄볕이 가득 들어와 있는 집은 고즈넉했다. 다시 보아도 편안했다. 짝사랑하는 사람을 그리워하듯 집을 그리워하며 드나들었다. 이른 아침과 한낮, 비 오는 저녁과 달 뜬 밤, 여러 날, 여러 시간에 집을 찾았다.

'내가 살고 싶은 마을은 여기다. 새 집을 짓고 싶지는 않다. 그렇다면 이 집만 한 게 또 어디 있으랴. 안되겠다. 타지에 살지만 집을 제대로 봐줄 만한 사람을 모셔 와야겠다.'

그마저 반대하면 포기하겠다고 마음먹었다.

"이만한 자리 만나기가 쉽지 않겠는데요. 집은 고치면 되겠고, 집의 규모도 괜찮고, 무엇보다 남산이 가장 잘 보이는 위치네요."

뒤돌아볼 것도 없었다. 계약을 했다.

"아파트로 가야지."

집을 팔고 어디로 가시냐는 내 물음에 할머니는 한숨을 쉬셨다. 이 집으로 시집을 왔다는 할머니에게 집은 자신의 평생이었을 것이다. 집과 할머니는 한 몸이었을 게다. 여러 자식들이 자라고 꽤 오래전에 이 둥지를 떠났을 것이다. 할머니의 육신은 쇠잔해지고 더 이상 아이들이 살지 않는 집도 할머니 몸처럼 쇠잔해졌을 게다.

집은 세월과 함께 무르익지 못하고 순간순간 편의를 위해 시멘트로 땜질됐다. 결국 할머니의 몸을 더 이상 평안하게 담아줄 수 없을 정도로 퇴락해버렸다. 삶의 짙은 원형적 모습을 여기저기 흐릿하게 드러낸 채.

'나는 이 집을 다시 살려야 한다. 이 집에 다시 생기가 돌게 할 것이다. 그 생기는 젊은 날의 혈기 어린 생기가 아니다. 희로애락을 겪어낸 시간의 두께가 고스란히 드러나는 생기일 것이다.'

집을 고칠 방향이 분명해졌다. 시간의 퇴적층을 그대로 드러내고 유지할 것, 최소한의 개조로 편안함을 더할 것. 집의 '겸손함'을 그대로 유지할 것.

그것은 남산 자락이라는 유구하고 아름다운 삶의 장소에 대한 예의이고 이 겸손한 집에 평생의 흔적을 새겨 넣은 주인 할머니의 삶에 대한 예의일 것이다. 이 집에 깃들어 살게 될 내 몸에 대한 예의이기도 하다.

집을 다시 살려낸다는, 가슴 설레는 창조적인 일이 나를 기다리고 있었다.

앞으로의 내 삶이 펼쳐질 새로운 시간과 공간.

나는 나도 알지 못할 이 공간과 시간에 대한

일종의 외경심으로 가슴이 먹먹해졌다.

2장

집을 짓다

백년 된 집

집을 고칠 사람을 찾아야 했다. 새 집을 지을 목수들은 많지만 낡은 집을 고칠 사람이 누굴까? 몇 사람을 찾아 집을 보여주었더니 다들 고개를 저었다. 어떻게 고쳐야 할지 잘 모르기도 했다. 마침 동네에 낡은 집을 원형 그대로 살려 잘 고쳐 놓은 집이 있었다. 그 집을 고친 목수를 소개받았다.

공사 내역과 원칙을 의논했다. 전체적으로 집의 원형을 건드리지 않기, 원형을 파괴한 것들은 철거하기, 망가진 원형은 복원하기, 꼭 필요한 편리 시설은 새롭게 만들기.

목수는 이미 낡은 집을 고친 경험이 있으니 일이 수월할 줄 알았다. 그러나 집을 고치는 과정은 쉽지 않았다. 나는 번번이 좌절감을 느꼈고, 때때로 바보가 된 듯 했다. 그는 자기가 일하던 방식을 고수하려 했고, 그건 내가 원하는 방식이 아니었다.

"아, 마루가 이 정도 크기는 돼야 뭐라도 할 수 있지!"

"통유리로 하면 전망도 좋고 좋지, 여름에야 에어컨 돌리면 되고!"

내가 원하는 게 집의 원형을 그대로 유지하는 거라고 아무리 말해도, 에어컨은 들여놓지 않을 거니 통풍이 잘 되도록 해달라는 말도, 그에겐 잘 들리지 않는 것 같았다. 게다가 혼자 사는 여자에 대한 '깔봄'도 작용해서 이만저만 힘든 게 아니었다.

"아이고, 원래 그래. 그 사람들 자기 고집대로 하지, 말 안 들어."

"집 한 번 짓는 게 얼마나 어려우면 오십 넘어 집 두 번 지으면 죽는다는 말이 있겠어?"

주변 사람들이 하는 말이 위로가 됐다.

"이런 헌 집을 고치는 일은 손바느질 같은 거예요. 한 땀, 한 땀 하는 거지. 새 집 짓는 거야 재봉틀로 들들 박는 것처럼 쉽지, 쉬워."

그렇게 애를 먹이다가도 목수는 가끔씩 이런 명언(?)을 해서 즐겁기도 했다. 그의 말대로 낡은 옛집을 고치는 일은 '한 땀, 한 땀' 손으로 하는 수작업이었다. 기계로 편리하게 짓는 현대식 건물과는 달랐다. 느리고 품이 많이 드는 작업이었다.

제일 먼저 한 일은 철거 작업이었다. 시멘트로 온통 덧댄 창고들을 철거하고 마당에서 시멘트를 걷어냈다. 집은 원형 그대로의 작고 소박한 모습을 드러냈다. 열한 평짜리 안채와 네 평 반의 별채 건물이 원래의 제 모습을 찾았다. 두터운 페인트를 뒤집어쓰고 있는 나무 기둥들에서 칠을 벗겨냈다. 그러자 오래된 나무 특유의 살결이 햇빛 속에 드러났다. 원래의 나뭇결이 살아난 연한 갈색의 나무는 그 오랜 세월에도 불구하고 생기가 있었다. 따뜻하고 부드러웠다.

부엌의 그을음 낀 서까래를 닦는 작업은 하루가 꼬박 걸리는 고된 일이었다. 거친 그을음을 걷어내자 오랜 시간 연기가 밴 나무의 검은 살결이 중생대 거대한 동물의 등뼈처럼 단단하고 아름답게 드러났다. 나무는 그을음이 배면 잘 썩지 않는단다.

"하이고, 한 되빡은 되겠네."

안방과 건넌방의 천장에 쳐놓은 낮은 방장房帳을 걷어내니 천장에서 쥐똥이 우수수 떨어졌다. 서까래 사이사이 드러난 부분을 다시 황토로 발랐다. 밝은 황토 사이로 보이는 나무들이 아름다웠다. 검고 육중한 대들보와 가늘고 굽은 서까래들이 길고 오랜 시간을 드러냈다. 그 나무들이 산에서 자랐을 시간과 목재가 되어 이 집에서 지냈을 시간이 층층이 배인 모습은 경이로웠다.

나무에 낀 오래된 때를 조심스럽게 닦아내자 종도리에 흐릿하게 드러나는 게 있었다. 상량식上樑式(집을 지을 때 기둥을 세우고 보를 얹은 다음 종도리를 올릴 때 고사를 지내는의식) 때 쓴 글자였다. 바로 이 집이 지어진 해와 날이 적힌 글자였다. '一千九百十……' 마지막 해의 글자는 흐릿해 잘 보이지 않았다. 보이는 것만으로도 이 집은 1910년대에 지어진 것이었다.

"내가 이 집으로 시집왔지, 아마 백 년은 넘었을 게야."

할머니의 말을 반신반의했는데, 백 년, 백 년이라니……

오십여 년 살아오면서 기억나는 것만으로 서른 번이 넘게 이사를 했다. 어린 시절 직업 없이 떠돌던 아버지를 따라 강원도 광산촌을 돌아다녔고, 대학 간 이후로는 기숙사나 친구 자취방, 입주제 아르바이트를 하며 여기저기 떠돌았다. 결혼 후 전셋집을 옮기고 또 옮겼다. 이혼 후 친구들의 집, 변두리 전셋집으로 전전했다.

부박한 떠돌이의 삶이 백 년이라는 시간의 무게 앞에 초라했다. 오십여 년을 살면서 수십 번의 이사를 하며 떠돌았던 나. "새것에 대한 맹목적 숭배"[1]가 삶을 지배한 시대를 살아온 나. 집이 '삶의 터'가 아니라 돈의 가치로 환산되는 시간을 건너온 나. 오래된 마을이나 집을 무너뜨리는 게 아무렇지도 않은 세상을 아무렇지도 않게 살아온 나……

집에 대한 경외심으로 저절로 옷깃이 여며졌다. 백 년의 세월을 지탱해온 집. "잘 살아보세!"를 외치며 시골의 집들이

1 《아파트 공화국》, 발레리 줄레조, 후마니타스 2007.

마구잡이로 뜯기고 슬레이트집으로 바뀌던 시절, 그 거친 세월 속에 살아남은 집. 집은 생존자였다. 전쟁 같은 시간을 건너오면서 여기저기 덧붙고 흉하게 일그러졌지만 자신의 원래 모습을 잃지 않았다. 집이 다시 보였다. 험한 세월을 살아낸 존귀한 존재. 가슴이 서늘해졌다!

집은 백 년의 세월을 건너온 존재답게 품고 있는 것들이 많았다. 집을 고치는 일이 마치 유적을 발굴하는 것 같았다. 안방과 건넌방 사이의 벽에서 마술처럼 문이 하나 나왔다. 그것도 아름다운 띠살문.

"식구가 느니 방이 작아, 그래서 대청마루를 방으로 만들었지. 그래서 안방이 커졌어."

할머니는 원래 방 두 개 사이에 대청마루가 있었는데 식구가 늘면서 마루를 방으로 만들었다고 했다. 띠살문은 마루와 건넌방 사이에 있던 문이었다. 오랜 세월 여러 겹의 벽지가 발리고 또 발려서 두꺼운 벽이 되어버린 것이다. 퇴적층처럼 뜯고 또 뜯어도 계속 나오는 벽지를 다 걷어내고 문을 닦아서 제자리에 달아놓으니 신데렐라의 유리구두처럼 딱 들어맞았다. 벽 대신 두 방 사이에 문이 생겼다. 무거운 벽이 문이 되자 집의 표정은 훨씬 밝아졌다.

건넌방엔 거의 방바닥에 붙어 있는 낮은 창이 있었다. 가로 세로가 각각 30, 20센티미터쯤 되는 아주 작은 창이었다. 한

옥에 관한 책에서 찾으니 일명 '눈꼽재기 창'이었다. 오래된 집에서 가끔 볼 수 있는 귀엽고 장난스런 창이다. 누가 왔는지 눈을 대고 보는 창이라 눈꼽재기 창이란다. 창의 이름이 사랑스러워서 자꾸 불러봤다.

"눈꼽재기 창아, 눈꼽재기 창아!"

창은 대답이라도 하는 듯 스며드는 빛에 은은히 빛났다. 아궁이와 연결되어 있으니 그 창으로 고구마나 감자를 구워서 방으로 들여주었으리라. 따뜻한 아랫목에서 '헤헤'거리며 삶의 아늑함을 누리며 뒹굴었을, 애호박 같은 아이들이 떠올랐다. 이 집에서 태어나고 자랐을 아이들…… 그땐 집도 와자지껄 즐거웠겠다.

"여기도 아궁이가 있었지. 여그던가…….."

내가 처음 이 집을 둘러보면서 '아궁이'에 감탄하자 별채에도 아궁이가 있었다며 위치를 알려주신 할머니의 말을 기억해냈다. 알려준 위치를 파내니 정말 아궁이가 그대로 남아 있었다. 불을 때보니 불길이 아주 잘 들었다.

"백 년 묵은 마녀 같아, 정말 마녀 맞아, 또 무슨 마술을 부리려나……."

나는 혼자 중얼거리며 마녀의 의식이라도 하는 듯 집을 빙글빙글 돌며 즐거워했다.

집을 고치다

집의 원형을 가능한 건드리지 않는 게 집 수리의 첫 번째 원칙이었다. 그 원칙을 깨고 편의 위주로 생각한 건 부엌과 화장실이다. 부엌을 확장하고, 없는 실내 화장실을 만들기 위해 집의 서쪽 면을 확장했다. 편리한 부엌과 화장실은 내 삶의 역사와 필요에서 나왔다. 특히 몸에 대한 배려와 존중이었다.

부엌을 넓히고 서쪽으로 큰 창을 냈다. 크고 확 트인 부엌을 만들었다. 그리고 싱크대나 기타 부엌 시설들을 신경 써서 환하고 견고한 것들로 들였다. 들어서고 싶은 곳, 머물고 싶은 곳, 무언가 만들어보고 싶은 마음이 생겨나는 곳, 평화롭게 천천히 밥을 먹을 수 있는 곳…… 부엌이라는 공간 자체가 나를 끌어들일 수 있는 곳이 되기를 바랐다.

원한 대로 훤하고 쾌적한 부엌이 만들어졌다. 이 부엌에서 나는 내 삶의 숙원인 '즐거운 밥하기'를 수행修行할 것이다. 평생의 '괴로운 밥'을 '즐거운 밥'으로 바꾸는 일, 그 일을 하기 위해 나는 부엌을 최대한 기분 좋은 환경으로 만들고 싶었다. 내 삶의 과제는 다름 아닌 밥을 하고 몸을 돌보는 일상의 사소한 일, '아무것도 아닌 일'을 의식을 치르듯 경건하게 해내는 것이었다. 그 사소한 일을 영웅적 용기를 가지고 지속적으로 닦아나가는 일이 내게 남은 삶의 과제였다.

"환경을 생각하는 사람들이 하는 일이 생태화장실 짓는 거 아닌가요?"

내가 실내에 화장실을 들여놓으려고 하자 한 지인이 의아해했다. 그의 말대로 실외 생태화장실에 대한 생각이 계속 떠나지 않았다. 이 집에는 작고 소박한 재래식 화장실이 어울렸다. 내 먹을 것을 직접 농사지어 먹고 싶었으니 먹고 배설하는 것의 자연스런 순환을 위해서도 그것은 필요했다. 윤리적으로도 올바른 선택이었다. 그러나 먹고 배설하는, 삶의 근원적인 활동에 무능한 내 몸에 대한 배려가 우선이었다. 그렇게 하는 것이 나 자신, 내 생명에게 옳았다.

내가 자랐던 광산촌 사택엔 공동화장실이 있었다. 그 화장실은 언제나 더러웠다. 들어가는 입구부터 오물투성이였다. 발 디딜 곳이 없었다. 겨울이면 언 똥이 산처럼 쌓이고, 여름이면 구더기들이 밖으로 나와 득시글거리며 기어 다녔다. 언제나 똥을 참고 살았다.

광산촌의 푸세식 공동화장실을 벗어나고도 내 몸의 기억은 평생의 변비로 남았다. 나는 변을 보는 일에 유난히 예민한 몸이 되었다. 몸은 긴장하고 변을 잘 내보내지 않았다. 그런 내 몸을 배려해야 했다. 냄새 없고 깨끗한 화장실, 쾌적하고 환한 곳이어야 했다. 그곳에서 오랜 몸의 기억을 바꾸어 가고 싶었다. 안방을 확장한 공간에 화장실이 들어갔다. 한 평 반 정도의, 환하고 정갈한 화장실이 만들어졌다.

집을 고치는 일 중에서 내가 직접 한 것은 '문 닦기'와 '콩 댐하기'였다. 한옥엔 문이 많아 일도 많았다. 얼마나 오랜 세월 먼지가 끼었는지, 물을 뿌려서 불리고 칫솔로 문살 사이사이를 닦는 일을 며칠 동안 계속했다. 우물가에서 문을 닦다 보니 부러진 문살들이 마치 빠진 이처럼 보였다. 저절로 할머니가 떠올랐다.

"야, 야, 저 좀 봐라. 참 예쁘쟈!"

대학 2학년 여름방학 때였다. 한여름의 하염없는 시간을 견디기 힘들어 어쩔 줄 모르고 있을 때 느닷없이 할머니가 말했다. 할머니가 가리킨 곳은 골목이라고 하기엔 너무도 협소한, 광산촌 사택과 사택 사이에 난 좁은 길이었다. 시멘트 밖엔 아무것도 없었다. 할머니의 손가락 끝을 따라 겨우 찾아낸 게 있었다. 앞 사택의 담과 골목 사이에 난, 5센티미터 폭도 안 되어 보이는 곳에 심어놓은 채송화였다. 차마 땅이라고 부르기도 민망한 한 줌 흙이었다. 할머니는 거기다 채송화 씨를 뿌리고 이제 몇 송이 피어난 꽃을 바라보고 있었다.

난 채송화와 할머니를 번갈아 보았다. 늘 무표정한 얼굴로 담뱃대를 탕탕 두들기던 할머니였다. 그런 할머니 얼굴에 황홀한 듯 부끄러운 듯 살포시 웃음이 배어 있었다. 무슨 괴기 영화를 보는 것 같았다. 할머니의 그 얼굴은 해독할 수 없는 낯선 외계인의 얼굴이었다.

스무 살의 나는 도무지 이해할 수 없었다. 팔십이 넘은 한 인간에게 꽃 한 송이를 바라보기 위해 구차할 만큼 협소한 땅에 씨를 뿌리고, 그것이 피어나기를 기다리는 심정 같은 게 있다는 것을. 할머니는 방문을 닫고도 꽃을 볼 수 있게 문에 유리를 붙여두었는데, 꽃의 위치까지도 맞춰 심어 놓았다.

스무 살 젊음이 버겁고 막막해 미칠 것 같던 내게 그런 할머니의 모습은 낯선 충격이었다. 어떤 서늘한, 이해할 수 없는 감동이기도 했다. 팔십이 넘어서도 아름다움에 대한 욕망이 깊고 싱싱하게 살아 있다는 것에 대한 묘한 충격……

이제 나는 할머니를 이해할 수 있는 나이가 되었다. 그 나이에도 삶의 생기가, 젊음과는 다른 원숙한 생기가 있다! 어떤 세월의 그늘이나 아픔에도 꺼지지 않는 재에 묻힌 숯불, 구름에 가려 있는 샛별처럼 우리의 몸에 내재해 있는 것. 자신에 대한 욕망이 사그라져야 보이는 것. 세상에 자기를 세우기 위한 조바심이 해소됐을 때 비로소 삶의 근원적 측면을 보게 되는 것이다. 그때 새롭게 보게 된 세계에 대한 욕망이 무언지 알게 되는 것이다. 그 여리고 순한 배냇짓 같은 생기를.

집을 고치면서 나는 수시로 그 생기를 느꼈다. 오래된 것들이 지닌 단단한 아름다움에서 느끼는 생기, 소멸해가는 것들의 고즈넉한 아름다움, 그늘의 신비와 어둠의 신성한 생기를 느꼈다. 나는 집에다 그 생기를 불어넣고 싶었다.

집에 호사를 부린 것은 벽지였다. 백 년을 지탱해준 집에 대한 선물이랄까. 문경의 무형문화재 한지 장인이 만든 한지였다. 비단보다 더 부드럽고, 우윳빛보다 투명한 밝은 빛을 띤 한지로 도배를 한 집은 옛 자태를 찾은 듯 은은하고 품위가 있어 보였다.

방바닥도 한지로 발랐다. 한지로 장판을 하려면 '콩댐'이라는 것을 해야 한다. 두터운 한지에 콩과 생들기름을 7대 3의 비율로 섞어 바르는 것이다. '문경 한지'에서 콩댐하는 법을 배웠다. 반드시 생들기름이어야 한다고 강조했다. 그냥 들기름을 쓰면 기름이 절어서 못 쓴단다. 게다가 색이 너무 짙어져서 은은한 노란 빛깔을 얻을 수 없다고 했다.

경주의 기름 방앗간을 찾아다녔지만 생들기름을 짜는 곳은 없었다. 들깨는 잘 짜지지도 않고 나오는 양도 적어서 꼭

볶아서 짠단다. 결국 상주 은척에 있는 오래된 방앗간을 물색해 찾아냈다.

"걱정 말아여, 새벽 네 시면 일어나 일해여. 제 시간에 보내줄 수 있어여."

전화로 울리는, 평생 기름을 짰다는 할아버지의 큰 목소리가 믿음직스러웠다.

불린 콩을 곱게 갈아 생들기름과 섞어서 고운 면 주머니에 넣고 하라는 대로 방바닥에 굴렸다. 장판을 버릴까봐 발에는 비닐을 씌우고 작업을 해야 했다. 한 번 바르고 닷새 동안 불 때면서 말리고, 다시 바르고 또 닷새를 말리고…… 그렇게 다섯 번의 콩댐을 했다.

처음 하는 일이라 서툴러 빛깔이 고르게 배이지도 않고 바닥만 칠해야 하는데 벽 쪽으로도 올라오고, 자세히 보면 엉망이지만, 그렇게 뿌듯할 수가 없었다. 내가 한 창조의 기쁨이었다. 다 마른 방바닥을 디디니 단단하고 찹찹했다. 비닐 장판의 느낌과는 전혀 달랐다. 몸과 분리되어 미끈거리고 끈적대는 느낌 없이 몸에 착 붙는 느낌이었다.

집 수리의 마무리는 담을 쌓고 대문을 다는 일이었다. 무너진 시멘트 담 대신 이 집과 주변 자연에 어울리는 담을 쌓고 싶었다. 집 뒤쪽에 남아 있는 오래된 흙돌담과 어울리게 담을 쌓았다. 황토와 돌로 만든 담. 나지막하게 쌓아 올린 흙돌담은 집과 잘 어울렸고 마을 골목과도 잘 어울렸다. 마지막으로 나무로 짠 대문을 달았다. 다섯 달쯤 걸린 공사가 비로소 마무리됐다.

집은 아름답게 복원되었다. 남산 자락 아래 겸허한 모습으로 다시 태어난 집. 집은 소박한 기품을 드러냈다. 백 년이 된 집이니 앞으로도 계속 고쳐가야 할 것이다. 이곳을 고치고 나면 저곳을 고쳐야 하고 저곳을 고치면, 고친 이곳을 다시 고쳐야 할 것이다. 그렇게 이 집은 내 몸과 함께 늙어갈 것이다.

그 늙음은 퇴락이 아니라 원숙함일 것이다. 내 몸과 집이 함께 무르익어 갈 것이다. 늦가을 햇빛 속에 피어난, 퇴락과 소멸의 계기를 머금은 깊고 평온한 채송화처럼.

집, 첫날밤

구월, 여름에서 가을로 넘어가는 덥지도 춥지도 않은 계절에 집은 완성되었다. 아무런 짐 없이 이불 한 채만 들고 첫날밤을 맞으러 집에 갔다.

낮은 흙돌담 안에 작고 단아한 집이 있다. 나무 대문을 열고 들어서자 흙 마당이다. 아직 나무 한 그루 심지 않은 신생의 마당이지만 지는 햇살이 가득 들어와 있다. 마당을 한 바퀴 돈다. 마을 어디선가 나무를 태우는지 매캐하면서도 그리운 냄새가 바람에 실려 온다. 문을 열고 방으로 들어선다.

방은 텅 비어 있다.

지는 햇살이 서향 창을 통해 방 안쪽까지 길게 들어온다. 햇살을 받은 반들하고 단단한 방바닥은 투명하게 빛난다. 텅 빈 방에 앉으니 고요하다. 그 고요가 어찌나 생생한지 손가락을 튕기면 '퉁' 하고 소리가 날 것 같다. 고요하고 충만한 기운이 감도는 방 안을 둘러본다.

불필요한 살은 다 사라지고 단단한 뼈만 남은 것 같은 거칠고 검은 나무 기둥들, 한지를 바른 부드러운 벽, 황토를 그대로 노출시킨 천장과 울퉁불퉁 구부러진 서까래들, 그들을 모아 제자리를 잡고 있는 긴 종도리, 여유 있는 곡선을 그리며 지붕을 떠받치는 대들보.

넉넉하고 편안했다. 방이 나를 품고 있는 듯 안온했다. 포대기에 싸여 엄마 품에 안긴 아기처럼 천진무구하게 세상이 믿어졌다. 어둑한 방은 태고의 어느 동굴에 들어온 듯도 하고, 오래된 빈 자궁 안으로 들어온 듯도 했다. 길러낼 것 다 길러내고 이제는 스스로 깊어질 일만 남은 자궁 말이다.

문득 한 인디언 부족의 이야기가 떠올랐다. "고대 인디언 부족에게 폐경은 또 다른 신비로운 변화를 의미했다고 한다. 그들은 여자가 임신했을 때 월경의 정지는 아기를 만들기 위해 몸에 피를 담는다고 생각했는데, 폐경 또한 여성들이 몸에 피를 담는 거라고 생각했다. 이때는 아기가 아니라 '지혜'를 만들기 위해서다."[2]

내가 이 낡은 집을 왜 그리 좋아했는지 그 진정한 이유를 비로소 알 것 같았다. 경주라는 땅에 끌리고, 남산마을에 끌

2 《우리 속에 있는 지혜의 여신들》, 진 시노다 볼린, 또하나의문화 2003.

리고, 그리고 작고 낡은 집에 끌린, 어떤 일관된 이유를 알 것 같았다. 새 집을 짓겠다는 마음이 전혀 일어나지 않았던 이유 또한 알 것 같았다. 그건 단순히 어린 시절 할머니 집에 대한 기억 때문만이 아니었다. 나는 거의 무의식적으로 '집의 모성'[3]에 기대었던 것이다. 내 안의 아이가 찾는 엄마가 집이었다. 집을 통해 그 아이는 엄마를 만나고 싶었던 것이다.

집을 지은 건 엄마를 만드는 일이었다. 그 엄마는 따뜻해야 했다. 온기는 새것에서 나오지 않는다. 오래된 것들이 주는 쉼, 받아들여짐, 깃들 수 있음……. 그 엄마는 오랜 시간의 흔적이 켜켜이 쌓인 아늑하고 다정한 엄마여야 했다. 아이는 집을 지음으로써 엄마를 찾고 그 안에서 의심 없는 천진한 삶을 살아보고 싶었는지 모른다. 상처 없이 다시 태어나고 싶었는지 모른다.

걸레로 방바닥을 닦았다. 다섯 번 콩댐을 한 노르스름한 장판이 단단하고 까슬하게 손에 전해졌다. 비어 있는 집은 유정有情한 것들로 차 있다. 새 아파트에 들어설 때의 휑하고 써늘한 느낌, 시멘트 냄새, 머리를 아프게 하고 눈을 따갑게 하는 화학 성분 냄새 대신 다사롭고 아늑한 냄새가 났다. 들기름 냄새 같기도 하고 어린 시절의 할머니 집에서 맡았던 고소한 연기 냄새 같기도 한 향기. 여기 사시던 할머니의 흔적, 아이들의

3《공간의 시학》, 가스통 바슐라르, 동문선 2003.

흔적이 배인 공간이었다.

석양이 지는 창에 광목 커튼을 내린다. 방은 "어질고 허전한"[4] 빛으로 가득 찬다. 비어 있음이 주는 단순한 아름다움에 가슴이 젖는다. 이불을 깔고 누웠다. 따뜻하다. 이불 속에서 몸을 뒤척여본다. 왼쪽 오른쪽 다리를 말아 태아같이 웅크려본다. 입이 벌어진다.

"엄마."

저절로 말이 나왔다. 이불을 감고 뒹굴었다. 그러다 일어나 앉아 벽에다 대고 가만히 불러본다.

"엄마, 엄마!"

오른 벽 왼 벽 천장을 향해, 방바닥을 향해 "엄마, 엄마, 따뜻해, 따뜻해." 뭐라고 형언하기 힘든 느낌이 올라온다.

"내가 엄마를 만들었어. 내가 창조한 엄마야. '엄마'도 와서 이 엄마에게 안기면 좋겠어."

엄마가 돌아가시기 얼마 전이었다. 의식이 있다 없다 했다. 의식이 있을 때는 찬송가를 들려달라고 했다. 의식이 없을 때는 입을 오므리고 뭔가를 빠는 시늉을 했다. 가까이 가니 "엄마, 엄마……." 희미한 목소리로 엄마를 부르고 있었다. 엄마는 무의식 상태에서 엄마 젖을 빨고 있었다. 죽음을 눈앞에 두고서야 그 깊은 무의식이 드러난 것이었을까.

4 《나는 내 것이 아름답다》, 최순우, 학고재 2002.

무언가가 뒷머리를 세차게 내리쳤다. 눈알이 튀어나올 듯 얼얼해지면서 걷잡을 수 없이 눈물이 쏟아졌다.

'아, 아…… 엄마는 젖먹이였구나. 평생 엄마 젖을 찾았구나. 젖먹이가 엄마 노릇을 해야 했구나. 그 버거움과 두려움, 막막함이 어떠했을까.'

엄마의 외로움이 온몸을 타고 전해져 왔다. 엄마는 여섯 살 때 엄마를 잃고 거의 고아처럼 자랐다. 엄마의 내면에 자라지 못한 젖먹이 아이가 있었다는 걸, 임종 앞에서야 알았다.

"아, 아, 어떡해, 어떡해…… 엄마. 몰랐어, 몰랐어……."

기쁜 것과 슬픈 것, 아픈 것…… 그 모두가 뒤섞여 눈물로 흘렸다. 집을 갖게 된 기쁨과 이 '집 엄마'를 드리고 싶은 '엄마'가 없다는 슬픔으로 가슴이 얼얼해졌다.

나도 몰래 잠이 들었다. 자다가 깨어나 마당으로 나갔다. 마당이라니! 내 집 마당이다. 믿기지 않아 어둠 속에서 발을 굴러본다. 동쪽 산에서 후우우 후우욱 구슬픈 새소리가 난다. 저 소리에 잠이 깼나. 담요로 몸을 두르고 잠시 앉아 있다. 고요한 공기에 울려 퍼지는 먼 곳의 새소리. 이 집에서 처음 듣는 소리. 남산 집, 나의 우주에서 첫 가을의 하루를 맞이하고 있다.

아침에 눈을 뜨니 동향으로 난 창호지 문을 통해 반투명한 햇살이 방 안 가득 들어와 있다. 햇살에 몸을 담그고 누워 있자니 다른 어떤 세계로 들어온 듯 했다. 나는 다른 시간과 공간에 와 있는 것이다. 이 느낌이 너무 생생해서 손에 만져질 듯 했다. 지금껏 살아왔던 시공간을 지나 내가 잘 알지 못하는, 그러나 앞으로의 내 삶이 펼쳐질 새로운 시간과 공간. 나는 나도 알지 못할 이 공간과 시간에 대한 일종의 외경심으로 가슴이 먹먹해졌다.

이 집이 나를 어디로 데려갈 것인가. 이 공간이 무엇을 만들어낼 것인가. 나는 알 수가 없다. 이 새로운 공간이 무엇을 할지 호기심을 가지고 기다릴 수 있기를 바랄 뿐.

이제 집은 나를 품고 긴 부화孵化에 들 것이다.

집들이를 하다

"어이구, 이게 웬 떡이여! 아, 저기 보령댁네 집 사서 이사 온 새댁이구만."

이사하고 떡을 해서 동네에 돌렸다. 경로당 할머니들이 "새 댁이, 새댁이!" 하며 반기셔서 기분이 우쭐해졌다.(알고 보니 할머니들은 환갑이 넘은 사람한테도 '새댁'이라고 불렀다.)

"저 아래 낡은 집, 고치고 들어온……"

"아, 그러시구먼. 폐가 같은 집을 아담하게 잘 고쳤더군요. 집이 하도 황량해 그 길로 잘 안 다녔는데, 요즘은 일부러 그 길로 다녀요. 들어와 차 한잔해요."

비구니 스님 절에서는 집을 잘 고쳤다고 찬사도 들었다. 이 제 나도 이 마을의 주민이 된 것이다.

남산마을은 일종의 집성촌이다. 조선조 때부터 임씨들이 모여 살았다고 한다. 서출지엔 이요당二樂堂이라는, 조선 현종 때 임적任勣이 지은 아름다운 정자가 있다. 남쪽 양피못 언덕에는 그의 아우가 지은 산수당山水堂도 있다. 아직도 마을의 주된 구성원은 임씨다. 대부분 나이 드신 분들이고 할머니들이 많다.

외부에서 들어온 사람들은 나처럼 이 마을이 좋아서 들어와 살고 있는 사람들이다. 스님과 수행자들도 꽤 있다. 신라 시대 땐 이 마을에 수십 개도 넘는 절이 있었다 하니, 스님들의 바람이 이 마을에 절을 짓는 것이기도 하겠다. 주말에 와서 별장처럼 지내는 사람들도 있다.

처음 마을에 드나들 때 사람들이 물었다.

"뭐 하세요?" "남편은, 애들은요?"

별 생각 없이 그때그때 상황에 닿는 대로 말했다. 그러나 이 마을에 터를 잡을 마음을 내고 나니 그렇게 무성의한 대답을 해서는 안 될 일이었다. 사람들이 묻는 말에 제대로 된 대답을 해야 했다.

처음 만나면 사람들이 내게 제일 먼저 묻는 말이 "뭐 하냐?"와 "남편은?"이었다. 그 질문에 할 말이 없어 어물거렸다. '남편 없는데요.' '그냥 살아요.' '명상도 하고 요가도 해요.' '내 먹을 건 내가 기르려고요.' '지구에 폐나 안 끼치며 살려고요.' 내 안에서 어정쩡하게 올라오는 말들 중 어느 하나 제대로 된 말이 없었다. 사실 사람들이 궁금한 건 분명했다. 나의 사회적 역할, 지위나 신분에 대한 질문이었다. 저 사람이 믿을 만한 근거가 있는 사람인가 아닌가 식별하는 기본 질문이 그런 것 같았다.

"예술하시나요?"

"집에서 하는 일 없이 노는 분 같지는 않고…… 차 하시는 분이신가?"

경주엔 워낙 예술가들도 많고 차茶道를 하는 사람들도 많으니 자연스럽게 나올 법한 말이었다. 사람들이 궁금해하는 어떤 직업도 없고, 그렇다고 누군가의 아내도 아니고, 특정하게 하는 일도 없는 나는 사회적으로 정체불명의 인간이었다. "정체를 밝혀라!"는 주문 앞에 "몰라…… 없어." 이러고 있는 꼴이었다.

이런 일이 낯설다는 것을 닥치고 나서야 알았다. 그것은 의외로 좀 당황스러운 일이었다. 비로소 내가 누린 어떤 혜택들이 보였다. 너무도 당연해서 보이지도 않았던 사회적 역할이나 소속감이라는 것 말이다.

직장 잃은 남자들이 왜 모든 것을 다 잃은 양 홈리스가 되는지, 은퇴 후 남자들이 왜 극심한 우울증에 시달리는지, 실업자나 '백수'가 겪을 그 정체성 없는 시간들이 이해될 듯했다. 이혼을 두려워하는 많은 여자들의 심정도 마찬가지일 것이다. 결혼이 일종의 사회적 신분이 되는 사회에서 이혼은 사회적 지위나 신분을 잃는 일이었다.

대학을 졸업하자마자 교사가 되어 비록 우여곡절은 있었지만 이십여 년간 직업을, 그것도 안정된 직업을 가졌던 내 삶의 양지陽地가 보였다. 내가 누구인지를 알겠다고, 삶의 허기를 끝내겠다고 직업을 그만두고 입산入山을 한 것도 혜택을 받은 삶이었기에 가능한 일이었다는 것이 이제야 보였다. 학교를 그만둘 때 동료들이 말했다. "직장 그만두면 서러운 일 많을 거야, 대우가 다를걸." 그 다른 대우가 서럽지는 않았으나 낯설었다.

어쩌면 단순히 사회적 역할이 없어서가 아닐지도 몰랐다. 나 자신이 아무런 정체성도 없어져버려서 그 질문들이 낯설게 느껴지는 것 같기도 했다. 마치 오랜 시간 외국에 나갔다 들어오니 세상이 너무 변해서 뭐가 뭔지 모르는 사람처럼, 수년간 산에서 수행의 세계에 있다 내려온 나는 세상이 낯설고 어리벙벙한 상태였다. 내가 누군지 나도 모르겠는데 나를 밝히라고 하니 입이 잘 안 떨어져 '어버버' 하고 있는 꼴이었다. 그저 상식적인 물음 앞에 불심검문에 걸린 사람처럼 당황스러워하는 내 모습이 오히려 낯설었다.

"교사하다가 명퇴했어요, 대학 다니는 아들이 있구요."

이 정도의 이력이면 사람들은 별 의심 없이 받아들일 거였다. 나 혼자 끙끙거렸을 뿐.

이제 나는 이 마을에 들어왔다. 이사 떡을 돌리고, 그동안

알게 된 몇몇 지인들을 불러 집들이를 했다. '집에 대한 헌사'
가 저절로 나왔다. 집들이 의식 때 집과 사람들을 향해 낭송
했다.

이사 떡도 돌리고 집들이 의식도 했으니 이제 이 집에서 새
로운 삶을 살아갈 일만 남았다.

내게 너무 낯선

집을 다 고치고 이제 평화롭게 살 일만 남았는데, 마음 한 구석이 쓸쓸했다. 집을 찾고 고치는 설렘과 활기, 다양한 사건, 시적詩的으로 고양된 상태가 끝나자 우울했다. 연속극이 끝나고 더 이상 재미있는 것도 없는, 지지직대는 텔레비전 화면을 바라보듯 허망했다.

마치 성공한 자가 겪는 우울 같았다. 그토록 원하던 집을 얻었는데, 그것을 얻었다는 이유로 허망했다. 그러나 꼭 그런 건 아니었다. 다 이룬 자의 허망에는 일종의 포만이 있다. 배고파 열심히 밥 먹고 났을 때, 배는 부른데 왠지 허전한 느낌. 그러나 이 느낌엔 그런 포만이 없었다.

나는 혼자 집을 짓겠다는 생각을 해본 적이 없는 사람이었다. 집은 사랑하는 사람과 함께 짓는 거지 혼자 짓는 게 아니었다. 지리산 수행에서 가슴을 찢기며 만난 게 내 안의 '사랑병 환자'였다. 이 환자는 늘 사랑 타령을 했다. 엄마로 상징되는 '첫눈에 알아볼' 필생의 사랑을 기다리는 환자. "그런 사랑이 없다면 인생은 사기야, 사기극이야." 녹음테이프를 돌리듯 같은 말만 되풀이하던 이 환자는 가슴이 다 무너진 어느 순간 체념을 한 것 같았다. "그래, 없을 거야. 없겠지……." 그렇게 단념했던 환자가 집을 다 짓자 다시 등장해 "우울해, 우울해" 하며 내 안을 서성거리고 있었다.

그건 오래된 마음의 습관이었다. 습관이 하루아침에 사라지는 건 아니다. 오고 또 올 것이었다. 그때마다 "이크, 그 환자분께서 오셨군!" 알아채고 지나가기를 기다릴 일이었다.

원한다면 함께 살 사람이 왜 없겠는가. 혼자 집을 짓는 일이 고립을 의미하는 건 아니다. 그건 스스로의 '장소'를 마련하는 일이다. 내 우주를 어디에 세우고 누구를 초대할 것인가의 문제이다. 나는 내 우주를 세웠다. 내 공간에 초대할 사람, 함께 살 사람에 대해 호기심 어린, 열려 있는 마음이 있다.

근본적인 이유는 다른 데 있었다.

평생 싸움만 하다가 이제 싸울 일이 없으니 우울한 거였다. 마치 전쟁터에서 돌아온 사람이 평온한 세상을 어찌 살지 몰라 쩔쩔매는 것처럼 평온한 일상을 어찌 살지 몰라서 온 우울이었다.

사는 게 늘 전쟁인 사람이 있다. 평화를 간절히 원하나 그게 뭔지를 애초부터 모르는 사람. 갈 데까지 가야 하는 인간이 있다. 끝까지 가서 막다른 곳에 머리를 처박고서야 결국 되돌아서는 종류의 인간이 있다.

이런 인간들의 대부분은 자신이 하는 싸움이 싸움인 줄 모른다. '인간다움의 이상'이니 '자기성숙'이니 '자유를 위한 저항'이니 거창한 이상을 내세우지만 그가 내세우는 그 이상이 '결핍'에서 나온 '과잉욕망'이라면 싸움일 뿐이다.

생의 초기에 받았어야 할 따뜻함, 태초의 온기를 맛보지 못한 인류의 몇 십 퍼센트는 평화가 뭔지 모른다. 그들은 평생의 허기에 시달리는 운명을 부여받고 그 허기를 메우기 위한 전쟁터로 나서게 된다. 목메도록 원하는 것은 평화나, 그가 할 수 있는 것은 전쟁이다.

나는 그런 인간이었다. 나는 자신과의 치열한 싸움 끝에 온 '한 줌의 평화' 앞에서 그것조차 누릴 수 없는 몸과 마음을 지닌 사람이 되어 있었다.

나의 몸과 마음은 불안과 긴장에 길들여져 있다. 피해의식과 분노에 익숙하고 늘 초조하고 조급증에 시달린다. 자학과 갈등, 무기력에 오래 길들여져 있다. 삶이 전쟁터니 언제나 아드레날린 과잉 상태로 교감 신경만이 일방적으로 설쳐댄다. 지루한 일상을 견디지 못해 일탈한다.

일탈의 자유, 잠시 오는 해방감의 단맛을 보기 위해 일상을 파괴한다. 그리고 파괴의 힘으로 충전한다. 내 몸은 고통과 파괴를 즐기는 메커니즘에 익숙하다. 늘 맹목적인 열정과 권태 사이를 오가며 살아왔다.

평화는 낯선 무엇이다. 전쟁에 길든 몸과 마음은 평화를 지루함이나 권태, 우울로 인식한다. 온몸에 힘주고 살다가 더 이상 힘줄 일이 없으니 맥이 빠진다.

평화를 위해 허겁지겁 달려온 자, 막상 평화가 오니 그것을 누릴 아무런 내적 자원도 없는 자. 그게 나였다.

나의 쓸쓸함과 우울은 평화를 살아보지 못한 자가 치러야 할 당연한 삶의 몫이었다. '전쟁 끝, 평화 시작' 같은 건 없다. 평화는 성취의 목표가 아니다. 싸워서 쟁취해야 하는 그 무엇이 아니다. 평화는 존재의 한 방식이다. 단지 그렇게 존재할 뿐이다. 평화롭게 존재하거나 그렇지 못하거나. 과정이 평화롭지 않았는데 결과가 평화롭다는 것은 있을 수 없는 일이었다.

지리산에서 명상 수행을 할 때 가끔씩 평화로웠다. 벽소령 가는 길목 산 중턱에 스승의 암자가 있었다. 사람도 전기도 없는 외진 산, 거대한 바위 아래 지어진 작은 움막이었다. 스승이 그 암자에 날 올려 보낸 것은 수행 이 년차가 넘은 어느 해 겨울이었다. 그의 표현을 따르면 '근기(교법敎法을 받을 수 있는 중생의 능력)가 된 것'이었다.

그곳에서 보름쯤의 낮과 밤을 보냈다. 일찍 어두워지는 긴 겨울밤 무얼 하고 지냈는지 지금은 별 기억이 없다. 인공적 불빛이 없는 오지에서 바라본 밤하늘의 별들, 그 초현실적인 아름다움. 절대 고독의 투명한 순간들…… 선명하게 남아 있는 것은 어떤 순간의 '평화'다.

그날도 다른 날처럼 두 사람이 똑바로 누우면 꽉 찰 만큼 좁은 방에서 밥을 먹고 차를 마시고 있었다. 열어놓은 방문으로 눈 덮인 산봉우리들이 들어왔다. 바람은 차가운데 장작을 땐 방은 따끈했다. 내가 들고 있는 찻잔도 따뜻했다.

차를 마시고 있는 어느 순간 '내가 차'인지, '차가 나'인지 알 수 없어졌다. 내가 차를 마시는 건지, 차가 나를 마시는 건지도 분간이 안 갔다. 차와 차를 마시는 행위와 내가 분리되지 않은 하나로 소리 없이 움직이고 있었다. 사물과 나 사이에 있던 보이지 않는 막이 스르르 무너져 내린 듯한 느낌이랄까. 고요하고 평화로웠다.

이러한 평화는 일상에서 유지되지 않았다. 평화는 의도해서 오는 것이 아니라 오히려 의도치 않은 어느 순간 왔다.

나는 명상을 하면서 왜 평화로운 상태를 지속할 수 없었을까? 왜 평화의 순간들이 내 몸에 축적되지 못했을까? 여러 이유가 있겠지만 내 수행의 목표가 '여기' 아닌 '저기'에 있었기 때문이었으리라. (말로는 늘 '지금 여기'를 강조하지만) 명상은 언제 터질지 모르는 '견성見性(마음 닦는 공부를 하여 깨달음을 얻게 되는 체험의 경지)의 한 순간'을 위한 준비 과정이었다. 깨달음은 '나뭇잎 떨어지는 소리'에도 오고, 스승이 내리치는 '죽비 한 대'로도 오고, '똥 막대기'로도 온다. 난 언제 어떻게 올지 모르는 견성의 순간을 위해 자신을 닦아야만 했다.

내가 수행을 한 마음의 상태는 어쩌면 로또에 당첨되려고 하는 마음과도 닮았다. 한 방에 터져야 하는 것이다. 삶의 목적은 여기에 있지 않다. 언젠지 알 수 없는 견성의 그날에 있다. 견성만 하면 그때부터 '전쟁 끝 평화 시작'이었다. 그러니 수행 과정의 일상적 평화가 어떻게 가능할까. 마음과 몸은 바짝 말라 있었다.

난 일탈과 파괴를 통해 오는 순간적 해방감이 평화라고 착각하는 대신, 지루한 일상을 평화롭게 살아가는 법을 배우고 훈련해야 했다. 평화로 존재하기를, 평화 속에 있기를 익혀야 했다. 그건 삶의 목표가 저 멀리에 있는 미래가 아니라, '지금 이 순간'에 있어야만 가능한 일이다.

난 그 우울과 쓸쓸함의 시간을 받아들였다. 익숙한 방식으로 "왜 이런 거지, 뭐가 잘못된 걸까?" 하며 재빨리 분석하고 성찰해서 그럴듯한 사건이나 일을 만들어 달아나는 대신 그냥 우울을 맞이했다.

그건 우울을 더 이상 두려워하지 않고 맞이하는 일이었다. 우울과 함께 있어도 괜찮다는 걸 몸으로 확인하는 일이었다.

삶의 기쁘고 즐거운 측면만 보겠다는 어린아이 같은 태도를
버리고 삶의 쓰고 어두운 측면까지도 '저항 없이' 받아들이
려는 몸짓이기도 했다. 우울과 함께 존재하기. 지루한 장마
철 곰팡이 피어오르는 방에서 눅눅한 이불을 덮고 배앓이 하
듯, 쓸쓸히 아픈 시간들이었다.

　나는 이 시간이 평화의 입문식이 되기를 바랐다.

아는 것과 사는 것

우울을 피하지 않고 그 안에 있자, 쓰라린 것들이 우글거리며 올라왔다. 처음엔 그럴듯한 이타심과 도덕성의 베일을 쓴 자못 심각한 얼굴이었다. 이제 나이도 들어가면서 세상을 위해 뭔가 기여해야 하지 않나, 그동안 살아온 것을 나름 환원해야지, 세상에 이로운 무엇인가를 해야지.

그러나 두터운 베일 아래서, 인정하고 싶지 않은 내 모습이 메두사의 얼굴로 너울거렸다.

'이제 뭐 하고 살 거야? 수행해서 구루(정신적, 영적 스승)가 되고 싶었잖아. 깨달아서 무아無我가 되어서 그 무아를 뻐기고 싶었잖아. 우아하게 보살 미소를 날리며 그럴듯하게 살고 싶었잖아. 그게 다 결핍에서 온 아귀 짓인 걸 알았으니 천만다

행이다만, 남은 인생 뭐 하고 살 건데? 노년은 한없이 길어진다는데⋯⋯.'

영성 모임을 같이 하던 친구들은 각자 전문 분야를 갖고 있었다. 누구는 상담가가 되고, 누구는 명상 지도자가 되고, 누구는 유학을 가서 공부하고 있고⋯⋯ 그들의 소식을 듣는 날은 마음이 복잡했다.

'나도 대학원을 가서 초심리학parapsychology 공부를 할 걸 그랬나. 그랬다면 지금쯤 사회적으로 뭔가 되어 있을 텐데. 지금이라도 세상에 써먹을 수 있는 자격증 같은 걸 따야 하지 않을까.' 이런 생각이 드는 날은 인터넷에서 영성이나 초심리학에 관련된 대학원 과정을 찾아 헤맸다.

"선생님, 책 나와야 할 때가 한참 지나지 않았나요."

"네가 그리 살 줄 몰랐다. 글 쓰고 살 줄 알았지, 시골 가 뭐 하고 있는 건지⋯⋯."

과거의 사람들이 하는 말에 동요된 날에는, 내가 쓸 수 있는 영역이 어딜까 고심하며 노년이나 영성에 관한 책들을 찾아대곤 했다.

아무도 날 모르고, "저 여자는 뭐야?" 의심받으며 무시까지 당하고 들어온 날은 지역 사회에 내가 누군지 알려야만 할 것 같았다. '나 정도의 이력이면 페미니즘과 영성, 글쓰기를 접목한 자서전 쓰기나 명상적 글쓰기 같은 걸 얼마든지 해볼 수 있잖아.' 그런 날은 대학 평생교육원의 강사 이력서를 기웃거렸다.

며칠을, 때로는 수 주일을 이런 생각들에 우울하게 끌려 다녔다.

나는 삶의 의미를 '나 밖의' 것에서 찾는 데 익숙했다. 자기 존재감이 없으니 타자를 통해 그것을 얻으려고 했다. 세상의 인정을 먹어야 살 수 있는, 이른바 '흡혈귀 인격'이었다.

나는 자아실현을 세상에 날 '드러내는' 것으로 하려고 했다. 차마 인정하기 어려웠지만 '존재의 심화'를 위해 수행을 하러 간 것 또한 사회적으로 만들어진 행위였다. 영성을 추구하는 것이 일종의 사회적 유행이 된 것이다. 나는 사회적 성취의 맛을 보았고, 더 큰 성취를 꿈꾼 자가 갖는 '사회적 존재 소멸'에 대한 두려움을 강하게 가지고 있었다. 나의 우울은 이 두려움의 다른 얼굴이기도 했다.

'드러내는' 사람들의 공통적 특징이 있다. 자기 안의 샘물은 솟아나, 흘러 넘쳐야 한다. 그런데 샘물이 미처 차오르기도 전에 또는 샘물의 양보다 과도하게 자기를 드러낸다. 샘물의 바닥을 긁다가 안 되면 없는 샘물까지 상상으로 만들어내기도 한다. 그런 욕망이 있는 것이다. 그러니 홀로 있거나, 나이 들어가면서 필연적으로 스스로가 고갈되기 마련이다. 한때 사회적 명망을 가졌던 사람들이 늙어가는 모습에 실망하게 되는 것도, 이와 무관하지 않을 것이다.

'드러내는' 것을 따라가면 몸의 변화는 생기지 않는다. 그것을 아는 나는 더 이상 그 길을 가지 않으려 하나, 그 길에 익숙한 나는 계속 그 길로 가려고 했다. '과거의 몸'과 '현재의 몸'이 격전을 일으키고 있다는 증거가 나의 우울이기도 했다.

허공에 떠다니는 데 익숙한 사람이 어느 날 땅으로 떨어졌다고 해서 하루아침에 땅의 사람이 되는 건 아니다. 더구나 그 땅을 무시하고, 심지어 땅이 있는 줄도 모르고 살았던 사람이 저절로 땅을 믿고 살아가는 일은 가능치도 않다. '아는' 것과 '사는' 것 사이의 거리. 머리에서 가슴을 거쳐 손발까지 내려오는 거리. 그 까마득한 거리 사이에서 과거의 관성은 오늘은 이리로 내일은 저리로 날 끌고 다니고 있었다.

삶의 계시는 위대한 선지자들만 받는 것은 아니다. 평범한 한 개인도 계시적 말씀을 받는다. 그것은 외부에서 오는 무엇이 아니다. 자기 내면 깊이에서 올라오는 소리다. 생명 본연의 소리며 영적 깨우침이라고 할 수도 있겠다.

그 소리는 내가 믿는 자아의 단단한 벽을 뚫고 어느 순간 직관적 섬광처럼 울린다. 많은 경우 그 말씀은 이성의 합리화나 자기 정당화 등으로 인해 사라지고 만다. 그 계시 같은 순간적 울림을 자각적으로 건져 올리고, 깊이 사유하고 의미를 부여한다면, 개인의 삶은 좀 더 깊은 차원으로 들어가리라. 나의 내면에서 울리는 계시는 분명했다.

'살아라, 네게 부족한 건 삶이다!'

그건 '네 자아보다 존재가 훨씬 크고 넓다. 존재의 질서가
네가 만드는 질서보다 훨씬 자유롭고 아름답다. 그걸 믿고 가
라!'는 말이었다. '땅에 발 딛고 살아라' '너의 근원을 받쳐 주
는 일을 해라' '밥을 정성껏 해 네 생명을 공경해라' '계속 도
망만 다니면 넌 영원히 공허한 떠돌이가 되리라' '영영 그럴
듯한 가짜가 되리라'……로 번역되는 말씀이었다.

과거는 얼마나 거대한 권력이던가? 헛살았다는 것을 알았
다고 해서, 새로운 인식이 왔다고 해서, 몸이 저절로 바뀌는
것은 아니었다. 나는 마음 내키는 대로 몸을 혹사하고 대충
밥을 먹으며, 저 멀리 허공을 바라보며 살아왔다. 과거는 내
몸과 마음에 완강한 습관으로 자리해 마치 과거라는 덫에 걸
린 것 같았다. 빠져나가려고 애쓰면 애쓸수록 조여오는 덫의
통증처럼 일상으로 내려오려고 할수록 몸과 마음은 저항으
로 팽팽해졌다.

'일상? 몸, 생명, 밥…… 이런, 정말 낯설기만 하잖아. 몸?
몸이 뭔지, 뭘 원하는지 내가 아나? 몸이 있다는 걸 알 때는
아플 때밖에 없었는걸. 생명? 언제 내가 생명이라는 걸 인식
한 적 있었나? 그건 그냥 저절로 있는 거지 뭐 알고 배워야 하
나? 밥, 그걸 제대로 해서 뭘 어쩌겠다는 거지? 밥 공부? 내가
밥을 하고 내 생명과 다른 생명에게 밥을 먹이는 행위에 정성
을 다하고 이윽고 그 행위가 신성함에 이르는 공부를 하겠다

고? 지금 네가 하는 말이 무슨 뜻인지 정확히 알고나 하는 거
야? 밥을 해야 한다는 생각만으로 일 톤 트럭의 무게에 짓눌
리면서? 하기도 전에 지쳐 쓰러지면서?'

　나는 평생 해왔던, 그럴듯한 관념 속에서 관념과 관념 사이
를 부나방처럼 날아다니기를 그만두고 땅을 기는 애벌레의
삶을 살기로 한 것이다.

　애벌레의 삶은 느리고, 구차하고, 지리멸렬하다. 맨몸으로
배를 땅에 밀착시키고, 온몸을 움직여 구체적으로 살아야 한
다. 고독하고 어두운 굼벵이의 시간을 겪어야 한다. 그러나
애초에 애벌레 없는 나비가 없듯이 내 삶의 구체성과 물리적
변화가 없는 변화라는 것은 가짜이거나 거짓인 것이다. 그렇
게 '가짜'로는 더 이상 살 수가 없게 된 것이다.

　내가 살아온 삶이 애벌레 없는 나비가 되려고 했던, 허구의
삶이었다는 쓰디쓴 자각, 이렇게 살다가는 구차한 노년과 헐
벗은 죽음이 기다리고 있을 거라는 두려움, 무엇보다 평생 내
삶을 추동해온 '인간다운 인간이 되고 싶다'는 상향의 충동
이 역설적으로 '하강의 자리', '일상의 자리'로 날 데려왔다.

　인간다움에 대한 이상이 저 높은 곳을 향해 가게 했지만 그
허공의 끝에서 만난 건 어쩌면 가장 낮은 곳, 하찮은 것들이
었다. 그 '하찮음'의 세계를 살아가기 두렵고 싫어서 나는 그
토록 오래 허공을 헤맸는지 모른다. 삶을 직면할 수 없어, 천

리만리를 헤매며 관념만 키웠는지 모른다.

인간다움의 이상이 허공에 뜬 길을 가게 했지만, 그 이상
은 다시 날 새로운 자리로 데려왔다. 그건 몸이고 밥이며 생
명이었다.

평범하고 당연한 세계가

근원적인 세계다.

늘 특별한 것을 추구하면

일상에 무뎌진다.

몸의 발견

"양성인지 악성인지 모호하네요. 조직 검사를 하거나 추이를 지켜보든가 해야겠어요."

서울아산병원 정형외과에서 한 MRI 촬영 결과였다.

"오른쪽 무릎 안쪽 뼈에 직경 3.7센티미터 원형의 검은 물질이 있습니다. 양성일 가능성이 높지만 악성일 가능성도 있는데 정확한 것은 조직검사를 해야 알 수 있어요. 검사는 마취하고 뼈를 뚫어야 합니다. 나흘간 입원하고 한 달하고도 보름은 목발을 짚고 다녀야 하는 큰일입니다."

의사의 말이었다.

"좀 두고 지켜보지요."

"그러면 석 달 뒤에 다시 검사를 합시다. 그 안에 이상이 있으면 즉시 와야 합니다."

삼십 대 중반부터 수십 년간 몸이 늘 피로했다. 자고 나면 밤새 두들겨 맞은 사람처럼 몸이 아프고 시렸다. 하루 종일 물 먹은 솜처럼 무거웠다. 이런저런 처방도 받아보고 한약도 먹고 해봤지만 나아지지 않았다. 만성피로 증후군이라는 공통된 이야기를 들었다. 어쩔 수 없다고 생각했다.

"호르몬 검사를 받아봐요."

내 증상을 듣고 한 지인이 말했다. 자기 숙모가 나와 증상이 비슷했는데, 알고 보니 호르몬에 문제가 있어서였다고 했다. 그럴 듯했다. 그러나 결과는 '이상 없음'이었다. 류머티즘이 의심된다면서 류머티즘 내과로 의뢰를 했다. 검사 결과, 류머티즘은 없고 오른쪽 무릎 아래 뼈에서 제법 큰 염증이 발견되었다.

"정신과 상담을 받아보시는 게 어떨까요. 몸이 몹시 우울한데 그게 마음에서 오는 것 같습니다."

류머티즘 내과 의사가 권했다. 그 말을 듣는 순간, 내 안에서 쉬쉬쉭 바람 빠지는 소리 같은 게 들렸다. 서글프게도 철이 지나도 한참 지난 이야기였다.

'정신과 상담, 그거 이십 대에 받았어야지요. 환자였으니. 그러나 정신과 가는 대신 연애를 했지요. 결혼하고, 이혼하고, 넘어지고, 깨지고……내 정신은 이제 겨우 정신을 차렸어요. 문제는 몸이에요. 나간 정신 찾느라고 몸이 다 망가졌

으니까요.'

의사에게 할 수 없는 말을 혼자 중얼댔다.

검사 예약을 하고 돌아오면서 계속 '몸의 우울'이라는 말이 맴돌았다. 처음 듣는 언어였다. 그 언어로 내 몸을 보면 새롭게 보이는 게 많았다. 내 몸은 전반적으로 움직이고 싶어 하지 않는다. 신체적 움직임을 싫어할 뿐만 아니라 내장 기관들도 그렇다. 위도 장도 다 무력하다. 좀처럼 소화가 안 되고 늘 변비에 시달린다. 그게 우울이라고?

복습하듯 정형외과 검사 결과를 요약해봤다. 무릎에 종양이 있는데 그게 악성, 즉 암일 확률이 있다는 거다. 인터넷을 뒤져보니 온통 공포였다. 만약 그게 암이라면 '골육종'이라는 것인데, '수술을 해도 다리 하나 절단에 심장으로 전이…… 흔한 암이 아니라 특별히 개발된 치료법이 없고 다른 암과 달리…… 곧 죽을 것이다.' 그 공포의 말들을 진정시키고 나니 결론은 당연했다. 만약 암이라면 치료를 받아도 곧 죽고, 안받아도 죽는다. 치료를 받으면 처참한 고통을 당하며 죽고, 안 받으면? 마찬가지일까? 그건 모르겠다. 어쨌든 병원 치료는 받지 않겠다. 혼자 그리 생각했다.

집 공사가 한창 진행되고 있는 와중이었다. 곧 죽을지도 모른다…….

죽는 건 별로 아쉽지도 안타깝지도 않았다. 전 같았으면 안 죽겠다고 발버둥을 쳤겠지만. 죽음에 대해 받아들일 마음이 되어 있었다. 의외였다. 늘 '지금 죽을 순 없어!' 하는 마음이 있었다.

한참 영성에 관심이 있던 시절, 동사섭同事攝이라는 명상 프로그램에 참가했을 때였다. '독배毒杯 명상'이라는 명상이 있었다.

"내 앞에 달고 맛있는 주스 한 잔이 놓여 있다. 마시면 아무런 고통 없이 죽는다. 이 잔을 마시겠는가?" 이 상황을 실제처럼 진지하게 받아들인다. 그리고 독배를 마실 수 있는 사람은 손을 드는 거다. 누군가가 손을 들었다. 나오라고 했다. 나간 사람의 머리카락을 자르려는 시늉을 한다. 그 사람이 뒤로 물러났다.

"죽을 사람이 머리카락이 아깝나요?"

이 명상의 핵심은 죽을 수 있냐, 없냐가 아니었다. 생명을 지닌 존재는 당연히 죽고 싶지 않다. 죽고 싶지 않은 이유를 찾는 것, 곧 자신이 삶에서 가장 집착하는 게 뭔지 발견하고 그것을 내려놓는 훈련을 하는 명상이었다. 대부분의 사람들은 자식이나 부모가 그 이유였다.

나 또한 죽고 싶지 않았다. 부모도 자식도 아닌, 바로 나 자신 때문이었다. 이제 겨우 '나'를 찾아가기 시작했는데, 내가 누군지 알고, 나로서 살아보려는 시작을 하고 있는데, 그런데 죽는다니…… 그건 있을 수 없는 일이었다. 얼마나 깊이 몰입을 했는지, 난 안 죽겠다고 엉엉 통곡을 하고 있었다.

그때와는 달리 죽는 게 안타깝지 않았다. 지리산 수행에서 만난 내 안의 아귀餓鬼, 지독한 자기 결핍을 정면으로 마주하고 나서야 역설적으로 그 결핍은 사라졌다. 영혼의 허기를 해결하겠다고 나선 수행의 길은 예상치 못한 방식으로 그 허기를 해소했다.

나는 더 이상 삶에서 해결해야 할 그 무엇이 남아 있지 않았다. 이제 '그냥' 살면 되었다. 그러니 죽는다 해도 눈을 감지 못할 한스러움이나 안타까움이 남아 있지 않았다. 아들도 다 컸다. 다만 죽음에 이르기까지의 고통이 두려웠다. 처참한 고통을 겪으며 죽어가야 한다면. 피할 수만 있다면 피하고 싶은 일이었다.

죽을지도 모른다고 생각을 하니 그동안 걱정하던 모든 일들이 다 아무것도 아니었다. 죽음 앞에 문제가 될 게 무엇이겠는가? 종종 속을 뒤집어놓는 목수도, 군대에 가 있는 걱정스런 아들도, 다 괜찮았다. 남은 시간 내가 할 수 있는 건 사랑밖에 없는 듯했다. 비현실적 세계에서 둥둥 떠 있는 듯도 했다.

석 달 뒤 다시 검사를 받으러 가기 전까지 어떻게 지낼까? 그냥 손 놓고 지낼 수는 없지 않은가. 아니, 손 놓고 있으면 안 되었다.

만약 내가 앞으로 얼마 못 산다면 가장 용서를 받아야 할 대상은 내 생명, 곧 내 몸이었다. 평생 없는 것처럼 무시하고, 툭하면 학대하고, 내 멋대로 지치도록 쓰고. 나는 내 몸에게 해준 것이 아무것도 없었다. 이제라도 내 몸을 돌보는 일을 시작해야 했다.

나는 생애 처음으로 내 몸을 인식하게 된 것이다.

몸이 아니라고 말할 때

"참…… 둔치예요, 둔치! 몸이 이 정도까지 되려면 아파도 아주 많이 아팠을 텐데, 그걸 못 느끼다니."

암 치료에 탁월하다는 한의사는 내가 몸의 통증에 너무 둔하다고 했다. 온몸이 울화로 꽉 차서 기혈이 다 막혀 몸이 아프고 근종 같은 혹들이 생겼다고 했다. 만성 피로도 그 탓이라고 했다. 사실 그런 말을 처음 듣는 건 아니었다.

"어떻게 이 몸으로 여기까지 왔습니까?"

지리산 수행처를 찾아갔을 때 스승이 처음으로 한 말이었다. 수십 년간 자연의학을 공부해온 그는 날 보자마자 이 몸가지고는 수행이고 뭐고 안 된다고 했다. 몸이 다 망가져서 제 기능을 못하는데 무슨 수행이냐고.

수련원에는 기치료사나 지압하는 사람, 자연의학 연구자, 한의사 등 많은 사람들이 드나들었다. 나를 본 그들은 하나같이 몸이 이 지경이 되면 많이 아플 텐데 본인이 자각을 못한다고 의아해했다. 그리고 공통적으로 내 몸의 증상들이 '울화'에서 온 것 같다고 진단했다. 소위 화병이라는 것이다. 몸에 울혈이 차서 순환이 되지 않는 것이 문제라고 했다.

나는 그들의 말이 별로 와닿지 않았다. 물론 내 몸이 갈 때까지 갔다는 느낌은 가지고 있었다. 전과 같이 몇 년 더 살았다면 아마도 불치병을 얻었을 거라는 막연한 직감 같은 것. 그러나 그건 그저 생각일 뿐, 난 몸에 대한 관심도 애정도 없었다. 몸 따위야 어찌 되든 알 바 아닌 게 나였다. 그들의 말을 과장이라고 폄하해버리거나 한 귀로 듣고 다른 귀로 흘려버렸다. 나는 마음을 닦는 데 관심이 있었지 몸을 돌보는 것에는 아무런 관심이 없었다.

"스트레스 많이 받는 일 있어요?"

울화가 꽉 찼다며 묻는 한의사의 말에 글쎄, 싶었다. '울화'라는 말은 가슴에 와닿았다. 여자들에게 많다는 화병을 처음 느낀 건 고등학교 시절이었다. 독재자 폭군 같은 힘센 엄마에게 대항도 못하고 가슴앓이를 하면서 난 가끔씩 명치끝에 돌덩이 같은 것이 치받혀 오르는 걸 느꼈다. 숨이 가빠지고 열이 오르며 가슴이 답답해지는 증상이었다. 울화통이 터지는데, 내 힘으로 어떻게 해볼 수 없다는 무기력한 느낌은 평생 나를 지배해온 우울로 내 몸 깊이 새겨져 있을 것이다.

"아주 예민한 몸인데 그 몸에 대한 느낌이 왜 이리 둔할까? 명상을 오래 했다…… 그래서 그런가?"

의사가 혼잣말처럼 중얼거렸다. 그의 짐작은 틀렸다. 몸에 대해 둔한 건, 몸을 무시해온 오랜 역사 때문이었다. 난 몸 같은 건 없는 것처럼 살아왔다. 몸이 뭘 느끼는지 아픈지 어떤지 아무런 관심이 없었다.

"대화, 대화…… 이 열차의 종착역입니다. 승객 여러분은 모두 내려주십시오."

지하철 안의 방송이 울리고 사람들이 하나둘 일어나 내릴 채비를 한다. 나도 졸다가 깨어서 그 방송을 듣고 있다. 그런데 몸은 움직이지 않는다. 귀는 듣고 있고 머리는 내려야지 생각한다. 그런데 엉덩이와 다리는 움직이지 않는다. 그냥 멍청히 있다. "내려!" 명령을 하면 재깍 일어서던 사지가 죽은 듯이 꼼짝도 하지 않는다. 겨우 팔을 움직여 양손으로 다리를 들어올리면, 쓰러진 부상자가 일어나듯 천천히 몸이 움직였다. 지하철에서 나와 집까지 십오 분 정도 걸어가야 하는데 걸을 힘이 없어 역 바깥에 있는 벤치에 우두커니 앉아 있었다.

"모두 병들었는데 아무도 아프지 않았다."[1]

1 이성복, 〈그 날〉 중에서

학교를 그만두기 몇 년 전부터 내 몸은 정상이 아니었다. 무엇을 해도, 어떤 상황에서도 즐겁지가 않았다. 오랜만에 만난 친구와 술 한잔하며 신나게 수다를 떨어도, 사랑하는 사람과 모처럼 여행을 해도 즐거운데 짜증이 났다. 분명 즐겁고 기쁜 상황인데 '짜증'이라고 표현할 수밖에 없는 것이 올라왔다. 그 비정상적인 상황이 뭔지, 왜 그런지 몰랐다. 그게 몸이 질식해가는 증후라는 것을 알지 못했다.

몸이 그 지경이어도 '나는 건강하다'고 믿고 있었다. 그건 이상한 마비 상태였다. 일종의 정신착란 같았다. 몸의 모든 정황이 비상사태를 알리고 있어도, 그것에 무심하고 심지어 건강하다고까지 믿고 있었던 그 착란을 설명할 길이 없다.

몸이 하는 말을 전혀 아랑곳 않고 제 마음대로 '건강하다'고 규정하고 그 몸을 계속 착취하는 이 마비된 마음은 도대체 무엇일까? 몸과 마음이 어떻게 이리 심하게 분리되어 있는 것일까? 그 분리를 이해하기 위해 나는 내 몸의 역사를 들춰보기 시작했다. 평생 몸을 무시하고 학대하고, 돌볼 줄 모르는 나의 상태는 내 몸의 역사와 깊은 관련이 있을 것이다. 오십여 년 살아온 내 몸은, 숱한 시간의 경험이 중첩된 몸이니 말이다.

내 몸의 기억①

내 몸에는 돌봄을 받지 못한 기억이 뚜렷한 상흔으로 남아 있다. 왼쪽 발목에 희미하게 새겨진 돌쟁이 몸의 기억.

"글쎄, 얼마나 순해빠졌는지 울지도 않고 그저 끙, 끙 앓는 소리만 내고 있더라고. 천덕꾸러기라 그랬는지…… 하긴 태어나자마자 '지지배다' 하면서 지 할미가 군용 담요에 둘둘 말아 방구석으로 밀어놨으니까. 내가 젖몸살이 심해서 젖도 안 나오고, 그냥 죽으라고 사흘 동안 놔뒀는데, 죽었나 하고 들춰봤더니 '낑' 하고 살아 있더라고. 천덕꾸러기는 목숨도 질긴지."

중학교 때 이모가 내 발목에 뚜렷하게 남아 있는, 마치 발찌처럼 둥그렇게 살이 돋아나 있는 부분을 발견하고 엄마에게 물었을 때, 엄마가 심드렁하게 말했다. 양말을 신기고 고무줄을 동여매어놨는데, 얼마나 심하게 졸라맸는지 고무줄이 살을 파고들었다는 거다.

다섯 살 때의 몸이 생각난다. 작은 팔뚝과 다리에 피멍이 여기저기 맺혀 있다. 무언가에 쓸린 듯한 흔적 같기도 하고, 날카로운 것에 긁힌 것 같기도 하다. 빗자루 자국이다. 내 몸은 매 맞는 몸이다. '첫날밤에 들어선 웬수'의 몸이고 '천하에 쓸잘 데 없는 지지배'의 몸이다.

"이거 누구 거니? 임자 없지?"

내 눈앞에서 교과서와 공책이 찢기고 연필이 분질러진다. 머리카락이 뽑히고, 팔목을 꼬집힌다.

"난 쟤 눈만 보면 무섭다, 칠판이 뚫어질 것 같아. 너희들도 좀 그래봐라!"

말 안 듣고 떠드는 초등학교 4학년 아이들을 다루기 힘들었던 담임의 말이었다. 변소에 다녀오면 내 물건들은 죄다 찢기거나 부러져 교실 바닥에 나뒹굴고 있었다. 지나가면 다리를 걸어 넘어뜨리고 뒤에서 머리카락을 잡아당겼다. 팔목을 비틀고 꼬집었다. 초등학교 4학년 때의 지독한 따돌림의 고통은 내 몸에 새겨져 있다.

"못된 송아지 엉덩이에 뿔나고, 못돼먹은 년은 젖퉁이만 크단다!"

열네 살, 사춘기의 징후가 일어나는 내 가슴이 볼록해지자 엄마가 한 말이다.

"지지배가 어린 게 멋만 들어서." 가슴을 감추려고 하는 내게서 엄마는 옷을 빼앗는다. 세상 사람들 모두가 내 가슴만 쳐다보는 것 같다.

"젖퉁이만 큰 년, 젖퉁이만 큰 년!"

지속적인 성추행을 당한다. 수치와 굴욕, 혐오로 온몸이 굳는다. 몸을 없애버리고 싶다. 몸이 없는 세계를 꿈꾼다. 문학의 세계로 달아난다. '누추한' 몸과 '빛나는' 정신. 빛나는 정신의 세계가 없다면 이 추악한 몸을 어떻게 견딜까. 나는 먹지도 자지도 않으면서 문학의 세계에 탐닉한다.

"남의 식구 될 지지배가 공부는 무슨 공부!"

교복을 입은 단발머리 위로 양은 밥상이 내리꽂힌다. 학교 도서관에서 시험공부를 하고 온 내게 화가 난 엄마는 밥상이든 연탄집게든 보이는 대로 집어던지거나 내리친다. 한겨울, 고무장갑도 없이 찬물에 빨래를 하는 내 손등은 벌겋게 터져 있다.

아무도 지지하지 않는데 대학을 가겠다고 학교에서 새벽까지 공부하다 돌아온 첫날, 문이 잠겨 있다. 식구들 중 누구도 그 시간까지 내가 어디서 무얼 하는지 모른다. 문을 잠그고 다들 자고 있다. 겨울 새벽 집 밖에서 온몸이 꽁꽁 언다. 한참 애를 쓰니 허술한 창문 걸쇠가 삐걱거리며 열린다. 방에 들어가, 자고 있는 사람들 옆 한쪽 구석에 쓰러져 눕는다.

눈물이 방바닥을 적신다. 아무도 나를 걱정하는 사람이 없는 집에서 내 몸은 얼음처럼 차갑게 굳는다.

"우리의 어릴 적 진실은 우리 몸속에 고스란히 저장되어 있다. (······) 아이들만큼이나 몸은 타락하지 않기 때문이다. (······) 몸은 우리가 진실을 외면하기를 멈출 때까지 우리를 끊임없이 고문할 것이다." 2 —아동심리학자 앨리스 밀러

자신을 들여다보는데 익숙한 나는 내 기억 속 심리의 과정들은 거의 다 꿰고 있다. 낮은 자존감, 자기혐오나 우울을 심리적인 측면에서 오래 바라보고, 극복하려는 노력을 했다. 그러나 몸은 아니다. 많은 경우 몸의 기억은 마음과 얽혀 있다. 몸 자체의 기억들은 낯설다. 마음보다 훨씬 구체적이고 물리적이다. 숨 쉬기가 불편해지고 가슴이 답답하다. 그만두고 싶다.

지금 와서 이 고통스런 기억들을 불러내서 뭘 어쩌겠다는 건가? 누군가를 비난하려고? 그건 젊은 시절 할 만큼 했다. 누군가를 비난하기에는 거대한 나무뿌리처럼 얽히고설킨 세상사를 너무도 많이 알아버린 나이가 되었다.

내 경험은 단지 '누구 탓'이 아니다. 그건 우리 사회에서 여성의 위치와 그 여성이 맺는 관계와 오랜 가족사의 문제다. 나아가 이 사회의 정치 경제 문화적인 문제이기도 하다. 그리

2 《깨달음 이후 빨랫감》, 잭 콘필드, 한문화 2006.

고 역사 이래 전쟁보다도 더 보편적인 것이 가족 내의 아동학대와 방치, 여아에 대한 성추행인 것이다. 정도의 차이는 있을지언정 많은 여자들이 경험할 수 있는 일이었다.

나는 어린 시절 몸의 경험을 불러냄으로써 정확한 자기인식에 도달하고 싶은 것이다. 한번도 제대로 본 적이 없는 '몸'을 통한 자기 발견. 몸의 영역은 미지의 세계와도 같다. 난 뭘 무시했는가? 왜 무시했는가? 그 결과 어떻게 되었는가? 어쩌면 그 발견이야말로 마음보다 정직한 자기발견일지 모른다.

그런데, 몸에 대한 기억이 이렇게 부정적인 것만 있는 것일까? 즐겁고 기쁜 몸은 없단 말인가? 물론 그렇지 않다. 기쁜 기억도 있다.

초등학교 시절, 겨울 벌판에서 땔감을 줍던 기억. 흰 눈이 가득한 벌판에 서서 무언지 모를 환희로 몸이 떨렸던 기억이 있다. 산으로 들로 나물을 캐고 산딸기를 따러 다니던, 활기 넘치는 몸의 기억도 있다.

학교만 갔다 오면 나물을 캐러 갔다. 나물들은 대부분 손으로 뜯지만 더러는 칼로 뿌리 부분을 끊어야 하는 것도 있고 뿌리째 캐내야 하는 것도 있다. 부드러운 나물순의 감촉, 작은 손칼이 푹신한 땅으로 쑤욱 들어갈 때 느껴지던 손의 감촉, 달래 같은 것의 뿌리를 다치지 않고 캐기 위해 호미로 땅을 파헤칠 때의 촉감. 그런 몸의 기억은 지금 이 나이의 몸에도 남아 있다. 손끝이 간질거리기도 하고, 손이 든든해지기도 하는 기쁜 기억. 또 있다. 쓰레기 하치장에서 놀던 기억. 온갖 쓰레기 더미를 뒤지며 놀던 몸, 그 몸은 즐거웠다.

몸의 기억 중 즐거운 것은 사람과의 접촉이 아니었다. 주로 자연이었다. 광산촌이지만 산골에서 자란 내 몸은 자연과의 접촉에서 기쁨을 느꼈다. 사실 대부분의 유년기는 무엇을 해도 기쁜 몸이 아니던가. 가난하든 전쟁 속에 있든, 그 몸은 기쁜 몸이다.

언젠가 지인이 그런 말을 했다. 자신이 세상을 믿고, 모험을 하며 살아가는 동력이 있다고. 자기 안엔 언제나 '둥개 둥개' 하는 기쁜 몸의 소리가 있다고. 어릴 때 엄마가 목 가마를 태우고 "에구 우리 예쁜 막내딸, 둥개 둥개!" 하며 저물녘의 골목길을 거닐었던 기억. 몸이 올라갔다 내려갔다 할 때의 즐거움, 엄마 어깨에서 느껴지는 따뜻하고 든든한 느낌. 그 기억이 자기가 세상을 신뢰하고 살아가는 삶의 든든한 배경이라고.

기억이라는 것은 그냥 단편적인 몇몇 상황들의 나열이 아니다. 뭉뚱그려진 삶의 배경 같은 것이다. 일종의 분위기이다. 장마철 잠시 해가 났다고 장마철을 빛나는 해의 계절로 기억하지 않는다. 장마철은 눅눅하고 습한 계절이다.

내 몸의 역사는 점점이 피가 배인 지하실처럼 뭉뚱그려진 어둡고 습한 배경이었다.

내 몸의 기억②

"소주 먹고 죽자!"

빈속에 깡술을 들이붓고, 줄담배를 피운다. 아침에 쓰린 위를 부여잡고 변기로 기어간다. 눈물 콧물 다 흘리며 토한다. 죽을 것 같다. 저녁에 또 마신다. 소주, 맥주, 막걸리…… 되는 대로 마신다. 아무도 날 건드리지 못한다. 아무 데나 쓰러져서 운다.

돌봄을 받아보지 못한 몸은 자신을 돌볼 줄 모른다. 학대받은 몸은 자신을 학대한다. 이십 대부터 지속된 내 몸에 대한 학대와 방치는 내가 대접받은 대로 내 몸을 대접하는, 익숙한 방식이었다.

밥상에서 언제 화난 엄마의 주먹이 날아올지 모르니 밥 먹는 자리는 불안했다. 긴장 속에서 재빨리 먹는 것이 일상이 되었다. 게다가 고3 때 일 년 내내 밥을 물에 말아서 '마셔버린' 습관은 그대로 몸에 배었다. 늘 대충 먹고, 허겁지겁 먹고 살았다. 아니, 먹는 일 자체를 경멸했다. '빈속에 깡소주'는 이십 대 나의 양식이었다.

"탈진입니다. 어떻게 몸을 이 지경이 되도록 놔뒀나요?"

아침에 깨어나 일어나려 하자 몸이 일으켜지지 않는다. 손가락 하나 움직일 힘도 없다. 학교를 결근하고 병원에 가니 의사는 비난인지 야단인지 모를 말을 한다.

'삼십 대 초반에 이혼을 겪었다. 어린 자식과 헤어졌다. 직장에 다니며 여성학과 석사 과정을 마쳤다.'

이 간단한 몇 줄의 서술에는 몸이 겪은 과도하고 처참한 시련이 숨어 있다.

이혼까지 가는 과정의 숱한 갈등을 몸으로 다 견뎌내야 했다. 한여름에 윗니 아랫니가 덜덜 부딪히며, 몸은 한기에 떨었다. '등이 휠 것 같은 삶의 무게'라는 유행가 가사처럼 등이 무겁고 아파서 잘 펴지지 않았다. 술에 취해 쓰러졌고 어깨 인대를 다쳤다.

아이와 헤어진 고통은 환청으로 왔다. 밤이나 낮이나, 길거리에서든 집 안에서든, 어디에서나 아이 울음소리가 들렸다. 환한 대낮에 저절로 무릎이 꺾여 지하도 계단에 주저앉아 통곡했다.

직장을 다니면서 여성학과에 들어가기 위해 공부하는 것도 힘들었지만, 입학하고 난 뒤는 거의 투쟁이었다.

"제겐 그 두 가지 모두 꼭 필요해요. 직업은 밥줄이고, 여성학은 정신줄이에요. 어느 것 하나라도 놓으면 살 수가 없어요!"

몸의 줄을 놓으면 굶어 죽고, 정신의 줄을 놓으면 '미친년'이 된다. 난 사람이 되어야 했다. 그 어느 것도 놓을 수 없는 절박함, 그게 당시의 내 상황이었다.

학교에서 수업을 오전으로 당겨 하고 대학원으로 달려가 수업을 듣고 공부를 하는 일은 몸에 과부하가 되었다. 밤에는 늘 몸이 퉁퉁 부었다. 머리카락이 빠지고 마른 옥수수 수염처럼 바스스 부스러졌다. 생리혈은 검은빛이었다. 초콜릿처럼 진득했다. 그나마 불규칙했다. 자주 아침에 일어나기 힘들었다.

"너는 왜 다른 여자들과 다르니?"

남편이 툭하면 하던 말이었다. 처음엔 반발했지만 시간이 흐를수록 나는 그 말에 주눅이 들었다. 내가 비정상인가? 세상의 다른 여자들은 도대체 어떻게 사는가?

여성학은 그동안 내가 겪은 고통들, 스스로 의심하며 괴로워했던 질문들에 답했다. 나 개인의 문제라고 생각한 많은 것들이 사회구조적인 문제고, 내가 비정상이 아니라 정상이라는 것을 알려줬다.

하지만 몸은 아니었다. 몸은 탈진 상태로 갔다. 정신과 몸의 극도의 부조화. 잘못 산 삶의 대가를 몸이 톡톡히 치르고 있었다.

이혼에서부터 여성학 석사과정을 마치는 사오 년의 시간 동안 난 평생 쓸 에너지를 다 쓴 듯 했다. 몸은 온통 교감신경만 살아 빨간 불을 켜고 '삐요, 삐요' 하고 달렸다. 순간이 아니라 몇 달이 아니라 몇 년이 되는 시간 동안 있었던 일이었다.

제대로 밥을 못 먹어도 며칠 동안 밤을 새워도, 몸은 충실한 집사처럼 적응하고 또 적응했다. 그러나 한계점에 이르자 늘어난 고무줄처럼 축 처져 회복되지 않았다.

여성학과 졸업 이후 직장을 그만둘 때까지 십여 년의 세월 동안 지친 몸을 다시 혹사하며 살았다. 일산에서 서울에 있는 직장까지 출퇴근 시간은 왕복 세 시간쯤 됐다. 칠 년쯤 그 생활을 하고 나니 몸은 배터리가 다 나가버린 건전지처럼 제대로 작동을 하지 않았다.

게다가 교사로 사는 일이 점점 불행해진 나는, 무언가 다른 일을 계속 만들었다. 여기저기 글을 쓰고 강연을 다니고 모임을 하고…… 과도하게 몸을 쓰는 일이 아예 습관이 되어버린 듯 했다. 그렇게 하지 않으면 뭔가 불안하고 초조했다.

나중에는 무엇을 해도 즐겁지 않은, 아무리 즐거운 상황에서도 '즐거운데 짜증이 나는' 기묘한 상태에 놓였다. 그 짜

증이 '제발 살려달라'고 애원하는 몸의 신호라는 것은 추호
도 몰랐다.

　이십 대 이후 '없는' 내가 '있는' 나를 찾아가는 과정은 치
열했다. 그러나 그 과정은 학대받아, 무無가 되어버린 몸을 배
려하고 살리는 방식이 아니었다. 오히려 몸을 혹사하고, 착
취하는 치열함이었다. 어쩌면 그건 당연한 일이었다. 나는 몸
을 배려하고 살리는 게 뭔지 모르는 사람이었다. 나는 내 몸
을 다 갉아먹고 나서야 '나'를 찾았다. 어찌해볼 수 없는, 자
기 학대의 역사였다.

몸 잔혹사

내가 어릴 때부터 느낀 슬픔은 거부당한 몸의 슬픔이었을 게다. 내가 느낀 혐오와 수치도 몸의 것이었다. 내 안에 켜켜이 쌓인 분노, 울화 또한 몸의 것이었다. 그런데 나는 그것들을 향해 괜찮다고 했다. 괜찮다고 해야 살 수 있었다. 괜찮지 않은데 괜찮다 하다 보니 몸은 고통에 익숙해졌다.

가끔씩 몸은 엉뚱한 데서 자신을 드러내곤 했다. 그리 슬프지도 않은 영화를 보고 통곡이 터져 나왔다. 별로 화낼 일도 아닌데 머릿속이 뿌예지고, 심장이 쿵쾅대며 호흡이 얕고 빨라졌다. 술에 만취해 '필름이 끊어지면' 비로소 몸은 자신을 드러내기도 했다. 의식이 끊어지면, 몸은 울었다. 언제나 격렬한 제 울음소리에 술이 깼다.

하지만 나는 '누추한 몸'을 거부하고 '빛나는 정신'을 향해 가느라 몸이 느끼는 허기와 고통을 외면했다. 문학은 나를 구원하는 이상이었다. 문학이 제시하는 고귀하고 이상적인 인간상, 빛나는 정신이 없었다면 나는 어린 시절의 학대나 추행을 견디기 힘들었을 것이다. 가야만 하고 반드시 가고 싶은, 빛나는 정신을 향한 열정은 현실이 어둡고 힘들수록 더욱 타올랐다. 나는 문학 속에서 '현실의 몸' 대신 '상상의 정신'을 만났다. 그 힘으로 나는 나의 현실을 견디고 건너왔다.

그러나 모든 사물에 이면이 있듯 문학의 그림자는 내 몸에 깊게 드리워졌다. 나는 몸이 없는 사람이 되었다. 어린아이가 헝겊인형을 질질 끌고 다니듯, 나는 몸을 끌고 다니며 그게 나라고 인식하지 못했다. 내 자아상自我像 안에 몸은 없었다.

태어나자마자 거친 군용 담요에 둘둘 말려 구석으로 밀쳐졌던 여린 아기의 몸, 돌봄을 받지 못하고 매 맞는 어린 몸, 친구들에게 따돌림 당하는 외롭고 두려운 아이의 몸, 성적 수치로 죽고 싶었던 오이지 같이 졸아든 소녀의 몸, 아침마다 살아 있는 자신을 저주했던 이십 대의 몸, 성적으로 무력하기만 한 젊은 여자의 몸, 세상이 두려워 몸을 방탄복으로 만들어버린 딱딱하게 굳은 이혼한 여자의 몸, 지나치게 써서 다 타버린 착취당한 몸, 비온 뒤 허물어진 흙벽같이 푸석푸석하게 무너진 나이 든 여자의 몸…… 몸, 몸, 몸을 안는다.

그 몸들을 내가 만든 '어머니 집'에 눕힌다. 백 년 된 집이 전쟁과 산업화의 잔혹한 세월 속에서 살아남은 '생존자'이 듯, 내 몸 또한 잔혹한 역사 속에서 살아남은 '생존자'였다.

"제발…… 죽지 마. 지금 죽으면 안 돼!"

죽어도 괜찮다 한 것은 마음이었다. 몸은 아니었다.

마음의 허기를 해결하기 위해 나는 갈 데까지 갔다. 그리고 그 허기가 진정되자 비로소 몸이 보였다. 이제 결핍 없는 마음으로 '그냥' 살 수 있게 됐는데, 몸은 죽어가고 있다.

'이제 살 만해졌는데 죽어가는구나……'

평화를 위한 오랜 전쟁 끝에 드디어 승리를 했는데, 정신을 차리고 보니 온통 피로 물든 폐허 위에 서 있는 자신을 발견한 전사처럼 깊은 한탄과 비애로 망연히 내 몸을 바라본다.

몸이 없는 나는 누구인가? 몸을 무시한 건 결국 자기 존재를 거부한 것이다. 끊임없이 자신을 거부하면서, 자신이 누구인지 알고 싶어 그토록 목말라 했다니…… 타들어가는 몸에게 물 한 방울 주지 않으면서, 온전하고 충만한 존재가 되고자 그토록 애쓰다니.

몸을 돌본다는 게 뭘까? 약을 먹고, 좋은 음식을 먹고, 건강에 좋은 운동을 하고…… 그러는 것이 몸을 돌보는 것일까?

몸의 말을 귀 기울여 듣는 일은 너무도 낯설다. 그러니 몸을 위해 뭘 해야 하는지 모른다. 아니, 몸이 뭔지 모른다. 이

제 한번도 해본 적 없는, 몸의 소리에 귀 기울이기, 이 '아무 것도 아닌' 일을 배워야 한다.

몸 일기를 쓰기 시작했다. 우선은 망가진 육신을 살려야 했다. 몸을 관찰하는 낯선 일을 시작했다. 면역력을 강화하고 체질을 개선하는 식단 프로그램을 짰다. 생활 계획과 실천의 목록들을 짜고 운동도 시작했다.

아침에 일어나 녹즙을 짜고 효소들을 챙겨 먹는다. 생전 처음 내 몸을 위해 정성스러운 음식을 준비한다. 눈물이 핑 돈다. 이런저런 것을 준비하고 챙기면서 든 생각. 이 과정이 삶을 바꾸겠구나. 자신의 생명에 대한 정성과 존중. 이게 바로 수행이겠구나. 몸을 돌보는 과정 자체가 삶의 오롯한 의미가 될 때 삶은 깊은 차원에서 존재에 가까워지겠구나. 자신과 멀어지려고만 한 삶에서 돌이켜지겠구나.

나는 내가 몸 없는 기괴한 인간이라고 느꼈다. 있으되 의식하지 않은 영역, 있지만 아무것도 아니라고 여긴 영역. 아니, 없으면 좋겠다고 부정한 영역. 그것이 몸이었다. 자기 인식이 없으면 있어도 없는 것이다.

내가 일상을 살기가 왜 그리 어려웠는지 비로소 알 것 같았다. 단지 일상이 지루하고 단순 반복이어서만은 아니었다. 몸의 감각을 잃은 것은 일상을 잃은 것이다. 관계의 감수성을 잃은 것이다. 웃음을 터뜨리고 서로 시시덕거리고 볼을 부비고, 함께 노래하고…… 밥하고 청소하고 잠자리에 들고 아침에 일어나는 감각의 리듬, 살ㅉ의 느낌을 잃은 것이다.

나는 일상을 모르는 사람, 일상이 없는 사람이었다. 일상의 사소한 기쁨, 몸의 움직임을 통해 삶의 즐거움과 삶을 신뢰하는 법을 배우지 못했다. 일상의 즐거움과 든든함은 없고 일상의 부정적 측면만 있는 사람. 그건 기쁨 없이 고통과 무거움, 견뎌내야만 하는 그 무엇으로 삶을 사는 것이다.

늘 진지하기만 하고 재미없는 삶, 쓸데없이 처절한 삶, 일상의 소소한 기쁨이 무언지 모르는 삶. 몸을 통해 바라본 나의 삶이었다.

몸으로 사는 삶

난 몸과 마음의 오랜 분리에 대해 이해하고 싶었다. 거의 정신적 마비 상태라고 여겨지는 몸에 대한 무시와 학대에 대해, 그 결과 나는 어떤 사람이 되었는지 알고 싶었다. 몸을 통한 자기인식을 분명하게 하는 건 내 삶의 주요 과제 중 하나였다. 아픈 다리 한쪽을 질질 끌며 걷듯, 불편하고 힘든 글쓰기였다.

몸에 대한 글을 쓰면서 깨달은 게 있다. 몸에 대한 둔감함은 내 몸의 생명력에 대한 둔감함이었다. 감각의 상실이고, 삶의 기쁨과 풍요를 느낄 창구가 닫혔다는 의미다. 몸을 잃은 것은 일상을 잃은 것이었다.

글을 쓰면서 내가 전환한 삶이 '몸으로 사는 삶'이라는 게

명료해졌다. 집을 가꾸고 밥을 하고 나무와 꽃을 심고 비를 맞으며 감자를 캐고, 벼들이 자라는 들판을 매일 걷는…… 이 모든 것들이 몸의 삶이었다. 나는 몸에 쌓이는 시간과 공간을 만나고 가꾸어온 것이다.

그러니 내가 얘기하고 싶은 집, 밥, 자연에 관한 이야기는 모두 몸에 관한 이야기이기도 하다. 내 몸을 통해 살고 느끼고 경험한 것들이다. 나는 비로소 일상을 즐기고 일상을 통해 삶을 가꾸어가는 사람으로 살아가고 있다. 따뜻하고 부드럽고 가볍고 유쾌한 몸으로 회복되어가고 있다. 내가 전환한 삶의 핵심에 '몸'이 있다.

몸은 삶의 곳간이다. 풍요의 곳간. 지성을 아무리 벼려도 몸의 느낌을 풍요롭게 쌓지 않으면 삶이 풍요로워지지 않는다.

나는 '스스로 충만한 자'가 되고 싶어서 온갖 심리학을 섭렵하고 영성을 찾고 수행을 했지만, 언제나 몸은 배제되어 있었다. 충만한 삶을 생각하면서, 그 삶과 몸을 연결시키지 못했다. 몸이 뭔지, 몸이 건강하다는 게 어떤 의미인지 고민해보지 않았다.

몸은 감수성의 덩어리다. 죽어 있는 몸, 백지장같이 핼쑥해져 있는 몸으로 어떻게 감수성의 풍요를 누릴 것인가? 감수성의 풍요 없이 어떻게 삶이 풍요로울 것인가? 어쩌면 너무도 당연한 이치를, 나는 온갖 관념의 세계를 헤맨 뒤에야 비로소 깨닫게 되었다.

그런데 나는 왜 그토록 몸에 대해 무지했을까? 단지 내 개인의 문제였을까? 몸이 의학적 관리 대상이거나 내 마음대로 쓰고, 바꾸거나 뜯어고쳐야 할 대상 정도로 취급되는 사회에서 몸이 무엇인지 배우는 것은 몹시도 힘든 일이다.

건강한 몸이야말로 감수성이 풍부한 몸이다. 그렇다면 어떤 몸이 건강한 몸인가? 안 아픈 몸인가? 건강검진에서 별 문제 없으면 건강한 것인가?

몸을 관찰하면 하루에도 수없이 변하고 있다는 걸 알게 된다. 일상을 잘 보면 한순간도 몸에 완전성이란 없다. 손톱 밑에 가시가 박히고 머리가 띵하고 배가 아프고 허리에 뻐근한 통증이 있고 발이 차갑고 어깨가 결리고…… 안 아플 때가 별로 없다. 천만 가지 몸의 변화가 있다. 몸이 바로 그런 게 아닐까. 통짜로 산다는 게 그런 것일 게다.

몸이 건강하다는 것은 안 아픈 상태가 아니라 아픈 상황에 대처하는 유연성을 말한다. 몸에 문제가 생기거나 아플 때 적절히 대응할 수 있는 '명민한 감각'을 갖는 것이다. 아픔에 대해 명민한 몸은 기쁨에 대해서도 명민하다. 몸이 섬세한 사람들은 어떤 상황에서도 섬세하게 대응할 수 있다.

몸을 무시하면 명민한 몸을 갖기 힘들다. 그렇게 되면 평범한 일상에서 오는 기쁨을 누릴 수 없다. 그저 밋밋해 보이는 것들, 이를테면 날씨의 변화라든가, 몸의 변화 등 삶의 기초적인 것들에 둔감하다. 밋밋한 행위에서 빛을 느끼지 못한다면 삶에 빛이 들어오기는 어렵다. 삶의 90퍼센트는 그런 밋밋한, 보이지 않는 것들이 지층을 이루고 있기 때문이다.

평범하고 당연한 세계가 근원적인 세계다. 이것을 무시하고 특별한 무엇을 아무리 해도 실은 허망하다. 늘 특별한 것을 추구하면 일상에 무뎌진다. 내가 그토록 공허에서 벗어나고 싶어 했지만 공허로부터 벗어날 수 없었던 이유다. 우리 삶의 근원적인 토대를 단련시키지 않으면 허무해지기 마련이다.

한 땀 한 땀 손바느질하듯 걸어서 건강을 얻는 것과 비타민 한 알 먹어서 얻는 것의 차이가 무엇일까? 구체적으로 몸에 쌓이는 것과 소비하는 것의 차이일 게다. 그 차이는 몸의 느낌의 차이로 온다. 걸으면 다양한 느낌이 몸에 쌓인다. 그 느낌들이 몸을 풍요롭게 한다.

산에 오를 때 걸어서 오를 수도 있고 케이블카를 타고 오를 수도 있다. 어느 것이 더 좋고 나쁘다고 말할 수는 없다. 그러나 내 몸에 쌓이는 느낌의 깊이는 다르다. 걸어서 가면 구체적인 상황들을 만난다. 들꽃의 향기도 맡고 새소리도 듣고 스치는 바람의 서늘함과 들풀들이 발에 닿는 부드러움을 느낀다. 다양한 상황을 거치면서 그 과정에서 생기는 내 몸의 풍요로움이 있다.

얼마 전 우리나라 1세대 기타리스트의 연주를 가까이서 보고 듣는 호사를 누렸다. 평생 기타로 살아온 사람의 모습은, 온몸이 기타처럼 보였다. 줄을 타는 손가락이 줄 밖으로 나오는데, 음도 손가락을 따라 나오는 듯 했다. 거미가 거미줄을 뽑듯 음을 자유자재로 뽑아냈다.

그는 연주를 하면서 계속 기타를 조율했다. 모든 연주자들이 그렇다. 피아노를 조율하고, 첼로를, 바이올린을 조율한다. 몸도 마찬가지다. 내 몸도 계속 조율해가야 한다. 사실 몸보다 더 아름답고 섬세한 악기가 어디 있겠는가? 아름다운 악기를 섬세하게 조율하듯 내 몸을 민감하게 조율할 수 있어야 한다. 그러면 평범한 일상을 만나도 빛이 난다. 일상의 평범하고 밋밋한 세계가 신성한 빛으로 가득 빛나게 되는 일, 그것이 내적인 초월이다.

나는 몸에 대한 탐구를 하면서 나처럼 일찍 죽은 몸들을 수없이 보았다. 어릴 때 생생한 기쁨 덩어리였으나 어느새 압살되어버린 몸들 말이다.

청소년의 몸은 누구보다 명랑한 몸이다. 이십 대의 몸은 유쾌하다. 명랑함이 통통 튀기는 몸이다. 그런데 주눅 들고, 죽은 몸들이 너무도 많다.

집에 찾아오는 어린 길고양이는 먹이를 주면 즐거워 어쩔 줄 모른다. 먹으면서 계속 '양양양야아양, 야아앙, 양양양앙앙······' 기쁨에 겨운 옹알이를 한다. 온몸이 통짜로 즐겁다.

내가 잘 아는 십 대 아이는 배가 고파 밥을 열심히 먹는데, 몸은 먹는 행위와 상관없이 생기가 없다. 몸의 가장 기초적인 즐거움을 못 느끼는 몸이다.

거부당하거나 부정당하고, 학대받은 몸들 또한 많다. 특히 여성들의 몸이 그렇다. 주변 도처에 비극적인 몸들이 서성이고 있다. 우리 사회의 시스템이 주눅 들고 죽은 몸을 만들어 내고 있다.

몸의 경험이 점점 사라져가는 시대에 '몸의 풍요'는 근원적 질문이 된다. 어떻게 풍요로운 몸을 만들 것인가?

흐린 날 산에 오른다. 날이 흐리면 숲은 더욱 고요하고, 어둑한 정기로 가득 차 있다. 보이지 않는 빽빽한 에너지 장을 뚫으며 나아가는 듯 몸은 자신과 숲의 질감으로 벅차다. 날이 흐리니 산에 사람이 없다. 홀로 걷는다.

숲의 숨소리가 들리는 듯, 숲의 강한 향기가 폐를 찌른다. 어디선가 새 한 마리가 정적을 깨고 지저귄다. 소나무 숲에 들어서니 어둡고 울울한 태고의 숲에 들어온 듯하다. 늘 앉던 자리에 앉는다. 무어라 규정할 수 없는 육중하고도 모호한 몸의 느낌, 몸은 활짝 열려 있다.

하루 종일 비가 오다 말다 한다. 우산을 쓰고 마당에서 풀을 뽑는다. 우산에 떨어지는 빗소리를 들으며 촉촉한 땅에서 풀을 뽑아낼 때의 감촉, 청각과 촉각 모두 생생히 즐겁다.

일상을 소중히 하면 몸이 풍요로워진다. 몸의 감수성이 깊어진다. 저절로 기뻐진다. 그러면 외부의 욕망, 소비 욕망, 타자지향적 욕망이 줄어든다. 일상을 귀하게 다룰수록 그러해진다. 감각을 투명하게 벼려, 스스로 깊어지는 악기 같은 몸이 되고 싶다.

걷기의 재발견

"상체는 거만하게, 하체는 힘차게!"

"허벅지와 무릎, 발목이 다 함께 움직이게!"

"발꿈치부터 땅에 닿게! 발꿈치, 중간, 발가락 순서로! 원, 투, 쓰리!"

'불독' 선생의 무뚝뚝한 구호에 맞춰 걷는다. 허리에 철갑처럼 된 기구를 차고, 런닝 머신에 올라서서 걷고 또 걷고, 반 년을 걸었다. 재활치료 운동 중 걷기 운동이다.

삼 년간 농사를 열심히 지었다. 그러다 어느 날부터 허리가 몹시 아파졌다. 아프고 나서 비로소 젊은 시절부터 허리가 아팠다는 사실이 기억났다. 허리 통증으로 보름 가까이 학교를 못 간 적도 있었다. 자주 허리가 아팠는데 몸에 워낙 관심이 없는 나는 그 사실을 까맣게 잊고 살았다.

허리는 잠시 괜찮아졌다가 다시 아파지기를 반복했다. 디스크 4, 5번이 협착되어 있고 척추 전방전위증까지 있다는 진단을 받았다. 이런저런 치료를 받아봤지만 별 효과를 보지 못했다. 결국 스스로 허리를 보호하고 단련하는 법을 배우기로 했다. 재활 운동을 시작한 이유다.

걷는 연습을 하루도 빼지 않고 반년간 했다. 굳어버린 걸음을 바꾸는 데 그만큼의 시간이 걸렸다. 평생 제대로 걸을 줄도 몰랐다는 사실에 충격을 받았다. 나는 거의 허벅지와 무릎을 쓰지 않고 걷고 있었다. 걸으면 늘 내 다리가 남의 다리 같았다. 고무다리를 달고 걷는 것 같기도 했다.

제대로 걸으면서 비로소 다리를 찾은 듯 했다. 다리와 몸이, 몸과 땅이 연결되는 느낌을 받았다. 무엇보다 수십 년 된 몸의 통증이 사라졌다. 놀라웠다. 결국 제대로 못 걸어서 그랬단 말인가?

호흡 바라보기를 처음 할 때 기억이 났다. 무의식적으로 하던 숨 쉬기를 의식하는 훈련이었다. 숨을 들이마시는 걸 알아채고, 내쉬는 걸 알아채는 것이다. 미세한 수준까지 그 알아챔을 이어간다. 내 숨은 가슴이나 목 수준에서 맴돌았다. 고르지도 않고 들쑥날쑥이었다. 그때 '나는 숨 쉬기도 제대로 못하는 사람이구나' 하는 자각이 왔었다. 걷기 또한 마찬가지였다. 나는 삶의 기초가 부실한 사람이었다.

걷기는 몸의 재발견이자 몸의 기쁨이다. 가슴을 쫘악 펴고 턱은 살짝 목 쪽으로 당긴다. 어깨엔 힘을 빼고 다리는 힘차게 내딛는다. 무릎과 허벅지, 발목 모두가 자연스럽게 움직인다. 뒤꿈치부터 땅에 닿는다. 몸 전체가 활짝 펴진다.

걷는다. 아침 해 뜰 무렵, 저녁 해 질 무렵. 하루 두 번, 매일 걷는다. 많이 아프거나 비가 심하게 오거나 너무 춥거나 하지 않는 한.

마을 안쪽으로 걷고 산 쪽으로 걷고 들판 쪽으로 걷기도 한다. 정강왕릉에서 헌강왕릉을 연결하는 숲속 오솔길을 걷기도 한다. 날이 아주 좋으면 멀리까지 걸어 나가기도 한다. 수목원을 지나 보리사, 탑골까지.

몇 년 동안 매일 걷다 보니 저절로 어떤 규칙이 생겨났다. 이른 봄 진달래가 필 무렵에 걷는 길이 있고, 너른 들판에 심은 벼가 자라는 시기에 걷는 곳이 있다. 단풍이 아름다운 가을에 걷는 장소도 따로 있다.

봄은 어느 길이든 다 좋다. 어느 곳이나 아름다운 시기다. 겨우내 낡고 을씨년스럽기만 했던, 홀로 사시는 할머니 집에 산수유가 노란빛으로 피어나면 골목길은 요정이 다녀간 듯 갑자기 눈부시고 다정해진다. 봄엔 나무 한 그루, 꽃 한 송이만 있어도 아름답다. 그래도 봄에 걷고 싶은 곳이 따로 있다.

이른 봄에는 왕릉 길이 좋다. 울울한 소나무 숲에 피어나는 진달래는 멀리서 보면 어둠 속에 불을 밝힌 듯하다. 크고 검은 소나무와 작고 화사한 진달래꽃의 조화, 거기 이른 아침이나 석양의 빛이 깃들면 아름다움은 절정에 이른다.

사월 중순이 지나 논에 물을 대기 시작하면 벌판을 걷는다. 봄이 와 땅이 녹으면 논의 흙들을 간다. 부드러운 흙의 살들이 갈아엎어진 너른 들에 물이 들기 시작한다. 논의 물은 깊지 않다. 벼 모종을 심어야 하니 땅이 바로 밑에 보이는 깊이다. 그러니 가까이 살로 다가온다.

오월 말쯤 되면 거의 모든 논에 벼가 선다. 눈에 보일 듯 말듯 갓난아기 머리카락 같은 보드랍고 가는 어린 벼들이 물속에서 얼굴을 내밀고 연둣빛으로 바람에 살랑거린다. 개구리 소리가 들리기 시작한다. 가슴은 한없이 부드러워지고 발은 유쾌하다.

벼가 거의 검은빛 가까운 초록이 되면 여름이다. 아침 일찍 들녘에 서면 태양이 어찌나 투명한지, 햇살이 온 세상을 속살까지 비추는 듯 선명하다. 늘 보던 풍경이 문득 낯설다. 이국의 땅에 와 있는 듯 새로운 감각이 열린다. 반복되는 일상의 시간 속에서 낯선 시간이 만들어진다.

구월 말쯤 되면 마을의 넓은 뜰은 다시 연둣빛으로 부드러워진다. 손을 베일 듯 거칠고 검푸르게 자라던 벼가 어느 순간 여린 연둣빛으로 돌아온다. 봄의 연두와 달리 모든 것을 익혀가는 노란빛이 곁든 연두다. 꿈에 부풀었던 여린 소녀가 다시 소녀가 되듯. 이때 소녀는 삶을 겪어 익은 소녀다. 부드럽지만 겹겹의 색을 품고 익어가는 풍성한 소녀다.

겨울이 오면 산길을 걷는다. 산은 어느 계절이나 아름답지만 겨울 산을 좋아한다. 모든 잎을 떨구고 서 있는 나무들은 마치 묵상하는 수행승들 같다.

겨울 산의 고요도 좋지만, 바람 소리도 좋다. 바람 부는 날, 산은 포효하는 짐승처럼 엄청난 소리를 낸다. 들어가는 게 겁나지만, 실은 허깨비다. 겁쟁이들은 오지 말라고 엄포를 놓는 것 같은 소리를 뚫고 들어가면, 산은 시치미를 뚝 뗀 듯 잔잔하고 다사롭다. 차고 맵싸한 겨울 냄새, 그레고리오 성가 같은 나무들 서걱대는 소리…….

수년 동안 사계절을 매일 걸으면서 내 몸엔 많은 것이 쌓였다. 봄부터 여름, 가을까지 벼들의 일생이, 바람과 개구리 소리, 벼 익어가는 냄새, 스러져 말라가는 억새를 한순간에 황금 깃털로 바꾸는 가을 햇살, 겨울의 독경하듯 낭랑한 개울물 소리, 하늘로 솟구쳐 오르는 새들의 날개…… 온갖 소리와 냄새와 촉감과 빛깔들, 숱한 감각들이 켜켜이 쌓인 것이다. 내 몸은 깊은 풍요의 곳간이 되었다.

걷는 행위가 인간에게 어떤 영향을 주는지에 대한 많은 연구는, 사람이 걷는 것만으로도 선善해지고 기뻐진다고 알려준다. 인간은 수백만 년 동안 걸어왔으니, 인간의 몸은 걷는 경험을 갈망할 것이다.

《우리는 도시에서 행복한가》[3]에 나오는 한 인물은 어느 날 차를 버리고 직장까지 걸어가기로 결심한다. 정체된 차들이 꽉 막혀 있는 다리 아래를 뛰어가면서 터져 나오는 웃음을 참을 수 없었다. 그는 드디어 걸어서 직장에 도착한다. 그때의 경험을 '마치 영웅이 된 것 같았다'고 말한다. 그는 매일매일 걸어서 직장에 다니면서 차를 팔아버리고 일을 줄이고 사람들과 더 많이 놀고 연대한다.

요즘처럼 걷기 힘든 세상에선 걷는 것도 일종의 상품이 된다. 그 많은 '걷기 답사' 프로그램이 그렇다. '트래킹'이라는 희한한(?) 상품이 개발된다. 그러나 큰돈을 들여 몇 박 며칠 히말라야 트래킹의 '심오한' 경험을 하고 와서도 여전히 일상을 걸을 수 없다면, 그것은 그저 소비다. 경험은 삶의 일상으로 축적되는 것이다.

얼마 전 한 캠프에 갔다. 숙소에서 캠프장까지 걸어서 십오 분 정도, 지름길로 가면 십 분이 채 안 되는 거리였다. 대부분의 사람들은 차로 이동했다. 동네 사람들은 오 분 거리에 있는 밭이나 논에 갈 때도 자동차나 트랙터를 타고 간다. 일상에서 걷는 것은 가난이나 불편함의 상징이 된 듯하다.

걸음을 잃어가는 시대, 수백만 년 인간의 몸에 쌓인 '웅장한' 느낌을 살려내고 싶다. 왜소해진 몸의 느낌을 살려 성덕대왕 신종처럼 겹겹이 울리는 풍성한 몸이 되고 싶다.

3 찰스 몽고메리, 미디어윌 2014.

몸이 만드는 단단한 일상

아침부터 뒷집 할머니가 밭에서 풀을 뽑고 계신다. 그 뒷모습이 마치 움직이지 않는 정물 같다. 그 자리에 꼼짝도 않고 가만히 있는 것 같은데 조금 있다 보면 저만치 가 계신다. 분명 움직이고 있는데 움직임이 느껴지지 않는 동작이다. 밭을 매고 있는 할머니에게서 느껴지는 저 고요함은 무엇일까?

지금 하고 있는 일 이외에는 다른 것이 없는, 그리하여 자신이 바로 그 일이 되어버린 자의 모습. 풀을 뽑으면서 마음속으로 여기도 뽑아야 하고 저기도 뽑아야 하는, 머릿속이 분주한 내게는 없는 온전한 현존現存, 거기서 나오는 고요이리라.

작은 체구의 할머니가 땅처럼 고요히 햇살 아래 엎드려 밭을 매고 있는 풍경. 여든일곱 해를 농사짓는 일로 살아온, 멀리서 보면 땅인지 사람인지 구분하기도 힘들 만큼 작고 마른 한 존재를 곁에서 바라보는 일은 경이롭다.

하루 종일 쉬지 않고 밭을 매시는 할머니에게 큰 소리로 외친다.

"좀 쉬셔요!"

그러면 귀가 어두워 잘 알아듣지 못하신 채로, 온 얼굴로 웃으며 말씀하신다.

"놀맹놀맹 하는 거로, 뭐 힘이 있어야지, 이래 쉬엄쉬엄하고 있다."

할머니의 '놀이'를 나는 온몸으로 따라가려 해도 도대체 따라갈 수가 없다. 저 온전한 고요의 경지로 나아갈 수가 없다. 평생 자신의 일을 부지런히 쉼 없이 하면서 몸에 익힌, 어떤 유행과 바람에도 흔들리지 않는 단단한 고요. 몸이 경전이 되어버린 몸짓.

이런 고요를 문경에서 문종이를 만드는 '삼식지소' 할아버지에게서도 느꼈다. 그가 닥종이를 거르고 채질할 때, 그 몸짓에는 단단한 고요가 있었다. 삶에 대한 깊은 순종이 느껴지기도 했다.

이 분들에게서 느껴지는 단단한 고요가 일상의 힘, 몸의 힘이라는 것을 뒤늦게 알았다. 내가 호미질을 하거나 마당에서 풀을 뽑을 때 느끼는 기쁨이 몸의 기쁨이고, 그 일이 몸에 쌓여갈 때 내 몸 또한 그들처럼 단단하게 고요해질 것이라는 걸 말이다.

　몸의 힘을 보여주는 사람들이 있다.

　'밀양 할매'라는 상징적인 언어를 만들어낸 할머니들의 힘은 놀랍다. 일흔, 여든이 넘은 할머니들이 십 년 이상을 국가권력에 맞서 싸웠다. 우리나라 투쟁의 역사 속에 새로운 장을 연 분들이기도 하다. 그분들의 힘은 어떤 이론이나 관념에서 나온 게 아니다. 말 그대로 그들의 일상적 삶에서 나온 거다. 밥해 먹고 농사짓고 자식 기르는 그 일상이 전부인 사람들의 힘, 몸의 힘이다.

　피해를 증언하는 일본군 '위안부' 할머니들의 삶은 경이롭다. 여든, 아흔을 살아남아 싸운다. 온몸으로 산 일상의 삶이, 고난을 뚫고 나오는 힘이 됐을 것이다.

　몸에 쌓인 힘이 있을 때, 세상이 슬프고 고통스럽더라도 우울해지지는 않는다. 우울은 무기력하게 한다. 그러나 슬픔은 힘이 된다. 세월호 부모들의 힘은 어디서 왔을까? 이 분들이 우울해졌다면 싸울 힘이 없었을 게다. 이 분들이 싸우는 힘은 일상의 힘이다. 슬프지만 매일매일 몸을 일으키고, 밥을 챙겨 먹는다. 이게 안 되면 활동할 수 없다. 배를 땅에 깔고 몸으로 가지 않으면 삶이 무기력해진다.

　'민초民草는 밟혀도 죽지 않는다'라는 말이 있다. 백성의 질긴 생명력을 잡초에 비유한 말이다. 그런데 구체적으로 '왜 안 죽는가?'를 깊이 생각해본 적이 없다. 그들이 어떻게 사는가? 일상이 계속 있는 거다. 밝히면서 밥을 하고, 밭을 갈고, 자식 기르고…… 계속 하는 거다. 관념적으로 거창한 것들을 생각하는 사람들에게서 나올 수 없는 힘이다. 이 세계를 근원적으로 형성해가는 밑바탕이 되는 힘이다.

좌절은 관념적 지식인들에게나 있는 거지 '밀양 할매들' 같은 민초에게는 그런 개념이 없다. 힘들지만 그냥 사는 거다. 밥해 먹다 나가 싸우고 또 밭 매고, 싸우다 울고, 울다가 웃고, 노래하고, 춤추고…… 해 나고, 비 오고, 바람이 불듯이 몸으로 사는 거다. '몸에 쌓인 힘'은 난세를 주파해가는 힘이 된다.

아침에 별채 청소를 한다. 방문을 활짝 열고 빗자루로 아랫목에서 윗목까지 쓸어간다. 빗자루의 부드러운 결이 단단한 방바닥을 쓸어내는 감촉이 손바닥과 손목, 팔꿈치, 어깨를 통해 느껴진다. 쓸고 난 뒤 물걸레로 바닥을 닦는다. 걸레를 잘 접어 정성 들여 구석구석 닦는다. 햇살이 들어와 콩댐한 바닥이 말갛게 투명하다.

청소는 언제나 할 수 없이 하는 지루한 노동에 불과했다. 청소기를 돌리면, 돌리는 기계적 행위밖에 없었다. 그 소리에 허겁지겁 따라가다 보면 내가 뭘 하는지도 잘 몰랐다. 오로지 편리하게 먼지를 제거한다는 것 외에는 내 몸과 사물 사이에 어떤 관계도 생기지 않았다.

이 집에서는 청소기를 돌리지 않게 된다. 청소기가 내는 굉음과 이 집이 지닌 고요가 너무도 불일치해서일까? 아니면 한옥 구조상 청소기를 돌리는 일이 힘들어서일까. 청소기는 저절로 무용지물이 되었다.

비로 쓸면 천천히 내 속도대로 일을 하게 된다. 내 몸을 느끼고, 방바닥을 느낀다. 청소와 청소하는 내 몸이 분리되지 않는다. 청소를 하면서 나 자신이 맑고 단단해진다. 단정해진 방에서 나 또한 단정해진다.

호미로 밭을 갈 때 흙의 냄새와 흙의 부드러움, 촉촉함을 손과 발, 온몸으로 감촉하게 된다. 그럴 때 몸의 즐거움이나 든든함이 생겨난다. 몸으로 살면 다양한 감각과 감수성이 살아난다. 내 생명과 타 생명, 사물과의 공명대가 생긴다.

일상의 여러 가지 일들, 이를테면 차를 마시거나 밥을 하고 설거지를 할 때, 청소를 하거나 마당의 풀을 뽑을 때 내 몸과 함께 있으면 일상의 순간순간이 빛난다. 지루한 일이 되기보다 깨어 있는 순간들이 된다.

일상적 행위를 습관적으로 하는 것과 그 의미를 자각적으로 알고 하는 행위는 하늘과 땅 차이이다. 자각적 앎을 통해 새로운 창조가 가능하다. 일상 행위의 의미를 자각적으로 알고 하는 행위, 이것을 통한 자기 내면의 고양이 일상의 성화聖化다.

나는 평생 특별한 무엇을 통해 고양되려고 했다. 죽어도 일상에서 고양을 이루려하지 않았다. 그러나 일상에 발 딛는 행위가 없다면 허망한 삶일 뿐이다.

몸의 힘은 정신의 밀도를 높인다. 내 몸에 밀도 깊은 응축된 시간의 정수를 쌓고 싶다. 느티나무 고목 같은 시간을 살고 싶다.

한 끼 밥을 대하는 태도가

나를 대하는 태도,

내 삶을 대하는 태도이다.

밥의 발견

"사막이다. 끝없는 열사의 사막, 뜨거운 공기가 온몸을 휩싼다. 목
이 마르다. 물, 물, 물…… 가야만 한다. 걸을 수가 없다. 모래 구덩이
에 붉은 혀를 날름거리며 코브라가 도사리고 있다. 으아악! 간신히
방향을 튼다. 이번엔 해골이다. 아아악! 온몸은 땀에 절고, 목은 타
들어간다. 이러다 죽을 것 같다……."[1]

한 남자가 부엌까지 가는 험난한 여정이다.

거의 이십여 년 전쯤이었나. 기억이 정확한지 자신할 수 없
으나 내 기억 속의 '반쪽이' 만화다. 만화를 보는 순간 웃음이
터져 나왔다. 그 만화는 남자들이 부엌으로 갈 때 느끼는 심

---

1 《반쪽이의 육아일기》, 최정현, 여성신문사 1992.

리적 저항감을 너무도 잘 표현하고 있었다.

"아니, 해둔 반찬 하나 못 꺼내 먹나?"

"다 해놓은 밥 그냥 차려만 먹으면 되는데 그걸 안 해."

여자들이 이해할 수 없는 남자들의 행태다. 내 웃음은 이해와 공감에서 터져 나온 거였다. 그 저항감은 다름 아닌 바로 내 것이기도 했으니까. 나는 허(虛)를 찔린 사람처럼 웃고 또 웃었다.

내가 밥을 하려고 할 때 느끼는 게 바로 그런 저항감이었다. 나는 '밥을 해야 한다'는 생각만으로도 지쳤다. 그러니 밥을 하기도 전에 지쳐 나가떨어지기 일쑤. 일 톤 트럭의 무게로 등에 달라붙어 있는 밥의 무게에 짓눌려 쓰러질 듯 비틀거리며 부엌으로 기어갔다.

숱한 밥하기의 기억 더미를 아무리 뒤져도 즐겁게 한 밥의 기억이 없다. 자취할 때든, 결혼을 해서 밥을 할 때든, 이혼하고 아이와 먹을 밥을 할 때든…… 언제나 밥하기는 내게 피할 수만 있다면 피하고 싶은 것이었다. 할 수 없어 하거나, 최상의 형태가 의무였다.

물론 변명의 여지는 있다. 일에 지치고 돌아와 다시 밥을 해야 하는 사람이 무슨 밥하기가 즐거울까. 여자에게만 일방적으로 지워진 의무가 즐거운 사람이 어디 있을까. 하지만 밥에 대한 나의 태도는 그런 일반론으로만 설명하기는 어렵다. 난 밥하는 것을 거의 증오했다. 사랑하는 사람을 위해 하는 밥이어도, 어쩌다 하는 밥이어도, 언제나 밥은 하고 싶지 않은 일이었다.

"좋은 사람 있으면 재혼해야지."

이혼하고 사는 내게 가끔 주변에서 조심스럽게 하는 말이다. 재혼을 하겠다는 마음 같은 건 없었지만 사랑하는 사람이 생기면 같이 살아볼 수는 있겠다, 그런 생각이 들다가도 밥이 떠오르면 생각이 달라졌다. 세상없이 사랑하는 사람이라도 그를 위해 삼시 세끼 밥을 해야 한다면 난 결코 그를 사랑할 수 없을 거였다. "왜?"라는 저항이 분노에 차서 목구멍으로 넘어왔다. "왜, 내가 다 큰 남자의 밥을 해줘야 하지?" 있지도 않은 남자를 향해 얼굴이 벌게지면서 분통을 터뜨렸다.

내가 생애 처음으로, 밥에 대한 진지한 사유를 시작하면서 들여다본 건 밥하는 일에 대한 지나친 저항이었다. 밥하기를 무슨 철천지원수 대하듯 하는 내 심리적 기저가 무엇일까.

밥하기를 몹시 싫어하는 게 엄마 영향이라는 것만 막연히 알았지 더 깊이 생각해보지 않았다. 더 생각하고 말 것도 없었다. 집안일이 일방적으로 여자들의 일로 규정된 사회에서, 더구나 그 일이 낮고 천한 일로 취급되는 세상에서 집안일을 좋아할 여자가 어디 있겠는가? 허구한 날 해도 빛도 안 나는 일을 누가 좋아하겠는가?

그러니 그 일 자체에 대해 깊이 있는 사유를 해본 적이 없다. 다만 어떻게 하면 그 일에서 벗어날 수 있을까, 그 일을 평등하게 나눌 수 있을까, 사회화할 수 있을까…… 하는 궁리만 했다. 나는 한 치의 의심도 없이 그 일을 낮고 천한 일, 무가치한 일, 여자들의 '자기실현'의 발목을 잡는 일로 규정하고 있었다. 누군가 해야만 하지만 가능한 안 하면 좋은 일이 그 일이었다.

"아무리 힘들어도 애들이 맛있게 먹는 모습 보면 기쁘죠."

"내가 한 밥을 식구들이 맛있게 먹고 있으면 뿌듯해요."

여자들이 밥하는 일의 보람이나 기쁨을 이야기하면 그 말을 믿지 않았다. 그건 그 여자들이 가부장제에 세뇌되어 그렇게 느끼는 거라고 생각했다. 아니면 자기최면이거나. 내게 없는 경험이니 타인의 경험을 의심하고 제멋대로 왜곡했다.

나는 일에 지친 날 아들에게 밥을 해준 뒤에는 어김없이 '복수'를 했다. 아들이 TV라도 보고 있으면 "놀지 말고 공부하라!"고 소리를 질러댔다. '내가 얼마나 힘들여 해준 밥인데 그걸 먹고 딴짓을 하다니……' 이런 나를 알기에 대충 자장면이나 시켜 먹고 아이에게 느긋하게 대하는 게 상책이었다.

그러고 보니 나는 '밥하기' 이전에 '밥 먹기'를 좋아하지 않는 사람이었다. 내게 밥이란 그저 생존의 도구였다. 식사란 살기 위해 할 수 없이 해야 하지만 가능한 안 하면 좋을 일이었다. 고등학교 때부터 이십 대까지, 하나 삼키면 배가 불러지는 알약에 대한 열망을 가졌다. 내겐 밥 먹는 일에서 느끼는 '따뜻한 정서' 같은 게 도통 없었다.

"식구들과 밥 먹을 때요!"

교실에서 제자들에게 가장 행복한 순간을 물었을 때 아이들의 대답이었다. 나는 '그런가?' 심드렁했다.

"엄마가 파전 좋아하는데, 혼자 먹으려니 걸리네……."

가까운 사람들이 맛있는 것을 먹을 때, 사랑하는 사람을 떠올리거나 같이 먹었으면 하고 바랄 때, 난 그 감정이 뭔지 잘 몰랐다. 그저 '뭐 그런가보다' 했다. 이런 나를 한 친구는 '냉혹한 사람'이라고 비난하기도 했다.

많은 사람들은 밥과 엄마를 등치시킨다. 밥과 엄마처럼 강하게 연결되는 게 또 있을까? 거의 모든 이에게 원초적 그리움으로 떠오르는 건 엄마가 해준 따뜻한 밥이다. 중년 남자들이 어울리지 않게 눈 가장자리가 축축해질 때도 밥과 엄마 이야기를 할 때이다. 엄마가 해준 밥에 대한 정서는 대한민국 사람들의 공통정서인 듯하다.

그 공통정서에 끼지 못하는 소수의 사람들이 있다. '밥=목숨=엄마=원초적 따뜻함'으로 연결되는 정서의 고리 밖에 서 있는 사람들. 신경숙의 《엄마를 부탁해》 같은 소설에 결코 공감할 자신의 경험이 없기에 부끄러워하거나 초라해지는 사람들. 또는 욕설 같은 것이 터져 나오는 사람들…… 그러나 자기 언어가 없어 침묵 속으로 가라앉는 경험들, 없는 것처럼 되어버리는 삶들.

나는 밥의 기억을 떠올리며 내 안의 욕설들을 쏟아내야 다음으로 나갈 것 같다. '밥'이 그렇듯, 내게 '밥에 대한 언어'들은, 말이 되기에는 너무도 직접적인 것이다. 다만 속 끓는 울음이나 침 뱉듯 튀어나오는 욕설처럼 몸으로나 표현될 수 있는 무엇이다.

밥의기억

내 밥의 역사에는 '따뜻한 밥'의 기억이 없다.

이 사실 앞에 충격을 받는다. 설마, 그렇게까지 내 삶이 황폐하단 말인가. 기억이 있긴 하다. 다섯 손가락이 다 안 꼽힐 만큼 예외적으로.

엄마와 광산촌 사택 지붕에 달린 긴 고드름을 따 먹던 어린 시절 기억이 가장 따뜻하다. 바가지에 고드름을 가득 따 담아 덜덜 떨면서 이불을 뒤집어쓰고 와드득 와드득 깨물어 먹던 기억. '와드득'거리는 고드름 소리만큼이나 경쾌하고 기쁜 기억이다. 엄마와 난 어린아이로 함께 놀았다.

'밥을 하는 사람'으로 있을 때, 엄마는 늘 화가 나 있었다.

내게 밥을 먹는 행위는 화가 난 엄마가 언제 뒤통수를 갈길

지 몰라 빨리 먹어치워야 하는, 불안한 일이었다. 어쩌다 맛있는 반찬이 상에 올라왔을 때, 두어 번 손이 가면 엄마의 부릅뜬 눈과 마주치기도 했다. 언제부턴가 나는 나의 식욕을 부끄러워하기 시작했다.

집안일을 할 때 엄마 얼굴이 떠오른다. 화가 잔뜩 나, 눈과 입이 앞으로 몰려 튀어나온 얼굴. 소리들이 더 많이 떠오른다. 거친 호흡과 쿵쿵거리는 발소리, '툭 두두둑 툭툭툭' 거칠고 둔탁한 도마 소리, 설거지통이 탕탕 튕겨지는 소리, 연탄 집게 팽개치는 소리, 부엌문을 쾅 닫는 소리, 어린 내 가슴이 불안에 떨며 쿵닥거리던 소리, "놀지 말고 일해라!" 고함치는 소리, 교복 입은 단발머리 위로 내리치던 양은 밥상의 소리…… 늘 나던 냄새도 따라온다. 밥 타는 냄새, 시큼하게 쉬어가는 음식 냄새, 먹던 데 넣고 또 넣어 끓여 짜디짜게 졸아붙은 된장찌개 냄새, 퉁퉁 불은 수제비의 밀가루 냄새…….

밥에 대한 아픈 기억들이 줄줄이 이어진다. 초등학교 때 점심을 굶거나 옥수수죽을 받아먹던 기억. 남의 집 마루에 작은 고구마가 있기에 몰래 주워 먹으려고 잡았더니 아이 똥이었던, 오래 부끄러웠던 기억. 소풍 때마다 어김없이 죄다 터져버린 김밥을 혼자 먹던 기억. 한여름에 물에 빤 쉰밥을 화난 엄마와 함께 먹던 기억. 고3 때 일 년 내내 엄마 몰래 부엌에 서서 후루룩 마시고 도서관으로 달아났던 물에 말은 찬밥 덩이의 기억.

마음 놓고 먹는 밥, 따뜻한 밥, 밥상머리의 오순도순 같은 평화는 내 밥 역사에 없다.

엄마는 평생 밥을 했지만 밥하는 행위의 주인이 아니었다.

내 기억 속의 엄마는 수십 년 밥을 하면서 한번도 제대로 된 밥을 하지 않았던 사람, 집안일을 남의 일 억지로 하듯 대충 때우던 사람, 주로 내게 그 일을 떠넘기거나 툭하면 화를 내고, 파업을 하던 사람이었다.

학교에 갔다 집에 오면 집안일이 쌓여 있었다. 공동 수도에 가서 물을 길어 오고 설거지통 가득한 그릇들을 씻고 난장판인 방을 정리하고 수북이 쌓인 어린 동생들의 똥기저귀와 옷가지들을 빨아야 했다. 엄마는 내일이 시험이어도 "놀지 말고 일해라!" 하고 소리를 버럭버럭 질러댔다. 아버지와 싸운 날은 아예 머리를 질끈 동여매고 드러누워버렸다. 집에 오면 눈물 콧물 범벅이 되어 울고 있는 동생들과 난장판이 된 방에 연탄불은 꺼져 있었다.

'어떻게 그럴 수 있어…… 씨발.' 내 안의 어린아이는 서러움 가득하고, 조금 더 자란 소녀는 욕설과 분노에 차 있다. 그러나 나는 더 이상 아이나 소녀가 아니다. 엄마를 이해하게 된, 아니 엄마와 내가 똑같다는 것을 절망스럽게 깨달은, 나이 든 여자다. 그 여자는 '씨발', '조또' 하는 내 안의 어린 여자들을 달랜다. '그게 이런 걸 거야……' 눈물을 훔치며 씩씩대는 소녀의 등을 어루만진다.

엄마 스스로 자기 삶을 서술하면 어떨까? 엄마 자신을 변론하는 가상의 자리를 마련해본다.

난 여섯 살 때 엄마를 잃었다. 아버지도 곧 세상을 떴지. 6.25 때 언니 오빠를 따라 피란을 와 떠돌아다녔다. 나에겐 따뜻한 집이 없었다. 따뜻한 밥도 없었다. 밥을 배불리 먹은 기억도 없다. 자식들을 어떻게 기르고 밥을 해 먹이는 건지 본 적도 없고 배운 적도 없다. 내겐 가족이 없었다. 늘 외로웠다. 그러다 하나님을 만났다. 그분을 만나고 내 삶은 달라졌다. 세상에서 날 사랑하는 유일한 분. 난 그분을 위해 살리라 결심했다. 선교사가 되어 그분을 전도하고 다니는 꿈을 꿨다. 그 꿈으로 나는 살았다.

대개의 인생이 그러하듯 엄마의 삶도 다른 길로 흘러갔다. 결혼을 하고 '첫날밤의 웬수'가 들어서고, 고된 시집살이를 해야 했다. 더구나 남편은 믿을 만한 존재가 아니었다. 교회에 다닌다는 이유로 박해까지 받았다. 엄마의 꿈은 좌절됐다. 엄마의 특이한 지점은 그 다음이다. 보통 좌절하면 체념하거나 타협하기 마련이다. 엄마에겐 그게 없었다. 체념이나 타협이란 말은 엄마 인생 사전에 없었다. 주어진 상황이 어려우면 어려울수록 엄마의 하나님 사랑은 억척스러워졌다. 예수님의 박해와 고난을 자신의 것과 등치했다.

엄마의 삶은 교회를 중심축으로 돌아갔다. 평생 새벽기도를 빠지지 않았고, 집사에서 권사로 교회의 직분을 성실히 이행했다. 없는 살림에도 반드시 십일조를 바쳤고 건축헌금을 했다. 대부분의 시간과 에너지를 교회 일에 썼다. 집안일은 엄마에게 빨리 대충 해치워야 할 것이고, 자신의 길을 가는 데 방해물이었다. 아무런 의미도 없는, 하고 있으면 울화통이 터지는 일이었다.

"그렇게 싫었으면, 그만뒀으면 되잖아. 집을 나가서 전도사가 되든지 했으면 되잖아!"

내 안의 소녀가 씩씩거린다.

"아버지와 싸우고 하루 종일 머리 싸매고 앓는 소리를 내며 누워 있는 당신을 발로 밟고 싶었어. 제발, 소리만 내지 말라고 입을 봉하고 싶었어. 학교 갔다 오면 집은 난장판, 동생들은 울고불고. 꺼진 연탄불 붙여 밥을 하면서 당신을 증오했어. 핑계 많은 당신이 치떨리게 싫었어!"

그 소녀는 파랗게 질려 있다.

그 소녀의 아픔을 품고 있는, 나이 든 여자는 고개를 숙인다. 소녀에게 용서를 빌어야 할 사람은 이제 나인 것 같다. 나는 그 소녀가 증오했던 엄마로부터 가능한 멀리 떠났다. '나는 당신처럼 살지 않을 거야!' 하고 이를 갈았다.

그러나 결국 엄마와 똑같은 삶을 살았다. 엄마가 평생 '하늘'을 바라보며 '땅'의 삶을 살지 못했듯 나 또한 그러했다. 그걸 이제야 아주 구체적으로 깨닫고 있다.

"미안해, 미안해……."

　따뜻한 밥을 먹어본 기억 없이 서럽게 울고 있는 소녀에게
내 잘못이라고, 정말 잘못했다고 빈다. 엄마가 밥의 주인이
되지 못한 것처럼 나 또한 그랬다. 나는 나 자신에게 한번도
따뜻한 밥을 해주지 못했다. 그래서 삶이 황폐해졌다는 걸 이
제야 겨우 이해하게 되었다.

　밥 이야기를 쓰다가 여러 번 눈물이 났다. 밥을 제대로 먹
지 못한 어린 나에 대한 측은함이었다. 밥의 따뜻함을 몰랐
던 엄마의 삶에 대한 연민이었다. 그 밥의 역사를 대물림받
은 아들에 대한 눈물이기도 했다. 황폐한 밥은 대를 물리고
또 물렸다.

　눈물은 잘 그치지 않았다. 따뜻한 밥을 먹어보지도 못하고
평생 누군가를 위한 밥을 하는 어떤 여자들의 삶에 대한 눈
물, 밥하는 일이 일방적 의무로 지워져 때로는 밥을 지긋지
긋한 것으로 여길 수밖에 없는 숱한 여자들을 향한 눈물이
기도 했다. 자신의 밥에 대해 무어라 말할 수 있는 언어를 갖
지 못한 사람들, 밥이 부끄러움이나 치욕인, 보이지 않는 얼
굴들. 보이지 않아, 없는 취급을 받는 경험들을 향한 눈물이
기도 했다.

　나는 세상의 서럽고 황폐한 밥을 향해 곡비哭婢처럼 울고 또
울었다.

밥의 세계

나는 타인들의 밥이 궁금했다. 도서관에서 밥에 대한 이런저런 글을 찾아 읽다가 정끝별 시인이 엮은 《밥-정끝별의 밥 시이야기》를 만났다. 서두의 밥에 대한 추억을 읽는데 갑자기 가슴에 통증 같은 게 왔다. "이게 뭐지?" 거의 동물적인 질투, 즉물적 부러움이었다. 이런저런 밥의 추억과 그리움에 관한 글들을 삐딱한 시선으로 바라보던, 내 안의 심리적 저지선이 '툭' 하고 무너지는 소리가 나는 듯했다.

"어릴 적을 뒤적이다 보면 먹거리와 관련된 추억들이 제일 많다. (……) 엄마는 손도 크고 손맛도 좋았다. (……) 집안 대소사가 다가오면 며칠 전부터 엄마는 돼지고기를 삶고, 쇠고기를 누르고, 홍어

를 삭히고, 김부각을 말리고, 술을 내리고, 산자를 튀기고, 약과를
모양내고, 오꼬시를 굳히고, 식혜를 끓이고, 수정과를 거르고, 떡을
빚고, 떡시루를 앉히고, 약식을 누르고, 찰밥을 찌고, 뒷마당에 가마
솥 뚜껑을 괴고는 가지가지 부꾸미와 부치미와 지짐이를 하고 잡채
를 무치고, 죽상어와 조기를 찌곤 하셨다."[2]

그가 나열한 다양한 먹을 것들. "고소하고 기름지고 찰지고
달고 오돌오돌 바삭바삭 쫀득쫀득 따끈따끈……" 그런 음식
들 앞에서 '그것을 만드느라 얼마나 힘들었을까?' '여자들이
집안 대소사나 명절에 하는 과중한 노동……' 그런저런 생각
이 작동하지 않았다.

그저 부러웠다. 먹어본 적 없는 먹을 것의 다채로움 앞에
서, 어린 시절 맛본 풍요로운 음식이 일상의 맛, 삶의 풍요로
움일 수 있겠구나 짐작하며, 통증처럼 내 삶의 빈곤이 보였다.

처음으로 내 영혼의 허기는 단지 영혼의 허기가 아니라 아
주 구체적인 밥의 허기, "세상에서 가장 따뜻한 저녁의 힘",
"특별할 것도 없는 아늑한 저녁"의 부재일지도 모른다는 생
각을 했다.

따뜻한 밥의 부재는 단지 밥의 문제가 아니었다. 그건 삶의
물질적 배경 같은 거였다. 삶을 떠올릴 때 저절로 아늑하고
포근해지는 근원적 배경. 그런 배경이 없는 자의 황폐한 삶이

2 《밥-정끝별의 밥시이야기》, 정끝별, 마음의숲 2007.

그의 밥에 대한 글에 비춰졌다.

따뜻하고 아늑한 밥의 기억이 없는 사람의 영혼이 어찌 따뜻할 수가 있을까. 평생 느껴왔던 삶의 허기, 고아 의식은 단지 심리적인 것이 아니구나. 그건 구체적이고 물질적인 것이었구나. 삶의 허기를 극복하고 싶다면, 내 밥의 허기를 알고 그것으로부터 먼저 벗어나야 하는 거구나.

이 사실을 난 왜 이제야 깨우치고 있나. 온갖 정신의 세계, 마음의 세계를 찾아 헤맸지 구체적인 것에서 찾을 생각을 한 번도 해보지 못하다니. 스스로에게 따뜻한 밥을 해 먹일 생각을 결코 해본 적이 없다니.

많은 경우, 깨달음은 허망하다. 그 깨달음의 내용이 지극히 당연한 어떤 것이기 때문이다. 그 당연한 것을 아는 데 반평생이 걸리다니, 제대로 못 먹어 허기진 사람을 제대로 먹일 생각을 해보지 못하다니. 허망했다.

그런데 왜 이제야 '밥의 세계'가 보이는 걸까? 오십 평생 자신을 찾아 헤맸고, 그 결과 '나는 안 되는 인간이구나' 절망하고 난 뒤에야 밥의 세계가 보이는 걸까?

여러 가지 이유가 있겠다. 개인적으로는 밥에 대한 경멸 때문일 것이다. 난 밥 먹는 것이 노역勞役이었다. 맛있는 것을 먹고 싶어 하는 내 식욕을 부끄러워해야 했다. 그러다 언젠가부터 밥 먹는 것을 경멸하게 됐다. 경멸하는 대상에 대해 무슨 탐구를 하겠는가?

게다가 밥은 '아무것도 아니지' 않는가. 밥을 먹는 건 숨을 쉬는 것과 같다. 숨을 어떻게 쉬는지 궁금하지 않듯, 밥이 궁금하지 않았다. 밥은 그저 밥일 뿐이었다. 만약에 이 사회에서 밥이 중요한 일로 취급되었어도 내가 밥의 세계에 그리 무지했을까? 단지 관념적/추상적으로 밥이 소중하다고 막연히 생각하는 게 아니라, 진정 밥이 소중한 세상이었어도? 밥이 어떻게 마련되고 어떤 조건에서 소중해질 수 있는지를, 어떻게 먹고 어떻게 해야 하는지를, 사회적 중요 의제로 생각하는 세상이었어도 나는 밥에 대해 그리 경멸할 수 있었을까?

세상에 인간심리와 정신세계에 대한 연구는 숱하지만, '한 인간이 어떤(어떻게) 밥을 먹(었)는가'가 그의 삶에 끼치는 영향 같은 걸 연구하지는 않는다.

밥에 대한 무시는 정신과 물질이라는 오랜 이분법과 연결되어 있다. 그 역사 속에서 나는 밥 같이 '하찮은' 물질세계가 아닌 '고귀한' 정신적 세계를 향해 나아간 것이다. 정신의 고귀한 꽃을 피우면 나머지는 모두 '저절로' 해결된다고 믿었다.

내가 피우고자 한 정신의 꽃은 밥 없이 피지 못하는 꽃이라는 걸 이제야 안다. 밥의 세계를 무시한 정신의 꽃은 '헛꽃'일 뿐 아니라 꽃도 아니라는 사실을 말이다.

밥의 역사를 들추어 보면서 '밥 먹기'와 '밥하기' 사이의 분명한 연관이 보였다. 나는 따뜻한 밥 먹기의 기억이 거의 없는 사람이다. 따뜻한 밥을 먹어본 적이 없는 사람이 즐겁게 밥을 한다는 일이 어찌 가능할까?

'즐거운 밥하기'라는 영웅적 과업(!)을 실현하기 이전에 해야 할 게 있다. '밥 먹기'부터 배워야 한다. 나 자신, 내 생명에게 '따뜻한 밥'을 먹이는 일을 해야 한다.

그런데, 따뜻한 밥이 뭘까? 평생 밥을 먹었는데, 그게 뭔지 모르겠다. 구강기의 결핍을 채우듯 입 안 가득 떠 넣고 허겁지겁 목구멍으로 삼키거나, 그저 한 끼를 때우는 '끼니'로서의 밥, 그런 밥 아닌 밥은 어떤 밥일까?

밥은 한번도 내게 생생하게 살아 있는 질감, '통통하고' '쫀득하고' '고소하고', '말랑말랑' '보슬보슬', '숭얼숭얼', '녹진녹진' '심심하며 달달한' 몸의 느낌으로 다가온 적이 없다. 따뜻한 밥은 하나의 이미지, 관념일 뿐이다. '김이 모락모락 오르는 흰 쌀밥', 햇반 광고를 볼 때와 같은 이미지, 빈약하고 메마른 관념이다. 그것은 몸의 감수성이 아니다.

나는 밥의 물질성을 느낄, 몸의 감수성이 말라버렸다. 밥은 내게 몸 전체로 퍼져 나가는 '살아 있는 물질'이 아니라 언제나 '머리에서만 머무는 관념'이었을 뿐이다. 그건 거의 '기괴함'이라 할 만하다. 밥은 나에게 물질성이 아니었던 것이다.

밥의 언어

'즐거운 밥하기'를 삶의 과제로 삼고 살아온 지 수년이 지났지만 난 여전히 밥하는 일이 즐겁지 않다. 그런 나를 자책하기보다는 당연하다고 스스로를 토닥인다. 평생 지겨웠고 의미를 부여할 수 없었는데, 몇 년 노력한다고 바뀌나? 어림없다. '하찮고, 돈도 안 되고, 빛도 안 나고, 내가 바뀌든 아니든 특별히 달라지는 것도 없어 보이고……' 그렇게 수십 년 몸과 마음에 밴 태도다. 밥에 대한 개인적 저항과 사회 역사적 하찮음의 무게와 육체를 경시하는 관념의 무게까지 다 얹혀 있는 복잡한 영역인 것이다.

더구나 밥을 한다는 건 천리만리를 자유롭게 오갈 수 있는 관념의 세계가 아니라 구체적으로 몸으로 체득해야 하는 영역이다. 그러니 몇 년 노력한다고 개과천선할 수 있는 게 아니다. 그저 꾸준히 '애쓰고' 있을 뿐이다.

처음엔 밥에 대한 부정적 관념의 무게부터 내려놓는 훈련을 해야 했다. 밥을 부정해왔던 나, 밥이 별 게 아니라고 생각하는 내게 밥이 '별거'라는 것을 인식하게 하는 일부터 시작해야 했다.

밥을 그저 한 끼 때우는 행위나, '한입에 톡 털어 넣고 마는' 행위로 여기면 밥을 하는 행위에 의미를 부여하기가 어렵다. 그저 대충 때워도 되고 한입에 털어 넣고 말 것을 정성 들여 하는 일은 허무하기 짝이 없다. 그렇다고 좋은 음식을 먹어야 건강하다는 현실 논리 같은 것으로 오랜 밥하기의 저항을 밀어내기는 역부족이다.

밥이 왜 그리 소중한지 스스로 절감할 수 있는 언어가 내겐 필요했다. 밥에 대한 개인적이면서도 사회 역사적인 '하찮음'의 무게를 극복할 수 있는 언어, 밥을 당연한 것으로 여기지 않고 깨어서 자각하고, 그 의미를 사유할 수 있는 언어 말이다.

도서관에서 밥이 뭔지 알려고 찾은 책들에서는 배운 게 별로 없었다. 대부분의 밥 관련 글들은 '밥의 소비자들'이 쓴 글이었다. '밥하는' 일과는 상관없는 사람들이 하는 밥 이야기는 화려했지만 거기엔 어떤 절실함도 없었다. 밥을 관념적으로 찬양하는 글들도 있었지만 실제로 그게 뭔지 구체적으로 알려주지 못하는 글들이었다.

최근 몇 년간 열풍처럼 불었던 '먹방'이나 '쿡방'의 밥, 또는 여러 블로그의 밥들은 밥이 우리 생활에 중요한 무엇으로 등장하게 해준 긍정적 측면이 있어 보였다. 밥하는 일이 이제 사회적 의제가 된 것도 같았다. 그러나 그 밥은 주로 '보여주기 위한' 밥이기도 했다. 밥을 해 먹는다는 너무도 당연한 일이 역설적으로 너무도 특별한 일이 되어버린 시대적 상황을 보여주는 것 같기도 했다.

그러다가 만난 밥이 있었다. 프리모 레비의《이것이 인간인가》[3]에서 나치 수용소로 끌려가는 엄마들의 밥. 내일 죽으러 가는 열차를 타게 되는데, 밤새 아이를 위해 깨끗한 물을 찾고 정성 들인 음식을 만드는 엄마. '죽으러 가는 엄마가 죽으러 가는 아이에게 해 먹이는 밥.' 그 밥을 만난 순간의 충격을 뭐라고 해야 할까?

어쩌면 당연한 일일 텐데 난 왜 그리 충격을 받았을까? 왜 몇 날 며칠을 그 파장에서 벗어나지 못하고, 때때로 눈물을 쏟았을까? 거기엔 정성이라고는 찾을 길 없이 마구 살아온 내 일상이 있었을 게다. '곧 죽을 텐데 깨끗한 물이며 정성 들인 밥이 뭐 그리 중요할까?'라고 즉각 되묻게 되는 삶의 천박함.

3 돌베개 2007.

그렇다고 그것만으로는 경외敬畏에 가까운 충격을 설명하기 어려웠다. 거기엔 어떤 '절대적인 것'이 있었다. 하찮게 여긴 세계가 거역할 수 없는 절대적 진실의 얼굴로 나타났을 때 받게 되는 낯선 충격, 놀라움. 난 밥이 지닌 절대성에 맞닥뜨린 것이다.

죽는 순간까지 사람은, 생명 가진 것들은 먹이를 찾는다. 죽기 전에 먹고 싶은 음식이 있다. 생명의 마지막 순간에도 남아 있는 욕망이 있다면 먹고자 하는 것이다.

법정 스님이 죽기 전 드시고 싶어 했던 떡국 한 그릇이 떠올랐다. 그리고 엄마가 병원에 입원해 있을 때, 옆 침상에 있던 아주머니 생각이 났다. 그이는 위암 말기여서 음식을 먹을 수가 없었다. 그런데 그 아주머니는 보리밥을 그토록 먹고 싶어 했다. 어린 딸이 주는 보리밥을 한 입 가득 떠 넣고 입에서 오래 씹다가 뱉어내는 그를 보면서 나는 무슨 생각을 했던가? 잘 기억이 나지 않지만 아마도 그렇게까지 음식에 집착하는 일을 이해하지 못했을 거다. 그저 비참하게 느꼈던 것 같다.

먹는 일의 절대성이 지닌 삶의 어떤 신성함을 이해할 아무런 경험이나 사유도 내겐 없었다. 그 행위가 생명이 지닌 근원적 천진함, '살려고 하는 신성한 의지'라는 걸 이해할 수 없었다.

"사람들 다 비둘기 싫어하지 않아요?" 할머니는 한 번 더 과자를 뿌리며 느긋하게 대답했다. "다 살겠다고 그러는데, 얼마나 이뻐. 살겠다고 하는 것들은 다 이뻐……"[4]

김현진의 글에 나오는 청소부 할머니의 말이다. 먹는다는 행위의 근원적 천진성을 자기 삶에서 체득한 자의 언어다.

사실 밥은 철학적 '사유의 영역'이 아니라 '당연의 영역'으로 여겨져 왔다. 밥에 대한 사유가 부재不在한 오랜 역사 속에서 밥의 언어를 찾는 게 수월한 일은 아니다.

내가 찾은 밥의 가장 위대한 언어는 동학東學의 언어였다.

이천식천以天食天, 향아설위向我設位

이 언어를 얻고 나서 나는 밥이 지닌 진정한 의미를 이해하게 되었다. 밥을 소중히 하는 것이 왜 그리 중요한 일인지 스스로 납득하게 되었다.

이천식천, 하늘님인 내게 하늘님을 주는 게 먹는 것이다. 하늘님인 나는 타他 존재를 먹어야 한다. 그런데 타 존재가 이미 하늘님이다.

향아설위, 나를 위해 위패를 모신다. 자신을 향해 올리는

4 《육체탐구생활》, 김현진, 박하 2015.

예배다. 예배는 나 밖의 대상, 신이나 신성한 나무, 바위 등을 향해 올리는 것이다. 그런데 자기 예배를 이야기한다. 이때의 나는 주관적, 심리적인 내가 아니다. 우주생명인 나다. 우주생명이 나한테 들어와 있는 거다. 그 생명에게 올리는 예배다. 내가 단순히 오십여 년을 산 존재가 아니라, 수억 년의 오십 년이라는 역사성을 지닌 '온생명'이라는 것을 아는 이야기다.

'신神이 신神을 먹는다'라는 사유의 스케일을 생각해보라. 먹는 존재도 예배의 대상이고, 먹는 나도 예배의 대상이다. 이때 일상은 얼마나 거대하고 위대한 스케일인가. 내가 경멸하고 하찮게 여겨왔던 '밥'이 거의 까마득하게 느껴지는 장엄함으로 내 앞에 펼쳐져 있었다.

동학의 이 언어를 처음 듣는 건 아니다. 생명운동이나 한살림 운동 등을 시작한 사람들의 바탕이 된 사유이기도 하다. 그러나 그 언어가 내 삶으로 스며들지는 못했다. 그러기에는 그 사유와 내 삶의 거리가 너무도 멀었다.

이 언어가 내 삶으로 들어온 것은 삶을 전환하겠다고 마음을 먹고, 구체적으로 이 사유를 실천하고 있는 사람인 M을 만나서다. 그 말의 의미를 M을 통해 해석하고 이해하는 과정, 그가 정성스럽게 해주는 밥을 먹으며 그 밥의 의미를 새겨가는 과정이 있었다.

그저 막연히 이런 이야기를 들었다면, 텍스트를 이해하는 차원이었다면, 감탄만 하고 내 몸을 움직이는 실천의 동력이 되지 못했을 것이다. 그 이야기를 하는 주체가 그 이야기를 자신의 삶으로 살고 있었기에, 그 모습이 내 눈에 참으로 숭고하고 아름다웠기에 나는 밥에 대한 그토록 오랜 저항을 뚫고 나가는 힘을 얻었을 것이다.

그의 밥을 먹으며 그가 하는 행위를 통해 들어온 언어는 나를 바꾸고자 하는 전환의 동력이 되었다. 나는 밥의 의미를 비로소 이해하고 밥을 하는 일을 소중히 여기는 사람이 되어가고 있다. 비록 그 속도는 매우 더디지만 말이다.

부엌의 시학

"압구정동 같은 부엌에 선비의 방이라······."

우리 집에 처음 온, 육십 대 재일교포 남성의 말이다. 그는 부엌은 최신식으로 세련되었고, 방은 조선시대 선비의 방처럼 청빈하다고 했다.

그의 말대로 우리 집은 방과 부엌 공간의 느낌이 확연히 다르다. 부엌은 가능한 편하고 환한 아름다운 공간으로 만들려고 했다. 그건 내가 부엌이라는 공간에 들어서는 걸 싫어하기 때문이다. 부엌에 들어서려면, 뭔지 모르지만 큰 병명이 나올 것만 같은 아픈 몸을 이끌고 혼자 병원엘 가야할 때나 만나기 싫은 사람을 만나기 위해서 먼 길을 버스와 지하철을 갈아타고 가야할 때처럼 몸이 저절로 무기력해지고 기운이 쫙 빠진다.

이런 내가 남은 생애 동안 스스로에게 정성스런 밥을 올리고 싶다는 바람을 갖게 되었다. 그래서 우선 부엌을 가능한 아름다운 공간으로 만들려 했다. 들어서고 싶은 공간, 활기에 찬 공간을 만들고 싶었다.

처음엔 아름다운 부엌에 대한 별 개념이 없으니 인터넷을 찾아봤다. '아름다운 부엌'을 치니 정말 많은 부엌들이 주르르 떴다. 화려하고 아름다운 부엌들이 많았지만 그 부엌들은 보이기 위한 부엌이지 실제로 살아가는 공간으로는 보이지 않았다. 오래 보면 멀미가 날 것 같았다.

그래서 언젠가부터 남의 집에 가면 부엌을 관찰하기 시작했다. 아파트의 부엌들은 다 비슷했다. 최근에 지어지고 평수가 큰 아파트에는 시스템 키친이라는 세련되고 멋진 부엌이 들어와 있었다. 하지만 그 부엌은 내게 말을 걸어오지 않았다.

경주에서도 골짜기에 들어가 살고 있는 한 다인(茶人)의 집 부엌은 여러 생각을 하게 했다. 주변 경관이 수려한 그의 집은 아름다웠고 모든 게 다 작았다. 그중에서 가장 작은 것이 부엌이었다. 한 사람이 들어가 움직이기도 어려운 공간이었다. 게다가 몹시 추웠다. 부엌에서 사람의 체취를 맡기도 어려웠다. 차 마시는 공간은 작아도 따뜻하고 아름다운데, 부엌은 협소하고 불편했다. 그 집은 밥보다는 차가 중요하다고 강하게 말하고 있었다.

부엌이 집의 중심으로 보이는 집이 있었다. 같은 동네에 살고 있는 환갑이 넘은 분의 부엌이다. 일찍이 '심심하게 살고 싶어서' 서울살이를 접고 고향인 경주로 내려와 살고 계신단다. 그 집은 부엌 채가 따로 있다. 오래된 옛집의 안채를 헐고 새로 집을 지었는데 사랑채는 그대로 두고 부엌으로 쓰고 있다. 그 부엌에 가면 뭔가 다른 세계에 온 듯한 느낌이 든다. 그 느낌이 어디서 올까?

작고 오밀조밀한 그 부엌엔 온갖 색깔이 있다. 선명한 원색 빛을 지닌 그릇들, 모양이 서로 다른 오래되고 아름다운 의자들, 든든한 식탁, 작은 가구들이 햇살 속에 반짝거린다.

마당에는 가을 햇살을 받은 벚나무의 붉고 노란 단풍들이 투명한 빛으로 빛난다. 푸른 대나무 잎 사이사이 빛의 물결이 흐른다. 밥의 온기가 퍼지는 공간에 산스크리트어로 발음되는 만트라가 고요히 작은 웅얼거림으로 흐르고 있다. 문득 이토록 눈부시도록 강렬한 색色이야말로 공호이구나 하는 느낌. 이 부엌의 강렬한 빛깔들, 아름다움 속에서 비로소 색즉시공色卽是호의 의미가 활짝 드러난다.

사십여 년 부엌 살림을 해온, 그 살림에 애정을 지니고 살아온 한 개성 있는 존재의 부엌을 보는 일. 그것이 굉장한 즐거움과 아름다움, 그리고 어떤 종교성까지 느끼게 하는 일이라는 것을 처음 알았다.

"아침에 차 한 잔을 들고 뒤뜰로 걸어갈 때, 그 찰랑거리는 차가 쏟아지지 않게 차 한 잔에 마음을 집중하는 것이 나의 수행입니다."

또 다른 부엌이 있다. 이웃의 부엌이다. 집도 작고 부엌도 작다. 부엌의 물건들은 손수 만든 것들이다. 행주, 식탁보, 찻잔받침, 냄비받침…… 모두 바느질하고 수를 놓아 만들었다. 식탁, 찬장, 의자 같은 부엌 가구들도 스스로 만든 유일한 것들이다. 그릇들은 한꺼번에 세트로 구매한 게 아니라 수십 년 차곡차곡 모아온 것들이어서 제각각의 특징이 있다. 이 부엌에 들어서면 '아……' 하고 숨이 크게 쉬어진다. 정갈하고 섬세한 아름다움에 저절로 나오는 감탄사다. 작은 키에 몸무게 50킬로그램이 채 안 되는 가난한 여인이 창조한 자기 세계다.

"어제는 참 힘든 하루였어요. 이런저런 걱정스런 일들도 많고…… 그런데 새벽에 일어나 부엌에 서니, 내 공간에 들어서니, 이게 내 삶이구나, 내가 내 삶을 살고 있구나. 스스로 믿어지고 잘 살고 있다는 안도감이 들었어요."

단 한 번도 부엌이 내 공간이라고 느껴본 적이 없는 나는, 그의 말에 놀란다.

누구나 자신의 공간에 있을 때 자기답다고 느낀다. 평생 밥을 해도 부엌을 자신의 공간으로 느끼지 않을 수 있다. 자신의 공간이 어디인가? '내 삶을 살고 있다고 스스로가 믿어지는' 공간은 어딜까? 그런 공간이 있는 삶과 없는 삶은 얼마나 다를 것인가? 그의 말은 여러 생각을 하게 했다.

부엌을 자기 공간이라고 느끼고, 그곳에서 비로소 자신이 믿어지는 사람의 삶을 나는 이해하기 힘들었지만 그의 삶은 든든해 보였다. 그에게서 느껴지는 남다른 기품의 원천을 알 것 같았다. 그건 가장 근원적인 것에 정성과 애정을 바치는 이에게서 느껴지는 삶의 품격이었다. 나는 부엌이라는 공간의 외관을 관찰하고 찾아보는 내 행위의 부질없음을 깨달았다.

부엌의 차이는 공간의 크기 또는 싱크대나 그릇, 부엌 기구의 고급스러움 등에서 오는 것이 아니었다. 그 부엌에서 밥을 하고, 살림을 사는 태도의 차이였다. 기계적으로 그 일을 하는지, 지겨워하며 할 수 없어 하는지, 아니면 그 일에서 자기다움이나 삶의 기쁨을 느끼는지. 말 그대로의 '살림'을 살고 있는 부엌에는 그 '살림살이'라는 행위를 통해 그 공간에 부여된 빛과 아름다움이 있었다. 가장 자기답고 종교적이고 초월적인 공간이기조차 했다.

'살림 여성주의자' 김정희는 '살림'이라는 단어는 일자무식 어머니들이 도달한 정신적 경지를 유감없이 드러낸다고 말한다. 이 한마디가 남성이 만들어낸 모든 사상이나 철학을 압

도할 만한 위용을 내뿜는다고 느낀다. 문자 이전의 구전시대에 발화되었을 이 말이 '원수를 내 몸 같이 사랑하라' '자리이타自利利他'와 같은 예수나 부처의 성구聖句에 비견될 만한 깨달음과 웅장한 울림을 준다고 이야기한다.[5]

　나는 그 위대한 언어가 구체적으로 실현된 부엌을 본 것이다. 내가 부엌 공간을 세련되고 아름다운 물건들로 아무리 채운다 한들, '살림'을 살지 않는 한 나의 부엌은 아무런 말을 걸지 않을 것이다. 나의 삶은 여전히 뿌리 없이 허공 위에서 흔들릴 것이다.

5 《나의 페미니즘 레시피》, 김정희 외 14인, 서해문집 2015.

밥하는 시간

잠 속에서 어슴푸레 눈을 뜬다.

다다다닥다다다다……
도닥도닥도닥도닥도도도……
통통통토동토동통통통……

도마 소리다. 오래 그 소리에 귀 기울인다. 마치 행진곡을 듣듯 경쾌하고 발랄하다. 한 가지 소리가 아니라 다양하기도 하다.

그 소리를 들으며 아직 덜 깬 몸이 느끼는 방의 따뜻한 온기를 즐긴다. 이런 내가 낯설다. 아침이면 엄마의 화난 도마 소리와 '빨리 일어나서 일하라'는 고함 소리에 익숙한 나는 늘 도마 소리가 불안했다. 빨리 일어나 부엌으로 나가지 않으면 언제 불호령이 떨어질지 모른다는 선전포고처럼 들리던 소리다. 늘 나를 허둥지둥하게 만드는 소리다.

성인이 된 뒤 나도 엄마처럼 밥하는 일을 지겨워하는 사람으로 살았다. 누군가 밥을 하고 있으면 괜히 불안해졌다. 옆에서 거들어야 마음이 편했다. 그러지 않으면 상대가 내게 화를 내거나 미워할 것 같았다. 마찬가지로 내가 밥을 하고 있는데 누군가 돕지 않고 빈둥대며 놀고 있으면 화가 났다. 밥하는 일은 고역이므로 누가 하든 같이 해야 공평하다고 생각했다.

M이 밥을 할 때도 나는 옆에서 거들려고 했다. 그러다 보니 그가 자신이 밥하는 전 과정을 계획하고 자기 속도와 흐름에 따라 하고 있다는 것, 내가 거드는 것이 별 도움이 안 된다는 걸 알게 되었다. 무엇보다 그는 밥하는 행위를 느긋하게 즐기고 있었다.

M은 부엌에 들어가기 전에 무엇을 해 먹을지 미리 생각했다. 머릿속에서 밥하는 전 과정을 꿰고 있었다. 나처럼 아무 생각 없이 부엌에 들어가는 게 아니었다. 그리고 부엌을 항상 깨끗이 정돈하고 일을 시작했다. 그렇게 해보니 불필요한 에너지가 안 들고 기분도 상쾌했다. 쌀은 밥을 하기 삼십 분 전에 담가두고, 필요한 재료들을 냉장고에서 꺼내 오고, 국물

을 낼 야채나 멸치를 다듬어서 국물을 내고, 반찬거리나 국거리들은 썰어서 큰 접시에 각각 담아두었다. 일정한 두께와 크기로 썰어놓은 재료들은 단정하고 아름다웠다.

그 과정에서 싱크대에 널려 있는 그릇이나 도마 칼 등을 제자리에 정리하고, 행주로 닦았다. 물이 튀기지 않도록 수돗물은 적당한 수준으로 틀고, 물일을 하다 다른 일로 옮길 때는 손을 행주에 닦았다. 늘 물을 질질질 흘리며 밥을 하는 나는 무슨 대단한 발견을 한 양 기뻤다. 아, 행주로 손을 닦으면 되는 거였구나! 밥하는 과정에 복잡하고도 다양한 질서가 있는데, 그게 오래 몸에 배어 거의 물 흐르듯 자연스럽게 움직였다.

한 끼의 밥에는 무엇을 해 먹을까를 궁리하는 일부터 설거지에 이르기까지 여러 단계의 과제들이 포함되어 있다. 장보기에서부터 메뉴를 구상하고 조리를 하는 과정의 복잡함이 있다. 한 끼 먹을 음식을 위해 일 년 전부터 준비하고 구상해야 할 일도 있다. 가을에 나물을 말리고 장아찌를 담고 겨울에 김장을 한다. "이 누적된 노동이 모여서 한 끼의 밥상이 차려진다."[6]

밥이 밥상에 오르기 위해서는 매우 복잡하고도 '엄청난' 일이 일어나야 한다. 그런 어마어마한 일을 하찮게 보고 대충 때우려 했으니 배울 수 있는 게 없었다. 밥하는 일의 구체적

6 〈집밥 혁명은 계속되어야 한다〉, 김원정, 레디앙 2015. 7.

인 질서나 규칙을 익힌 게 없으니 부엌에 들어가는 일이 막막하기만 한 거였다. 항상 처음 그 자리에서 다시 시작해야 하는 어려움을 겪을 수밖에 없었다.

"나 밥 잘 해요."

나이 들어가면서 부부가 함께 밥을 해야 사는 게 평화롭다는 이야기를 하는데, 친구 남편이 자랑스럽게 말했다.

"전기밥솥에 쌀 씻어 누르는 게 밥하는 거라면 유치원생도 하지."

친구는 기가 찬다는 듯이 혀를 찼다.

'밥만' 하는 걸 밥한다고 여기는 친구 남편을 보면서, 그나나나 별 다를 바가 없어 보였다. '밥' 하면 그저 한 상 잘 차려놓은 밥상을 떠올렸던 나는, 대부분의 남자들처럼 '밥의 소비자'의 위치에 자신을 세워둔 것이었다.

'한 끼의 밥'은 '밥을 하는 행위'와 '밥의 재료'가 밥 개념에 들어가야 가능해진다. 밥의 외연을 넓히면 밥은 '한 입 톡 털어 넣는' 게 아니라 아주 육중한 문제가 된다.

밥의 개념 속에 '밥하는 행위'가 들어오면 밥이 달라진다. 밥을 하는 '과정'을 이야기하게 된다. 억지로 하는 밥, 기계적으로 하는 밥, 대충하는 밥, 정성스러운 밥, 즐거운 밥…… 다양한 밥이 있다. 그러면 묻게 된다. 누가 밥을 하는지, 왜 계속하는지…… 정성스러운 밥, 즐거운 밥이 되려면 어떤 사회경제적, 개인적 조건이 필요한 것인지 질문하게 된다.

또한 밥의 개념엔 당연히 밥의 재료들이 들어가야 한다. 마트에 진열된 재료를 돈 주고 사는 걸 넘어서, 작물을 땅에 심는 것까지 가야만 최소한의 밥 개념이 될 수 있다. 농사짓는 행위가 곧 밥이다. 유전자 조작된 농산물이나 국적 불명의 재료, 음식이 아닌데 음식인 척 하는 가공품들을 먹는 일에 대해 고민하게 된다.

밭에서 무 하나를 뽑는다. 비료를 먹지 않고 제 힘으로 자란 무는 작지만 단단하다. 햇빛에 드러난 푸른 부분은 단아하고 땅속에서 올라온 흰 부분은 말갛다. 늦여름에 씨를 뿌리고 물을 준 생명이 씩씩하게 자라 가을 햇살에 반짝이며 줄지어 서 있는 모습은 아름답다. 내가 직접 기른 채소를 밭에서 뽑아, 밥을 짓는 일에는 생기와 감동이 있다.

무를 흐르는 물에 씻는다. 단아하고 묵직한 무의 몸이 믿음직스럽다. 무로 만드는 음식 중에 내가 제일 좋아하는 것은 들깨뭇국이다. 냄비에 다시마, 굵은 멸치, 말린 표고버섯을 넣어 다싯물을 낸다. 무를 약간 도톰하게 채를 쳐 들기름에 볶다가 우려낸 육수를 붓고 끓인다. 들깨가루를 큰 숟가락으로 듬뿍 넣고 은은한 불에 좀 더 끓인다. 집 간장과 소금으로 간을 하고 다진 마늘과 파로 양념을 한 다음, 한 숟가락 떠서 후후 불며 맛을 본다. 담백하면서 구수하고 달달하다. "와아, 바로 이 맛이다!" 내가 좋아하는 뭇국의 완성이다.

늘 그런 건 아니지만 나는 정성 들여 밥을 한다. 밥하는 전 과정을 자각하면서 천천히, 어떤 질서를 가지고. 그러면 밥하는 행위에 기쁨이나 빛 같은 것이 들어온다. 쌀을 씻을 때와 미역을 씻을 때의 손의 감촉이 얼마나 다른지 알게 되고, 그 감촉의 차이가 주는 즐거움을 느낀다. 밥하기의 괴로움을 즐거움으로 바꾸어가는, 느리고도 긴 내 여정이 스스로 믿음직해질 날이 머지않아 오리라.

밥 먹는 시간

아침에 식구들은 제각각 밥을 먹었다. 아빠는 아침 드라마를 보며 서서 밥을 먹고, 초등학교 6학년인 딸은 부엌과 거실을 왔다 갔다 하며 서서 밥을 먹었다. 그들이 밥을 각자 먹고 난 뒤 엄마는 대충 설거지거리를 정리하고 밥을 들고 방으로 들어가 역시 TV를 보며 먹었다. TV 속 드라마는 아주 끔찍한 거짓을 태연하게 연출하는 어떤 여자와 그 일을 당하는 사람들의 분노로 격렬했다. 그런 화면을 보면서 밥을 먹다가, 먼저 나가는 딸의 인사를 받으며 잘 갔다 오라고 반은 현관을 향해, 반은 TV를 향해 서서 말했다.

나도 덩달아 TV를 보다가 집을 나가는 조카에게 건성으로 대충 인사를 했다. 나는 TV 속 상황에 빨려 들어가 현실에 있으면서도 현실감각을 잃어버린 이상한 상태에 놓여 있다. 현실과 드라마가 얽히고, 먹는 것과 보고 듣는 것이 얽히고, 앉는 것과 서는 것이 잘 분간이 안 간다. 몸도 마음도 뒤숭숭한 채로 공중에 붕 떠, 밥을 먹는 건지 드라마를 보는 건지 모르는 채로 밥을 먹었다. 그리고 허둥지둥 출근하는 동생 부부를 따라 나도 허둥지둥 그 집을 나왔다.

도시에서 바쁘게 생활하는 사촌동생 집에서 하룻밤 자고 아침을 먹은 날의 일이다. 내가 직장생활을 할 때가 떠올랐다. 아침 시간은 일 분을 다투는 바쁘기 짝이 없는 시간이다.

"도대체 밥을 먹는 건지 흡입을 하는 건지 모르겠다."

동생의 말대로, 먹는다는 행위에 아무런 의미도 주어지지 않았다. 게다가 그 집 식구들은 아침 드라마를 즐겨서 TV까지 봐야 하니 더더욱 먹는 행위가 아무것도 아닌 행위였다.

내가 밥 먹는 행위에 대해 의식하게 된 것은 삼십 대 초반의 일이다. 위가 아파 병원에 갔더니 의사는 그렇게 밥을 안 씹고 계속 먹으면 위가 다 헐고, 위하수가 되어 고생을 심하게 한다고 했다.

밥 먹을 때의 나를 관찰하니 밥을 씹지도 않고 넘기거나 물이나 국 같은 것에 말아서 훌훌 들이마시는 식이었다. 아침밥은 걸렀고, 배가 고픈지 어쩐지도 잘 몰랐다. 이유 없이 짜증이 나거나 화가 올라오면 배가 고픈 거였다. 그러다 식당에서 맛있는 게 나오면 게걸스럽게 먹어대며 과식을 했다.

배가 고프니 밥을 먹지만, 먹는 행위에 아무런 의미도 두지 않았다. '그까짓 밥'은 후딱 먹어치우고 다른 일을 해야 했다. 밥은 생존을 위해, 의미 있는 다른 삶을 위해 할 수 없이 먹어야 하는 무엇이었다. 귀찮아하면서 억지로, 대충, 자동차에 주유하듯, 휴지통에 쓰레기 집어넣듯 그렇게 먹었다.

먹는 습관은 어떤 습관보다도 질겨서 잘 바뀌지 않는다. 지리산 수행 시절, 호두마을에 위파사나 수행을 하러 갔을 때다. 위파사나는 '알아차림의 명상'이다. 지금 이 순간의 자신을 잘 보는 것이다. 밥 먹을 때도 바라본다. 밥이 입에 들어가는 것, 씹는 것, 목으로 넘어가는 것, 숟가락을 다시 들고 젓가락을 내려놓는 것…… 그 모든 동작을 알아차린다. 그러면 자각적으로, 천천히 밥을 먹게 된다. 그러나 아무리 바라봐도 목구멍 저 안쪽에 무슨 허기진 짐승이 살고 있어 음식이 들어오자마자 게걸스럽게 끌어당기는 것 같았다. 한 입 가득 떠 넣은 음식은 들어가자마자 목구멍으로 꿀꺼덕 넘어갔다.

M이 차려주는 정성스런 밥상 앞에서도 나의 밥 먹는 태도는 감출 수 없이 드러났다. 겉으로는 천천히 밥을 잘 먹고 있는 것 같아도 안에서 허겁지겁하는 태도가 그의 정갈하고 아름다운 밥상에 고스란히 비쳤다.

게다가 아무렇게나 먹는 태도를 더 이상 받아들이지 못하는 위 때문에 나는 계속 괴로웠다. 위가 고통을 호소하면 그제야 어쩔 수 없이 밥 먹는 태도를 바꿨다. 아주 천천히 조금씩 오래 음식을 씹어야 하고, 오롯이 먹는 것에 집중해야 했다. '어떻게 먹어야 하는가?'는 더 이상 피할 수 없는 질문이 되었다.

'어떻게 먹을 것인가?'라는 질문은 아주 다른 차원의 밥을 보여준다. 아무렇게나 먹는 밥, 서서 대충 먹는 밥, TV나 핸드폰 보면서 먹는 밥, 허겁지겁 먹는 밥, 꾸역꾸역 먹는 밥……이때 밥은 아마도 자동차에 연료를 넣는 의미 이상은 못 될 것이다. 그럴 때 나의 삶은 자동차나 기계가 된다. 대충 먹는 밥은 대충 사는 삶이다. 허겁지겁 먹는 밥은 허겁지겁 사는 삶이다.

《잡식 동물의 딜레마》를 쓴 마이클 폴란 같은 사람은 엉뚱하게도 '음식을 먹어라', '식사를 하라'고 권한다. 누구나 음식을 먹고 누구나 식사를 하는 것 같은데, 그게 아니라는 거다. 현대 미국인들은 음식이 아닌 '상품'을 먹고, 식사가 아닌 식사를 한다. TV를 보거나 운전이나 다른 일을 하면서 '우물거리고 있다.'

우리 또한 그리 다르지 않다. 성공지향적인 사회, 더 많은 시간 일하는 사회는 패스트푸드를 먹으며 패스트라이프라

7 다른세상 2008.

는 어리석음에 사로잡혀 있는 사회다.[8] 빨리빨리 먹고 빨리 빨리 살아야 한다.

얼마 전 〈시사IN〉은 "굶고 때우고 견디는 청년 '흙밥' 보고서"를 연속으로 다루었다. 청년들은 수중에 돈이 떨어졌을 때 제일 먼저 먹는 것을 포기했다. 통신비나 사회생활비는 줄이기 싫고 먹는 것을 줄였다. 만화가 김보통의 이야기가 나오는데, 그도 백수가 되었을 때 가장 먼저 줄인 게 식비였다. 어느 날 그는 팬티 바람으로 부엌에 서서 식빵에서 곰팡이를 뜯어내며 '착실하게 스스로의 존엄을 바닥에 내려놓고 있는' 자신을 보았다.

"아이고, 노인네가 영양실조라 병원 가서 링겔 맞고 왔어요. 밥을 안 해 먹어요, 밥을! 꽃도 가꾸고 밭일도 하면서 밥은 왜 안 해 먹는지 몰라."

"어쩌다 엄마 집에 가보면 컵라면 봉지가 수두룩이야. 밥해 먹일 자식들 없으니 대충 드시는 거야. 그러지 마시라 해도 안 돼. 평생 배인 습관이라…… 저러다 병이라도 나면 어쩌나 걱정이 돼."

친구들이 자신의 어머니를 보면서 하는 한탄이다. 어머니들은 평생 밥을 했지만, 자신을 위해 밥 한 끼 오롯하게 올려본 경험이 없다. 남편이나 자식을 위해 밥을 하다가 자식이 집을 떠나고, 남편이 먼저 죽으면 나이든 여자들은 '제대로

8 《행복한 밥상》, 마이클 폴란, 다른세상 2009.

안 먹거나' '아무렇게나 먹거나' 한다. 평생 밥을 '해 먹였는데' 자신을 '먹일' 밥을 할 줄 모른다.

성공하기 위해서, 바빠서, 할 일이 많아서, 가난해서, 젊어서, 늙어서, 홀로라서…… 대충 먹고 산다. '스스로의 존엄을 내려놓으면서.'

한 사회가 그렇게 흘러가는 것은 재앙에 가깝다.

압력밥솥 뚜껑을 열고 김이 막 오르는 밥을 나무주걱으로 살살 젓는다. 먹빛이 도는 자그마한 자기 그릇에 소복이 담는다. 현미잡곡밥에 들깨미역국, 두부구이, 김치. 식탁에 단정히 앉아 손을 모아 감사드린다.

한 입씩 먹는다. 현미밥은 오래 씹을수록 단맛이 난다. 밥이 다 넘어가면 국을 뜬다. 미역의 미끌한 느낌과 들깨의 고소한 향이 입 안을 가득 채운다. 현미유에 구운 따끈한 두부의 말랑하면서도 졸깃한 맛, 약간 신 김치의 톡 쏘는 알싸한 맛을 느끼면서 천천히 먹는다.

저무는 햇살이 갓 튀겨낸 튀김처럼 투명하게 바삭거린다. 반찬으로 가을 저녁의 햇살을 한 줌 뿌린다. 딱새 한 마리 먹이를 물고 소나무 가지에 앉았다. 함께 식사를 한다.

직업이나 바쁜 사회적 활동이 없는 나의 식사다. 늘 이런 식으로 밥을 먹는 건 아니다. 드물게 자각적으로 깨어서 음식을 먹을 때 이렇게 한다. 이때 밥 먹는 행위는 맑고 아름답다.

먹는 행위 자체에 의미를 두고 자각적으로 깨어서 먹으면 많은 것이 달라진다. 내가 먹고 있는 것이 무엇인지 알게 된다. 음식을 먹고 있는지 음식 흉내를 낸 것을 먹고 있는지, 건강한 재료인지 아닌지 알게 된다. 몸의 감각에 민감해져 각각의 재료들이 지닌 맛을 충분히 음미하는 즐거움을 누린다. 쓸데없이 많이 먹지 않게 되고, 배가 부르다는 몸의 신호를 알아듣게 된다.

'밥을 먹는다'는 지극히 당연하고도 '아무것도 아닌' 일이 나와 이 세계의 신성神聖을 깨닫게 한다. '먹는 나도 하늘님이고, 먹고 있는 존재도 하늘님이라는' 위대한 사유가 내 이 사이에서 톡톡 터지는 생생한 순간을 맞는다.

한 끼 밥을 대하는 태도가 나를 대하는 태도, 내 삶을 대하는 태도이다. 밥을 정성스럽게 먹는 행위는 나를 정성스럽게 대하는 것이고, 내 삶을 정성스럽게 창조하는 일이다. 생명은 아름답게 살아주어야만 죄 짓지 않는 것이다. 밥이 아름다워 생명이 아름답게 피어나는 세상을 꿈꾼다.

아궁이 안은 위엄으로 가득하다

감히 범접할 수 없는

굳건한 한 세계가 거기에 있다.

초승달과 아궁이

겨울이다. 남산 집에서 겨울의 맛을 이야기한다면 빼놓을 수 없는 건 단연 '초승달 보며 장작불 때기'다.

음력 초사흘부터 눈에 띄기 시작하는 달은 하루에 오십 분 정도씩 늦게 떠오른다. 초승달은 저녁 여섯 시쯤 떠서(실은 지는 달이다. 낮 동안은 보이지 않다가 어두워지면 지는 달이 보이는 거다) 잠시 머무르다가 일곱 시쯤 되면 서쪽으로 넘어가버리고 만다. 어느 날은 반가운 달이 떠서 '얼른 들어가 따뜻한 옷 입고 나와서 실컷 봐야지' 하고 스웨터나 머플러를 두르고 나오면 그 사이 살짝 서산을 넘어가버린다. 못내 아쉬운 마음만 남는다.

그래서 언제부턴가 초승달이 뜨는 시간에 맞추어 장작불

을 때기 시작했다. 아궁이가 있는 뒷마당은 서쪽이다. 저녁 여섯 시쯤 불을 때면, 초승달과 눈 맞추며 장작불을 때는 황홀한 경험을 할 수 있다.

추운 날은 하늘도 꽁꽁 어는지 달이 마치 빙판에 뜬 것처럼 투명하다. 보는 마음에도 청량함이 절로 인다. 아궁이에서 활활 타는 장작불로 따뜻해진 아랫도리에, 머리는 싸늘한 하늘을 이고 있는 그 자세도 마음에 든다. 남산의 낮고 우아한 곡선 위에 뜬, 보름달을 머금은 초승달의 아름다운 자태를 흠모하며 제풀에 신이 난 강아지마냥 어두운 마당을 빙글빙글 도는 것도 좋다.

오늘 초승달은 놋대야에 담아 뽀드득 씻어놓은 듯 유난히 또랑또랑하다. 샛별이 달마중하듯 돋아 있다. 남산의 뒤쪽으로 달은 기울기 시작한다. 하나 둘 셋…… 열 둘…… 미처 스물을 세기도 전에 달은 산 뒤로 모습을 감추고 산 정상엔 주황빛 오로라가 잠시 머문다.

불을 붙일 때는 불쏘시개가 있어야 한다. 장작을 구하는 것보다 불쏘시개를 마련하는 일이 훨씬 더 어렵다. 아궁이에 장작불 지피기는 좋은 불쏘시개가 좌우한다. 가장 흔한 불쏘시개는 신문지 등 종이류지만, 정말 좋은 불쏘시개는 따로 있다. '솔갈비'라고 부르는, 마른 솔잎을 모아서 불쏘시개로 쓰는 것은 예전부터 흔히 썼던 방법이다. 들깨를 털고 들판에

던져두거나 묶어둔, 마른 들깨 줄기로 불쏘시개를 해도 좋다.

솔갈비에 불을 붙이면 사사삭 거리는 소리와 함께 솔향이 번진다. 들깨 줄기에선 타다닥 거리는 소리와 함께 들깨향이 난다. 신문지나 종이로 불을 붙일 때에는 맛볼 수 없는 소리와 향기의 호사를 누리게 된다.

"사르르 사사삭, 사르륵 사르르……."

"타닥 타다닥, 타다다닥 타닥……"

겨울밤 벌어지는 불의 향연, 소리와 냄새의 향연.

불쏘시개 구하러 들로 산으로 다니는 것도 유쾌한 일이다. 남의 밭에 쌓아놓은 들깻단을 눈여겨보다가 주인이 가져가라 하면 그날은 왠지 횡재를 한 것 같다. 한껏 기분이 좋아져 들깻단을 들어 나른다. 온몸에 마른 들깨 검불이 붙지만 동시에 온몸에서 들깨향이 난다.

솔갈비는 뒷밭 입구에 서 있는 네 그루의 소나무가 떨어뜨리는 것만 모아도 제법 된다. 가끔씩은 산에서 긁어 오기도 한다. 솔갈비가 비옥한 흙이 되는 걸 알기에 함부로 긁지는 않는다. 어느 날 석양녘에 불쏘시개가 필요해, 집 뒷산에서 솔갈비를 쌀부대에 담아 지고 내려오다가 산기슭에 사시는 나이 많은 비구니 스님을 만났다.

"에구, 이제 완전 산사람이 됐구먼. 보기 좋네, 좋아."

나는 괜히 우쭐해져 입만 헤 벌리고 웃는다. 집에 와 마루 유리창에 비친 내 모습을 보니 몰골이 말이 아니다. 긴 장화에 낡은 바지, 허름한 점퍼, 헝클어진 머리칼, 여기저기 붙은 마른 솔잎들.

겨울 내내 장작불을 때는 일은 일회성 체험이 아니라서, 그리 손쉽고 재미나기만 한 일은 아니다. 추운 날 아궁이에 불을 때러 나가려면 몸이 먼저 반응한다. 엉덩이가 방바닥에 붙어서 미적미적 떨어지지 않는다. 두꺼운 잠바를 챙겨 입고 모자를 쓰고 장갑을 끼는 그 짧은 순간, 온갖 유혹들이 스멀거리며 올라온다. '오늘은 그냥 보일러 틀고 자, 날이 너무 춥잖아.' '눈 오잖아.' '비 오잖아.' '몸이 으슬으슬해.' '아궁이가 너무 추운 곳에 있어.' 불을 안 땔 이유는 하루에도 십여 가지가 넘는다.

거미줄처럼 엉겨 붙는 유혹들을 겨우 떼어내고 아궁이 앞에 앉으면, 또 다른 시련이 떡 버티고 있다. 불을 붙이는 일이다. 잘 마른, 좋은 나무와 불쏘시개가 준비되어 있다면 불 때기가 수월하지만 대부분은 그런 상황이 못 된다.

나무들은 종류나 마른 상태에 따라 불붙이기가 쉽거나 어렵고 불에서 느껴지는 기세, 즉 불땀도 다르다. 겉만 마르고 속이 덜 마른 나무는 연기만 나면서 불이 잘 안 붙는다. 오래되어 속이 퍼석해진 나무 또한 불땀이 안 좋다. 그럴 땐 불을 붙이는 게 아니라 거의 불과 싸운다. 아궁이 안을 들여다보느라 엎드린 목덜미는 뻣뻣해져오고, 매운 연기로 눈은 따갑고, 얼굴과 팔에 그을음이 묻고, 뒤로 내민 엉덩이는 차갑게 얼어붙는다.

불은 붙이면 그저 붙는 줄 알았는데 그게 아니었다. 좋은 불을 얻으려면 '나무의 결'과 '불의 결'을 알아야 했다. 우선 잘 마른 나무여야 한다. 그렇다고 너무 마르면 불땀이 나빠 좋지 않다. 불쏘시개가 잘 말라 있어야 하는 건 당연하지만, 불에 바람의 통로를 만들어주는 일 또한 중요하다. 나무를 얼기설기 잘 쌓아 적절한 산소가 공급되도록 해줘야 한다. 바람의 통로를 만든다고 함부로 들쑤시거나 하면 붙던 불은 꺼져버리기 일쑤다. 이 모든 과정이 적절하게 맞아야 좋은 불이 생긴다. 여간 까다롭고 귀찮은 일이 아니다.

일단 불이 잘 붙고 나면 상황은 달라진다. 불길이 아름답기로는 참나무 장작만 한 게 없다. 투명하고 맑은 빛이다. 불이 무르익으면 잘 익은 홍시나 역광에 비친 단풍빛 같고 불길은 마치 정지된 듯하다. 아주 맹렬하게 타는데 고요하다. '팽이의 잠'처럼.

어릴 때 아이들은 팽이를 치며 놀았다. 평평한 마당에서 일정한 속도로 팽이의 가운데를 정확하게 쳐 속도를 높여가면, 팽이는 어느 순간 회전의 절정에 이른다. 그때 팽이는 멈춘 듯 고요하다. "잔다! 잔다! 잔다!" 소리치던 아이들도 팽이의 그 맹렬한 고요 속으로 함께 빨려 들어가 적막해졌다. 이 순간이 팽이도, 팽이 치는 아이들에게도 가장 고양된 순간이었다. 가장 맹렬한 속도로 도는 순간, 팽이는 잠을 자는 듯하다! 어린 눈에 경이로웠다. 불길도 그렇다. 가장 격렬하게 타오를 때 마치 멈춘 듯 고요하다.

불이 온전히 무르익었을 때, 아궁이는 고온의 고요한 세계다. 그때 아궁이 안은 위엄으로 가득하다. 감히 범접할 수 없는 굳건한 한 세계가 거기에 있다. 그 불을 묵묵히 바라보고 있으면 이 세상의 완전성이나 초월성에 대한 느낌이 저절로 일어난다.

불의 직접성을 잃어버린 내게, 아궁이에 불 때기는 삶에 몸을 직접 부비는 경험이다. 어린 시절 잠시 아궁이에 불을 땔 때는 시골에서 살았지만 그건 내 경험이 아니었다. 그 후로 불은 연탄불로, 석유곤로 불로, 가스레인지 불로 진화했다. 이제는 '인덕션'이라는, 불이라고 부르기 어색한 불, 불의 기호만 갖추고 있는 세련된 불이 도시의 부엌에 들어오기 시작했다.

장작불에 구체적인 불의 몸이 있다면 전기로 만들어지는 불은 '몸이 없는 불'이다. 장작불은 그 몸의 아름다움으로 가슴을 울렁거리게 하지만 가스나 전기는 아무 느낌이 없다. 오직 열기와 빛이 있을 뿐이다.

물질성이 완전히 제거된 것은 어떤 감각도 주지 않는다. 다만 편리하기만 할 뿐이다. 몸 없는 불은 위험도 느낄 수 없다.

그러니 불을 땔 때의 어떤 의식도 필요치 않다. '몸 없는 불'
에는 행위의 경건함이 불필요하다. 그저 '톡' 켜고 '톡' 끄면
된다. 몸을 움직이지 않아도 살 수 있다는 건 얼마나 편한가?
그런데, 몸의 감각을 잃어버린다는 건 어떤 의미일까?

 겨울밤, 어두워지는 마당에 연기 내음이 깔린다. 커피 볶는
향과 콩 삶는 향이 어우러진 것 같기도 하고, 낙엽 태울 때의
매캐하면서도 아련한 냄새 같기도 하다. 세상은 어둠으로 깊
어지는데, 그 깊숙한 어느 곳에선가 나오는 듯한 원초적인 냄
새. 그리움이 아련히 묻어 있는 냄새다.
 아궁이불이 잦아든다. 위엄으로 가득했던 한 세계가 사그
라진다. 내 몸도 위엄으로 잦아드는 듯 고요하다. 매일 불을
땔 때는 대수롭지 않은 일을 하면서 몸에는 나와 세상에 대한 신
뢰로 굳은살이 조금씩 붙는다.
 이제 달은 지고 밤하늘 가득 별이다!

공간의 발견

새벽에 비 오는 소리를 듣는다. 소리라고 하기에는 지극히 고요한, 끊어지지 않고 이어지는 어떤 기척. 레이스를 뜨듯, 거미줄이 쳐지듯 미세하게 이어지는 소리. 조용히 속삭이고 가만히 간질이며 하늘과 땅 사이에 길고 부드러운 발을 드리우듯 비가 온다.

고요한 빗소리가 주는 아늑함. 밤에 지핀 아궁이불이 온기를 가득 머금고 있는 따뜻한 이불 밑에서 새벽 빗소리를 듣는 일은 세상에 대한 깊은 안심, 안도의 기쁨이다.

비 오는 날의 집은 마치 원시의 움막같이 따뜻하고 정겹다. 어둑해진 방 안은 어둠으로 오히려 더 뚜렷해진 질감을 드러낸다. 서까래 사이로 드러난 흙 천장은 비 오는 날이면 마치 습기가 배인 듯 더 붉어진다. 마루 쪽으로 난 띠살문에는 밝은 날과는 또 다른, 한풀 꺾여 깊어진 빛이 스며들어 어두운 방을 비춘다. 십 년이 다 되어가는 데도 집은 여전히 새롭다.

집이 주는 아늑함, 따뜻함, 평화로움은 어디에서 연유하는 것일까? 이 방의 느낌은 왜 이리 깊을까? 집이 백 년쯤 되면 그만큼의 시간이 배어 있어서 그럴까?

집이 주는 느낌은 공간의 비례나 적정한 공간 분할에서 온다. 이를테면 한옥의 낮은 천장, 작은 방, 홑집의 방과 방의 길이로의 연결 등이 주는 아늑함과 깊이감이 있다. 가장 직접적인 느낌은 건축 재료에서 온다.

이 집의 주재료는 나무와 흙, 한지다. 흙이 주는 따뜻함, 부드러움, 오래된 나무들이 주는 단단한 편안함, 그리고 한지라는 종이의 질감. 재료들 고유의 성격이 이 집이 주는 느낌의 원천이다.

집의 기초인 기둥, 도리, 서까래, 대들보 등은 나무로 되어 있다. 이 나무들은 백 년쯤 된 나무들이다. 오래된 나무는 검고 윤이 난다. 만지면 거친 듯하면서 반지르르하고 따뜻하다. 새롭고 화려한 나무가 결코 흉내 낼 수 없는 아름다움, 겹겹이 쌓인 시간의 고요한 축적이다.

거대한 물고기 뼈 화석처럼 검고 구불구불한 서까래, 곡선의 풍만한 배를 드러내는 대들보는 집의 부드러움이 어디서

오는지 알게 한다. 바슐라르는 "곡선의 우아함, 거주에의 초
대다"라고 말한다. 그렇다. 이 집의 우아함은 곡선에서 온다.
곡선은 부드럽고 따뜻하다.

그렇다고 해서 집 전체가 곡선이 된다면 곡선의 우아함은
곧 번잡과 무질서가 될 것이다. 곧은 기둥과 도리들이 직선의
강건함으로 서 있기에 가능한 일이다. 직선과 곡선, 단단함과
부드러움의 조화로 집은 편안하고 아름답다.

흙으로 된 천장은 밝고 푸근하다. 흙벽 또한 연하고 따뜻
하다. 흙은 밥처럼 무미無味하다. 평생 밥을 먹어도 밥에 질리
지 않는 이유가 밥에 특별한 맛이 없기 때문이듯, 흙 또한 그
렇다. 결코 지루해지거나 지치지 않는다. 흙이 주는 신뢰다.

흙으로 된 집에서는 몸이 편안하다. 아파트나 현대식 재
료를 쓴 집에서 오래 있으면 몸이 갑갑해지는 것과 다르게
이 집에서 몸이 가볍고 편안한 것은 흙이라는 재료의 특성
때문이다.

한지의 미묘함을 어떻게 표현할 수 있을까? 우선 그 빛깔
이 그렇다. 그냥 흰빛이라고 하기엔 한참 모자라고, 미색이
라고 해도 정확하지 않다. 한지를 보면서 흰빛 하나에 얼마
나 다양한 층위가 있는지 알게 된다. 염색하기 전 비단의 빛
깔? 우윳빛이 섞인 부드러운 흰빛? 단지 유백색이라고 하기
에는 모자라는 색의 깊은 층이 있다.

게다가 그 질감에 이르면 더욱 말이 모자란다. 한지는 평면

이 아니다. 시각적으로 평면인데 평면으로 느껴지지 않는다. 이게 무슨 말인가? 오래 바라보다 보니 그렇다는 걸 알게 됐다고 해야 하나. 한지의 느낌은 촉각적 차이는 분명하지만, 시각적으로도 그 질감의 층위가 느껴진다. 종이 한 장이 한없이 깊고 풍요로운 느낌을 준다는 사실을 나는 한지로 된 벽과 문을 바라보고 또 바라보다가 깨쳤다.

실제로 한지는 그토록 얇은데도 불구하고 잘 찢어지지 않는다. 오래된 문에 붙여놓은 한지는 그 오랜 시간 비바람에 노출되어도 찢기지 않는다. 찢어지는 게 아니라 햇빛에 바래서 '해어진'다. 잠자리 날개처럼 투명하고 연약하지만 엮어놓으면 동아줄처럼 질기고 질기다.

한지가 주는 느낌의 정점은 한지를 바른 문에 빛이 들어올 때다. 남쪽 창에 한지가 머금은, 은은한 반투명의 빛이 들어올 때 몸은 알 수 없는 깊은 느낌으로 떨린다.

문고리와 걸쇠들은 철물로 되어 있다. 작고 소소한 부분이지만 철이 주는 강인함이 집 전체의 부드러움에 한 점 포인트처럼 단단하게 찍힌다.

집의 재료들이 주는 아름다움은 물질성이 주는 깊은 미적 체험이다. 살아 있는 물질은 감각을 깨운다. 나는 오래도록 촉각을 상실하고 살아왔다. 도시에서 대부분의 경험은 시각에 편중되어 있다. 아파트에서 내가 집과 접촉하는 일은 문

손잡이나 수도꼭지를 잡는 것, 전등 스위치를 켜고 끄고 하는 정도가 아니었을까?

부드러우면서 단단한 벽, 거칠지만 따뜻한 기둥, 등을 대고 누우면 바삭하게 마른 견고한 방바닥. 등이 곧게 펴지고, 발이 사뿐하다. 문지방을 넘고, 아궁이에 불을 지피며 나의 오감은 깨어난다. 감각한다는 것은 사물과 구체적으로 만나는 것이다. 구체적 만남은 삶을 견고하고 풍성하게 한다.

집의 깊이와 아름다움은 재료뿐 아니라 구조 자체에서도 온다. 한옥은 평면적 구성이 아니다. 나무와 나무가 엮이는 방식, 서까래와 대들보의 구조가 입체적이다. 또한 공간의 구조가 비非균질적이다. 전통의 공간은 공간을 붙여나가는 방식으로 공간을 구성한다. 전혀 이질적인 공간을 붙여나가는 식이다. 그럴 때 공간에는 입체감과 위계성이 생긴다.

각 공간에는 자기 표정이 있다. 방마다 개성이 있고, 존재의 결이 느껴진다. 안방이 지닌 표정과 건넌방이 지닌 표정은 완전히 다르다. 무표정한 평면의 공간에 필요한 장식이나 꾸밈이 이 공간에는 필요 없다. 열한 평밖에 안 되는 작은 집에서 느껴지는 그윽한 깊이는 바로 이 비균질적인 입체감, 위계성에서 온다.

현재 우리가 주로 거주하는 주거 공간, 특히 아파트는 공간 구성이 평면적이다. 평면의 동일한 공간을 잘라나간, 균질의 공간이다. 그런 공간 구성은 효율성은 있어도 위계성은 생겨나지 않는다. 그러면 공간에서 깊이감이나 개성적인 표정이 생겨나지 않는다. 공간의 표정이 없으면 이 공간이 저 공간 같고, 저 공간이 이 공간 같아진다.

나는 낡고 오래된 집에 살면서 공간이 무엇인지 처음으로 안다. 평생 집에서 살았지만 집이 없었던 내게 이 집은 집이 무언지 '겪게' 한다. 공간과 내가 따로 분리된 존재가 아니라 공간이 나를 구성하는 중요한 요소라는 것. 공간과 나는 결국 하나라는 것을 삶으로 알게 한다. 공간을 인식하지 못하는 삶은, 몸 없는 정신처럼 허공에 뜬 삶이라는 것을 깨닫는다.

비 오는 소리를 듣는다. 한없이 가슴이 둥글어지는 소리. 가슴이 젖는다. 오래된 흙담이 습기에 저절로 무너져 내리는 것처럼 맺혀 있던 아픈 것들이 빗소리에 스르르 무너져 내린다. 젖은 가슴은 둥글게 열린다. 봄비 내리는 날, 오래된 집에서 온몸과 영혼이 축축이 젖어 나 자신이 비 오는 날의 풍경이 된다.

마당 예찬

잠이 오지 않아 밖으로 나갔다. 한낮의 더위가 가신 마당은 선선하다. 저절로 큰 숨이 쉬어진다. 서늘한 기운이 가득한 마당은 밤이 주는 고요 속에 잠겨 있다. 날이 흐려 별도 없는 캄캄한 하늘 아래 멀리 서쪽 산에서 휘리리릭 밤새 우는 소리만이 고요를 가로지른다.

여름밤의 마당이라. 이 집에서 산지 구 년째이지만 여전히 마당은 낯선 세계이고 설레는 공간이다. 잠 안 오는 밤 뒤척이다가 불현듯 '아, 마당이 있지!' 하고 아이처럼 반가워 어쩔 줄 모르며 깨닫게 된다. 문을 열고 마당으로 나가는 순간, 다른 세계가 거기에 있다. 갇혀 있는 공간에서는 느낄 수 없는 생명들의 수런거림, 예측할 수 없는 우주의 한 세계가 펼

처진다. 완전히 밖도 아니고 온전히 안도 아닌, 이 또 다른 공간이 주는 적당한 여유와 자유, 안정감에 나는 아직도 익숙하지 못해 놀라워한다.

맑은 밤공기를 마시며 마당에 한참을 서 있다. 어둠 속에서 바라보는 산과 옆집의 기와지붕은 적요한 검은빛이다. 뒤뜰의 자귀꽃 향이 바람을 타고 온다. 마당을 걸어본다. 혼자 중얼거린다. "마당이구나, 마당……" 처음 말 배우는 아이가 같은 단어를 입속에서 수없이 중얼대듯 나 또한 수없이 웅얼댄다. 그래도 이 공간에 대한 설렘과 낯선 느낌이 가시지 않는다. 거의 십 년 가까운 세월을 살고 있어도 아직도 가슴이 설레는 곳. 잘 믿기지 않는 곳이다.

마당은 독특한 공간이다. 안도 아니고 밖도 아니다. 담장으로 둘러쳤으니 내부적 공간임에 틀림없지만 완전히 닫힌 공간은 아니다. 공적인 영역도 아니고 아주 사적인 영역도 아니다. 지나가는 사람이 말을 묻기도 하고 내가 말을 걸기도 하고 잠시 들어와 툇마루에 앉아 차 한잔을 하기도 한다. 내 것이지만 내 것이 아니기도 한 공간. 이 공간이 주는 적당한 허전함과 적당한 채워짐이 늘 새롭다.

무엇보다 이곳은 숱한 생명들이 생멸生滅하는 공간이다. 봄부터 겨울까지 그 생명의 수를 이루 다 헤아릴 수가 없다. 그토록 많은 생명들이 살고 있는 공간이 '집'이라는 사실이 놀랍다. 내가 통제할 수 없고, 다 알 수도 없는 생명의 세계가 내 집 안에 있다! 집에서 겸허해지는 이유이기도 하다.

십 년이 되어가는 마당은 이제 더는 신생新生의 공간이 아니어서 온갖 생명들이 자란다. 이름조차 알 수 없는 풀들, 꽃들……. 그 생명들을 다 놔둘 수 없어 어느 것은 뽑고 어느 것은 기른다. 아마도 이 작은 마당에서 살고 있는 식물들의 수를 다 센다면 수백 가지는 넘을 것이다. 땅은 무엇이든 생명 지닌 것을 품고 키워내는 법이라, 비 한 번 오고 나면 새로운 생명들이 솟아나고 또 솟아난다.

식물뿐이 아니다. 이 마당에서 살거나 잠시 들러 가는 곤충과 동물들 또한 헤아리기 힘들다. 벌과 나비, 거미, 잠자리, 여치, 방울벌레, 자벌레, 딱정벌레, 온갖 종류의 애벌레…… 삼 대째 새끼를 낳고 기르는 고양이, 현관 지붕에 집을 짓고 알을 낳아 새끼를 기르는 딱새들, 별채 처마 밑을 자기 집으로 삼아 밤이면 와서 자고 아침이면 날아가는 박새, 가끔씩 우르르 떼 지어 날아와 마당에서 놀고 가는 참새들, 들비둘기, 까치…… 가끔씩은 내가 모르는 신기한 손님들도 온다.

몇 년 전 머리에 관 같은 것을 쓴, 부리가 긴 새를 마당에서 처음 봤다. 뾰족하고 긴 부리로 땅을 쪼다가 푸르르 나는데 머리에 달린 추장의 깃털 같은 화려한 깃털이 순간 화악 퍼졌다 닫혔다. 그 새를 알기 위해 인터넷을 뒤지고 새에 관한 책을 찾고, 지인들에게 전화를 했다. 드디어 그 새가 '후투티'

라는 것을 알았다. 머리 깃털 모양을 따서 일명 '추장새'라고
도 한단다. 그때의 충격 같은 감동을 설명하기 어렵다. 뭐랄
까, 한 일이 아무것도 없는데 터무니없이 귀한 선물을 받았을
때의 어리둥절함이랄까. 자연이 주는 선물은 이유가 없고, 보
상을 바라지 않고, 하염없다.

새들뿐 아니다. 마당 여기저기에 터널을 뚫는 두더지, 어두
워지면 날아다니는 박쥐. 가끔은 뱀도 어슬렁거리며 기어 다
니고 독특한 소리로 울어대는 청개구리…… 온갖 생명들이
이곳을 자기 집으로 삼기도 하고 임시거처로 지내기도 한다.

내가 모르는 마당의 세계는 더 많을 것이다. 몇 년 전 여름,
외출했다가 돌아오니 마당에 널어두었던 멍석 위에 머리와
꼬리만 남은 쥐의 주검이 있었다. 쥐의 얼굴은 고통으로 처
참하게 일그러져 있었다. 가까이 가니 머리 아랫부분에 창자
가 남아 있고 조금 떨어진 곳에 꼬리가 있다. 고양이가 식사
를 하고 간 흔적이었다.

몸이 오그라들었다. 쥐의 일그러진 얼굴이 머릿속에서 떠
나지 않았다. 그 고통에 감염될 것 같았다. 그러다 문득 고양
이 입장에 서보았다. 햇살 쨍쨍한 날, 먹이를 찾아 물고 푹신
한 멍석 위에서 아무 방해도 받지 않고 느긋하게 식사를 즐
겼을 고양이. 고양이의 시간은 얼마나 한가롭고 즐거웠을까.
자연의 세계에 내 감정을 이입하는 게 헛된 일이라는 걸 알
지만, 난 쥐의 고통과 고양이의 즐거움 모두를 느낄 수밖에

없었다. 나 없을 때 이 장소에서 삶과 죽음의 치열한 시간이 지나간 것이다. 마당은 내 것인 것 같지만 내 것이 아닌 세계들로 가득 차 있다.

마당은 계절과 날씨를 그대로 겪는 공간이기도 하다. 집 안에서는 계절을 제대로 느끼기 힘들다. 마당에는 생생히 살아 있는 계절이 있다.

봄의 마당에서는 하루가 다르게 피어나는 생명을 보는 기쁨이 있다. 조금씩 다른 시기에 잎을 내고 꽃을 피우는 마당은 자연의 아름다움에, 땅의 신비에 그저 찬탄하게 되는 공간이다.

여름 마당은 울울하다. 잎이 무성해진 나무들 사이로 강렬한 햇살이 깃드는 모습도 좋고, 소나기 지나가는 마당의 활활발발한 모습도 좋다. 멀리서 하늘이 검회색으로 변하고 갑자기 사방이 어두워지면서 바람의 결이 달라진다. 작은 생명들은 스르르 기어서 어디론가 피신을 하기 시작한다. 이윽고 후드득거리며 소나기가 들이닥치면 마당에서 올라오는 자옥한 흙먼지, 텁텁한 흙냄새. 먼 그리움의 냄새다. 마당에 놓인 평상은 짙어지고 항아리엔 윤기가 흐른다. 어둑해진 마당은 잠시 온갖 타악기를 연주하는 연주장이 된다.

가을의 마당은 비어 있다. 햇살도 가득하고 생명들도 가득하지만, 비어 있다. 햇살을 품고 있는 마당은 한없이 너르고,

그 빈 곳에 나는 나를 넌다. 가을 햇살은 봄 햇살과 다르다. 봄 햇살이 집중적이라면 가을 햇살은 흩어지는 빛이다. 사물에 습기를 거두고 마르게 하고 익게 하는 빛. 평상에 가득 널어 말리는 것은 호박이나 가지, 고추들이지만, 나는 나를 말린다. 쓸데없이 무겁기 만한 머리를 가을 햇살에 담근다. 언제나 그늘진 습지 같은 뇌를 햇살 빗으로 가지런히 빗겨 말리고 싶다. 오래되고 낡은 내장들을 꺼내 옥양목 이불 호청 말리듯 꼬득꼬득 말리고 탁탁 털어 다시 넣고 싶다. 근심과 불안, 헛된 욕망으로 찌뿌둥한 마음을 햇살에 바래어 날깃날깃하게 하고 싶다. 말라가는 식물들의 한없이 작아지는 몸체와 부피처럼 나도 마르고 비워서 가벼워지고 싶다. 가을 마당은 한없이 비워내는 마당이다.

겨울 마당은 밤이 좋다. 겨울밤 마당에서 바라보는 초승달 그리고 차갑게 반짝이는 별들은 지상 너머 어딘가에 대한, 평생의 향수를 간직하고 있다. 겨울밤 마당에서, 나는 내 영혼의 별자리를 생각한다.

마당에 나오면 나는 다른 내가 된다. 한 생각에 맹목적으로 사로잡히거나 이유 없이 가슴이 답답해질 때 마당으로 나온다. 아침에 눈 뜰 때, 맨홀 밑바닥의 역겨운 냄새처럼 올라오는 공허와 우울. 그때 방 안에만 있으면 내 존재 전부가, 온 방이 지하실의 음습한 우울로 차오른다. 그러나 마당으로 나오면 나의 우울은, 그 오래고 끈질긴 습관은 아주 작아지고 초라해져서 어디론가 자취도 없이 사라진다. 마당의 숱한 생명과 하늘과 빛과 바람에 묻혀 사라지고 만다.

나는 내 집이라는 안정된 공간에서 나를 넘어설 수가 있다. 안이 주는 폐쇄성에 갇히지도 않고, 밖이 주는 황량함에 떨지도 않으면서 바로 내 집, 내 마당에서 새로운 내가 된다.

마당은 내가 가꾸는 공간이지만 동시에 내가 알 수 없는 공간이고, 마당에서 만나는 자연은 나를 내 안에 가두지 않게 한다. 스스로를 넘어서게 한다. 인간이 자연의 한 부분이며, 내가 겪는 숱한 일들이 이 자연의 생멸 속의 한 부분일 뿐이라는 지극히 당연한 사실을 자각하게 한다.

"여행할 땐 좋았지, 그런데 집에 돌아오니 또 답답해지는 거야."

"남들은 가질 거 다 가졌다고 부러워하는데 정작 난 왜 이리 공허한 건지."

도시의 아파트에 사는 친구들이 이런 푸념을 하면 난 무슨 만병통치약을 선전하는 야바위 약장사처럼, 또는 자신도 잘 모르는 신비에 대해 말하는 선무당처럼 말한다.

"마당 있는 집에서 살아봐."

도시의 옥상이나 작은 공간에라도 마당을 만들어 가꾼다면 유랑의 무리들처럼 전국적으로 떠도는 사람들이 줄어들지 않을까. 자연을 만나러, 새로운 시간을 만들기 위해 굳이 밖으로 나갈 이유가 없다. 바로 내 집에서 그토록 원하는 신선한 시간을 맞이할 수 있으니 말이다.

내 슬픔을 위한 자리

마당 하면 보통 앞마당을 생각하는데, 사실 은근한 정을 느끼게 하는 건 뒷마당이다. 조선시대의 후원같이 잘 꾸며진 마당은 아니지만 작고 아름답게 가꾸어놓고 마당 쪽으로 낸 창을 통해 바라본다.

이른 봄 피어나는 매화, 작은 석상과 상사화 잎이 오래된 돌담과 어우러지는 풍경을 바라보는 건 언제나 살아 있는 기쁨이다. 이른 아침 차 한 잔을 우리며 뒷마당을 바라본다. 석양이 비추어 드는 곳이고, 잠시 나온 초승달을 아껴가며 즐기는 곳이다.

특히 이 집 서쪽에는 외부에선 전혀 보이지 않는 '곁마당'이 있다. 남들이 볼 수 없는 은밀한 장소, 그곳에 꽃밭을 만들고 나무를 심어 나만의 장소를 만들었다. 그곳에서 나는 세상에 속했으나 세상에 속하지 않은 자유를 느낀다. 구석이 주는 평화와 안온감을 하늘과 땅이 활짝 트인 곳에서 느낄 수 있다는 사실이 경이롭기도 하다.

이 마당에 있으면 '보금자리'라는 말의 의미를 새삼스럽게 생각하게 된다. 보금자리의 사전적 의미는 '새가 깃들이는 둥지', '살기에 편안하고 아늑한 곳을 비유적으로 이르는 말'이다.

현대를 사는 나/우리들은 보금자리라는 말이 지닌 근원적인 깊이를 잘 알지 못하리라. 그게 뭔지 느껴보지 못했을 것이다. 늙은 개 하늘이는 무섭거나 아플 때 제 집으로 쏙 들어간다. 그때 나는 보금자리가 뭔지 생각하게 된다. 제비나 벌의 집을 없애면, 그곳에서 떠나지 못하고 계속 맴돈다. 그 행위의 절실성은 보금자리가 무엇인지 추측케 한다.

이 집을, 숨어 있는 마당을 절실하게 느끼는 이유 중 하나는 바로 보금자리라는 언어가 주는 깊은 차원의 정서를 여기서 느끼기 때문이다.

내가 세상에서 가장 많이 한 일 중 하나는 아마도 우는 일이었을 것이다. 생애의 첫 기억도 엄마 등에 업혀 울었던 기억으로 시작되는 나는, 울 일이 많았다. 세상에 별 환영을 받지 못한 존재들이 그렇듯 삶은 서럽고 억울한 게 많았고, 그

때마다 난 울었다.

잘 우는 내가, 울 곳이 없다는 처참한 인식을 하던 시절이 있었다. 이혼을 하고 아이와 헤어지고 난 뒤, 온몸이 울음으로 차올랐다. 어릴 때 어미 소의 울음을 들은 적이 있다. 제 새끼를 뺏긴 어미 소는 몇 날 며칠을 소리 내어 울었다. 그 울음은 평소의 소리와는 완연히 달랐다. 새끼를 잃은 짐승의 울음소리만큼 처절한 울음은 없을 것이었다.

어린 자식과 헤어진 나는 '새끼를 잃은 동물적 고통' 외에도 겪어야 할 것이 있었다. 어디에서도 아이 울음 소리가 들렸고, 어디에서도 세상의 비난 소리가 들렸다. 꿈속에서 아이를 찾아 헤매고 다녔다. "눈이 까만 아이에요, 제 아이를 못 보셨나요?" 맨발에 산발을 한 여자의 발에는 피가 흐르고 있다. 어디선가 돌덩이가 날아온다. "제 새끼를 버린 년!" 돌덩이는 여기저기 보이지 않는 어둠 속에서 점점 늘어난다.

세상의 비난은 밖에만 있는 것이 아니었다. 그 비난을 스스로 체화한, 내 안에도 있었다. 나는 새끼와 찢어진, 순수한 동물적 고통을 느끼는 나를 돌볼 수가 없었다. 스스로를 비난하며 내 고통에 칼을 들이댔다. 고통에도 인정받는 고통과 그렇지 못한 고통이 있다는 것을 그때 알았다. 세상이 인정하는 고통은 위로받을 수 있지만 그렇지 못한 고통은 비난의 대상이었다. 어린 자식을 제 스스로 기르지 못하는 모든 어미에게 무차별적으로 쏟아지는 비난의 세례. '죽더라도 새끼를 안고 죽어야 한다!' 새끼를 안고 죽지 못한 나는 스스로의 아픔조차 비난해야 했다.

난 내 고통과 울음을 꿰매고 살았다. 그런데 방광이 차듯 울음은 차올랐고, 넘치는 울음은 꿰맨 실밥이 터지듯 여기저기서 주체하지 못하고 터져 나왔다. 한낮의 지하도에서 무릎이 꺾이고 통곡이 터져 나왔다. 밥 먹다가 말고 오열이 터져나와 화장실로 달려갔다.

그때 처음 알았다, 도시에는 울 곳이 없다는 것을. 집에서 울자니, 같이 살고 있는 친구와 후배가 있었다. 그들이 없을 때에도 방음이 안 되는 아파트에서 마음대로 울기는 힘들었다. 공원에 들어가 울자니 사람들, 특히 남자들이 다가왔다. 밥 먹다가도 수업을 하다가도 내 의지와는 상관없이 차오른 울음이 계속 삐죽거리며 터져 나오자 나는 적극적으로 울 곳을 찾아야만 했다.

어디 가야 울 수 있을까? 어디서 울어야 제대로 울 수 있을까?

마리아가 떠올랐다. 아들이 십자가에 못 박혀 죽는 일을 당한, 어미인 마리아는 내 고통을 이해할 것 같았다. 오로지 그녀만이 알 것 같았다. 터져 나오는 울음을 누르고 또 누르며 한겨울 밤 명동성당으로 갔다.

"저녁 아홉 시 이후는 못 들어갑니다."

성당의 수위는 출입을 막았다. 돌아서려고 했으나 같이 간

친구는 완강했다.

"누가 못 들어가게 했습니까? 김수환 추기경인가요? 예수님인가요?"

심상치 않은 분위기를 느낀 그분은 들어가라고, 대신 한 시간 이상은 안 된다고 했다. 나는 눈 쌓인 성당의 마리아상 앞에서 무너졌다. 참았던 통곡이 터져 나왔다. 내 모든 고통을 이해할 마리아 앞에서 순수한 고통, 슬픔 그 자체인 울음을 울 수 있었다. 통곡은 오래 지속되었고 그건 단지 눈과 입과 목청만의 일이 아니어서 내 몸은 눈덩이에 꼬꾸라지고 엎어지고 뒹굴었다.

그렇게 한 시간쯤 울었을까. 비로소 한겨울 추위 속 어딘가에 서 있을 친구와 후배가 생각났다. 그리고 내가 꼬꾸라져 운 석상이 마리아상이 아니라 예수상이라는 것도 눈에 들어왔다. 약간 꺼벙해 보이는 단순한 예수상을 난 마리아상이라고 착각하고 그 앞에서 그리 울며 내 아픔을 미주알고주알 호소했다. 나중에 친구가 말했다.

"예수님이 떨빵한 널 안아줬을 거야."

그 후에도 통곡이 나오는 시간들마다 난 울 곳이 없다는 사실을 늘 확인해야 했다. 그저 눈물이 흘러나오는 게 아니라 감당할 수 없이 터져 나오는 오열, 그것을 받아줄 장소가 없었다.

집은, 보금자리는, 그 울음들을 울게 하는 곳, 받아주고 위로해주는 곳이다. 울음의 처음부터 끝까지를 안아주는 곳. 나는 울 곳을 찾았다. 갇힌 공간이 아니라 열려 있는, 그러나 내밀한 공간에서의 눈물은 자신을 갉아 먹는 눈물이 아니다.

천지불인天地不仁. 자연은 내 감정이나 상황과는 아무 상관이 없다. 인간이 어떠하든 자연은 제 갈 길을 간다. 자연이 나와 무관하게 변함없다는 사실은 든든하다. 그런 자연 앞에서 슬픔은 자폐가 되지 않는다. 실컷 슬퍼하고 나면 푸르른 하늘이 거기에 있다. 반짝거리는 햇살과 볼을 스쳐가는 바람과 나무와 풀들이 있다.

내가 아무리 고통과 슬픔 속에 있어도 자연은 그토록 생기롭다는 사실이 절대적 위로가 된다. 내 고통에서 빠져나올 수 있는 아름다운 세상이 있다는 것, 인간의 조건 안에 갇히지 않을 수 있는 가능성. 그것은 나를 안심시키고 또 안심시킨다. 나를 떠난 더 큰 세계로 확장시킨다. 나는 슬픔으로 열린다.

젊은 날엔 주로 내 서러움 때문에 울었다. 나이가 들어도 여전히 눈물이 많지만 다른 이유들로 눈물이 난다.

지독한 자기결핍이 사라지자 비로소 세상을 내 욕망이나 결핍과는 무관하게 바라보게 된다. 나의 아픔이나 분노를 투사해 세상을 보지 않게 되었다. 세상의 아픔이 있는 그대로 다가온다. 아픔들이 비 온 뒤의 세상처럼 선명하다. 그러니 아프고 눈물 날 일이 많다.

전에는 보이지 않던 것들이 보인다. 모든 아름다움은 결국 허망하다는 것을 알게 된 자의 삶에 대한 절절한 심정 같은 것도 눈물이 많아지게 하는 이유이다. 삶의 허망함을 깊이 느끼면 느낄수록 삶은 더 절실해진다. 작고 사소한 것들에 감동하고 울컥한다. 아장거리며 걷는 아이나 젊은 사람들이 사랑하는 모습, 그들을 잘 길러낸 부모들을 보면 눈물이 난다. 그것이 얼마나 귀한 일인지 알기에, 보이지 않는 숱한 사회적 개인적 정성의 결실임을 알기에 저절로 울컥해진다.

나는 내 집 마당, 은밀한 구석에서 자주 운다. 아프고 상심한 마음을 땅과 나무와 풀, 하늘과 나눈다. 아름다움조차도 슬픈 나이, 이 나이에 보금자리가 무엇인지 알아가고 있다.

별채, 고독과 환대 사이

고독과 환대는 어떻게 공존할 수 있을까? 고독이 고립되지 않고, 환대가 번거로움이 되지 않으려면 어떤 조건이 필요한 것일까? 집이 밀실密室이면서 동시에 광장廣場이 될 수도 있는 것일까?

집을 고치면서 나 자신의 오롯한 삶이 보장되면서도 다른 사람들에게 열린 집이 되기를 바랐다. 안채는 주거 공간, 별채는 사랑채의 역할을 하는 공간이 되면 좋겠다고 생각했다. 특히 별채는 남향으로, 이 집의 가장 좋은 위치에 자리하고 있다. 사람들과 함께 공부도 하고 명상도 하고, 고요한 침묵의 시간을 갖고 싶은 친구나 이웃들에게 열린 공간으로 제공하기에도 적합한 장소다.

별채는 원래 방 두 개에다 뒤쪽에 시멘트 블록으로 만든 부엌이 딸려 있었다. 그것을 안채 공사하면서 부엌 공간은 철거하고 두 개의 방을 하나로 텄다. 다섯 평이 채 안 되는 공간이다. 10센티미터의 얇은 시멘트 블록으로 된 낡고 험한 상태로 이 년쯤을 지내다가 2011년에야 반년쯤 걸려 새롭게 지어졌다.

한 사회를 알고 싶으면 그 사회가 이루어진 역사를 알아야 한다. 어떤 사람이 알고 싶으면 그 사람이 살아온 삶의 내력을 알아야 한다. 집 또한 마찬가지다. 그 집을 제대로 알려면 집의 역사를 알아야 한다. 그래야 그 집이 지닌 질감을 고스란히 느낄 수 있다. 그렇지 않으면 그저 '아, 멋지네!' '잘 꾸몄네!' 그런 피상적이고 평면적인 느낌밖에 가질 수 없다.

나는 별채를 찾는 친구나 지인들이 별채의 역사를 알기를 바랐다. 내가 느끼는 집의 고요와 깊이를 그들과 나누고 싶었다. 그래서 공사의 내력을 꼼꼼히 기록해서 보관했다.

집 수리 기록

1. 벽 공사(방에 나무 기둥 세우기, 집의 뼈대를 안에서 다시 세우기)
방 양쪽에 ㄷ자를 엎어놓은 모양으로 나무 기둥을 세웠다. 블록 벽을 단열 보온재로 감쌌다. 서쪽 안벽과 양쪽 벽에 흙벽돌을 쌓았다. 동쪽 안벽에 졸대를 치고 황토를 채웠다. 그리고 그 위에 합판을 대었다. 황토로 전체를 세 번 미장했다. 황토의 따뜻한 느낌이 좋아서 양쪽 벽은 벽지를 바르지 않고 그대로 두었다.

2. 창틀 짜기와 창문 만들기

서쪽 벽에 통창과 여닫이창을 달 공간을 만들고 창틀을 짜 넣었다. 동쪽의 낡은 창을 떼어내고 새롭게 창틀을 짰다. 서쪽 여닫이창을 용자用字창으로 만들어 달았다. 동쪽 창을 고재古材를 사용해서 안과 밖으로 이중창을 만들었다. 안쪽 창은 역시 용자창으로 만들었다.

3. 문틀과 문 짜기

별채 앞면 전체에 문틀을 새로 짜 넣고 삼중으로 문을 달았다. 열두 개의 띠살문을 고물상에서 사서 짧은 것은 덧대고 긴 것은 자르고 창살 부서진 것들과 손볼 것들은 죄다 다시 손보고, 때 벗겨내고 해서 달았다. 방 뒷면에 문틀 두 개를 짜서, 한쪽은 고재로 된 문을 이중으로 달고, 다른 한쪽은 소나무로 문을 짜서 달았다.

4. 천장

원래는 서까래에 시멘트 미장을 한 채로 있었다. 시멘트가 떨어져서 안의 흙과 짚이 떨어지고 있는 상태. 어찌 해야 할지 몰라 궁리하다가 보온재를 덮고 루바(나무로 된 건축자재)를 댔다.

5. 전기공사

밖으로 나와 있던, 거미줄 같은 전기선을 벽에 넣고 스위치 등은 매몰식으로 처리했다.

6. 방 양쪽 벽에 고재로 기둥 두 개 다시 세우기

원래 있던 나무가 상한데다 약해서 기둥 두 개를 보완했다.

7. 방바닥

원래 있던 것은 시멘트 바닥에 보일러 선이 보일 만큼 얇아서 황토로 5센티미터 정도 두께로 미장을 했다. 바닥 면이 경사가 있어 낮은 쪽은 조금 더 두꺼워졌다. 미장이 너무 두터워 바닥이 빨리 안 데워질까 우려했으나 방은 아주 따뜻하다.

8. 툇마루 짜기

원래 있던 마루는 낡고 험해서 못 쓰게 되었다. 고재 마루를 사서 다시 고쳐 짰다. 뒤쪽의 우물 곁 쪽마루도!

9. 아궁이 두 개 찾아내 다시 만들기

원래는 아궁이 없이 덧달아 만들어놓은 부엌이 있었고, 보일러를 설치해놓았다. 부엌으로 쓰던 건물을 철거하고 전 주인 할머니께 물어 아궁이 위치를 찾아내서 새롭게 만들었다. 서쪽 아궁이는 아주 불이 잘 들어 훌륭하다! 동쪽 아궁이는 불이 잘 안 붙는다.

10. 도배하기와 문 바르기

벽과 천장에 한지로 도배를 했다. 초배, 재배 두 번 했는데, 재배지는 상주의 무형문화재 할아버지가 만든 한지로 했다. 열두 개의 문에 한지를 발랐다.

11. 콩댐하기

콩과 생들기름을 배합하여 방바닥에 콩댐을 다섯 번 했다. 처음 할 때 들기름이 모자라 다시 짜서 했는데 기름 색이 달라서인지 장판 색이 달라졌다. 나중에 칠한 쪽이 색이 잘 안 나와 말려두었던 치자 열매를 서너 개 섞어 치자 물을 들였다.

이 모든 과정을 거쳐 한 공간이 완성되었다. 어느 곳 하나 대충 지나간 곳이 없는 집, 한 사람의 손으로 모든 것을 이루어낸 집이다. 지은이의 정성이 가득한 집, 고요함과 밝음이 있는 집이 되었다. M이 혼자 반년에 걸쳐 지은 집이다.

"이 집에 오면 내가 귀한 존재가 된 것 같아요."

"그냥도 좋은데 알고 나니 정말 좋네!"

별채에는 여러 사람들이 와서 자기도 하고 며칠 묵어가기도 한다. 도시의 아파트에서 살고 있는 친구들, 지인들, 집 나온 십 대, 팔십이 넘은 친구의 어머니, 시인, 소설가, 이스라엘에서 온 육십 대 유대인과 그 가족, 대안 초등학교를 다니는 학생들, 교사…… 많은 사람들이 묵어갔다. 이웃들과 요가와 명상을 하기도 하고 영화도 보고 무엇보다 공부 모임 친구들과 같이 공부를 했다.

별채에 오는 사람들은 집을 지은 과정을 듣기도 하고 읽기도 하면서 집에 대한 애정과 새로움을 느꼈을까? 자신의 집에 대한 상상력을 키웠을까? 이 집이 아파트거나, 아파트와 같은 구조로 지어진 집에서 수십 년을 살아온 우리들에게 집이란 무엇인지, 새로운 질문을 던졌을까?

오늘도 별채는 고요하고 밝은 광장으로, 제자리를 지키고 있다.

상량식을 하다

별채 공사를 끝내고 나니 아쉬운 것이 있었다. 별채에 화장실이 없는 거였다. 화장실과 세면대, 차를 달여 마실 수 있는 작은 개수대가 있는 공간이 필요했다. 손님이 와 별채에서 하룻밤을 머물러도 불편하지 않을 공간이 되었으면 했다. M에게 그저 작은 공간 하나 덧붙이자고 했으나 그는 별 말이 없었다.

그러다 이 년쯤 지난 뒤 그는 별채 뒤쪽에 작은 공간을 만들기 시작했다. 공간 구상을 머릿속에서 하고 또 하는 시간이 그만큼 걸린 것일까?

드디어 2013년 6월 8일부터 별채 뒤에, 덧대는 공간이 아니라 '새로운 집'을 짓기 시작했다. 두 달쯤 뒤 상량식을 올리고, 그로부터 또 이 년쯤 걸려 규모는 작지만 아름답고 장엄한 한 공간이 탄생했다. 당시 '상량식 초대문'과 '상량문'이 집이 지어지는 과정을 보여준다.

상량식 초대문

별채 뒤 공간에 작은 집 한 채를 짓습니다. 8월 1일 목요일, 늦은 7시에 상량식을 올립니다. 참석해주시면 아름다운 의식, 작은 축제의 시간이 되겠습니다.

젊은 친구들을 위해 상량식이 뭔지에 대한 이야기를 약간 하지요. 집짓기는 개토開土(땅을 열다)에서 시작됩니다. 땅을 열어 기둥을 세울 기초를 준비하는 거지요.(이때 지신地神께 '개토제'라는 제사를 지냅니다.) 땅을 열었으면 그 다음 덮는 행위를 합니다. 기둥을 세우고 보를 얹고 하는데 그 최종적인 것이 종도리(마룻대)를 거는 것, 즉 상량上樑입니다. 종도리는 집의 중심이며 가장 중요한 부분이지요. 그래서 천지신명께 고합니다. 그 제祭올림이 상량식입니다.

현대인에게 집의 의미는 예전과는 많이 달라져서, 집을 지을 때 하는 여러 제사들을 이제 하지 않습니다. 그렇지만 여전히 남아 있는 건 상량식입니다. 아파트나 일반 건물들을 지을 때도 상량식을 올립니다. 그만큼 집 지을 때 중요한 의식인 거지요.

네덜란드 역사가 요한 하위징아가《중세의 가을》[1]에서도 말하듯

1 연암서가 2012.

삶의 형식은 그 시대를 사는 사람들에게 매우 중요한 것인데, 상량식 또한 형식이 있습니다. 종도리에 쓰는 문자라든가, 제사 때 쓰는 음식이라든가, 상량문(축문)이라든가. 요즘은 그런 형식을 다 따져 하지는 않지요.

상량식 때는 친지나 친구, 주로 이웃들을 초대합니다. 제게 이웃은 공부 모임이니 당연히 초대를 해야겠지요. 우리가 하는 공부와도 깊은 연관이 있기에 같이 경험을 나누고 싶어집니다. 우리가 하는 공부가 단지 텍스트나 관념으로만 끝나는 공부가 아니라, 자신의 삶을 충만하게 하고 일상의 자리에서 실천적으로 행하는 공부, '몸을 뜯어' 변화를 이루고자 하는 공부이기에 말입니다. 제게 집을 고치고 짓는 일은 제 공부의 중요한 한 부분이고, 집이 이루어지는 과정을 알고 그 의미를 새기는 것은 여러분에게도 또한 의미있는 일일 거라고 생각합니다.

집은 "평화와 안도, 존귀함의 공간"이고 "인간의 모든 창조의 원형"이며 집짓기는 "존재에 대한 신뢰, 삶에 대한 궁극적 신뢰"에서 이루어지는 행위이기 때문입니다. "삶에 대한 신뢰가 없으면 인간은 집을 지을 힘을 낼 수 없습니다……새가 세상에 대한 본능적 믿음으로 둥지를 짓듯 인간 또한 마땅히 그러합니다."[2]

작은 방 하나라도 마찬가지입니다. 집은 말 그대로 하나의 우주이며 신성한 공간이고 우주의 중심이기도 합니다. 우리들의 황막하고 외로운 정서는 많은 부분 이러한 집의 의미를 상실한 데서 오

2 《인간과 공간》, 오토 프리드리히 볼노, 에코리브르 2011.

기도 할 것입니다.

오십여 년을 도시의 떠돌이로 살다가 이곳에서 집에 대한 공부를 하고, 낡은 집을 고치고, 새로 짓고 하는 제 행위는 존재의 근원에 도달하고자 하는, 자신과 세계에 대한 신뢰를 회복하고자 하는 소중하고도 경건한 행위일 겁니다.

마지막으로 한 말씀 더.

이 집은 M선생님 혼자의 힘으로 짓습니다. 한옥을 지을 때, 개토에서부터 시작해 집이 완성될 때까지 수십 가지가 넘는 각 부분에 전문가들이 자기의 파트를 맡게 됩니다. 집 하나를 만드는 데 필요한 것들이 그렇게 많은 거지요. 포크레인으로 땅을 파고 기둥과 보를 다듬고 끼우고, 지붕을 덮고, 벽을 치고, 바닥을 깔고, 보일러나 구들을 놓고, 각 공간마다 필요한 부품들을 넣고, 미장을 하고, 문과 창문을 만들고, 전선을 연결하고, 도배와 장판을 하고…….

이 모든 과정을 한 사람의 손으로, 현대식 기계의 힘도 거의 빌리지 않고 한다는 것은 어쩌면 기적 같은 일입니다. M선생님은 인문학 공부를 꾸준히 오래 한 사람일 뿐입니다. 그런데 혼자 집을 완벽하게 짓습니다. 이 맹렬한 더위 속에서 지치지도 않고 부지런히, 때때로 거의 희열에 차서 일을 합니다.

"집에 관한 책을 여러 권 읽어보고 머릿속에서 끊임없이 짓고 부수면 누구나 할 수 있는 일이지요."

공부란 이런 거라는 것을 살아 있는 실체로 보여주는, 참 드물게 만나는 인물을 보는 것. 그 인물에 대한 감동으로 내가 변화하는 것. 그게 우리들에게 주어진 축복이며 그 축복을 함께 더 누리고 싶은 것도 초대의 이유겠습니다.

아주 홀가분하게, 상황과 여유가 되면 즐기러 오셔요. 남편이나 애인, 친구랑 같이 와도 좋고요. 말은 이리 길게 했지만 상량식은 아주 간단합니다. 떡과 편육과 과일, 술, 밥이 있습니다. 더워서 늦은 시간으로 잡았으나 저녁은 드시지 말고 오시고요.

남산에서 늦은 밤 올립니다.
2013년 7월 25일

상량식 날엔 비가 왔다. 그런데 상량식을 하는 동안 잠시 비가 그쳤다. 우리 모두는 하늘이 우리를 돕는다고 환한 얼굴로 하늘을 바라봤다. 그날의 상량문이다. 상량문의 가장 기초적인 형식을 빌려 썼다.

상량문

유세차 서기 이천십삼 년 팔월 초하루 늦은 저녁, 경주 남산 신령한 땅 동쪽마을, 양피못과 신라 쌍탑이 동과 서로 서 있는 작고 아늑한 옛집에 깃든 저 김혜련은 한여름 내내 홀로 기쁘게 집을 짓는, 놀라운 M선생님과 다정한 이웃들과 함께 모여 천지신명께 고

하나이다.

오늘 여기 집의 원형처럼 작고 아름다운 집을 상량하여 우주의 중심을 이루고자 합니다. 비록 조촐하지만 맑은 술과 떡과 과일을 정성껏 마련하여 천지신명께 올리오니 부디 흠향하시고,

평생 평화를 구했으나 실은 헛되이 전쟁만을 치른 어리석고 지친 영혼에게 깊은 쉼과 평화를 줄 이 작은 집이 아무 사고 없이 순조로이 지어질 수 있도록 기원 드립니다.

천지신명이시여,

이 집이 봄에는 연둣빛 어린 생명의 부드러운 기운으로 가득하게 하시고, 여름에는 쇠를 녹이는 뜨거움일지라도 깊은 계곡 솟아나는 샘의 청량한 기운으로 가득 차게 하시고, 가을에는 속 깊이 여문 열매들 같은 깊은 사유의 충만한 사리들로 가득하게 하시고, 겨울에는 피를 얼어붙게 하는 차가움일지라도 병아리를 품에 감싸는 어미 닭 가슴 깃털 같은 안온한 기운으로 가득 차게 하소서.

천지신명이시여,

그리하여 이 작으면서도 큰 한 칸 집이 언제나 허실생백虛室生白(빈 방에 빛이 생겨나다)하는 신성한 맑은 빛의 공간이 되어, 여기 한 순간이라도 머문 뭇 생명들의 심신의 고단함이 그 빛 속에 녹아 부드러운 평화 속에 있게 되기를, 오늘 집의 마룻도리를 올리는 날 두 손 모아 간절히 바라옵니다. 저희가 올리는 맑은 음식을 받으소서.

2013년 8월 1일

집의 정신성

2013년 8월 1일에 상량식을 올렸던 집이 이 년 반에 걸쳐서 완성되었다. 전체 일곱 평이 채 안 되는 작은 공간이다. 화장실과 다락, 그 사이에 놓인 마루 공간과 밖에 놓인 누마루를 빼면 두 평이 조금 넘는 방이다.

이 작은 집은 일상적인 느낌을 주지 않는다. 안채가 생활공간으로서의 편안함과 소박함을 지니고 있는 것과는 다르다. 이 공간은 종교적 공간과 비슷한 느낌을 준다.

이런 느낌은 일상의 공간에서는 느끼기 어렵다. 신전이나 종교적 공간에 들어갔을 때의 느낌이다. 거대한 나무 밑에 갔을 때도 비슷한 느낌이 든다. 자신이 낯설어지는 느낌. 자신이 낯설어질 때 존재의 신성성은 드러난다. 자신의 몸에서 나오는 새로운 느낌을 느낀다. 일상, 외부와 단절이 느껴질 때, 즉 공간 자체의 내면성이 드러날 때 이런 느낌이 온다. 그래서 성당 같은 공간은 동굴처럼 만든다.

사실 이 집은 그런 목적을 가지고 의도적으로 지어진 집이다. 요즘 우리들이 살아가는 익숙한 공간과 다른 이질성이야말로 이 공간의 특징이다. 골조와 비례미, 쓰인 재료들 모두 집의 성격을 드러내는 데 기여한다.

이를테면 한지는 빛을 은은하게 흡수해서 머금고 있는 느낌을 준다. 빛을 반사하는 것과 머금는 것, 그 둘의 차이는 크다. 실크 벽지는 빛을 반사한다. 그때 우리는 그저 매끄러운 느낌을 가질 뿐이지만, 빛을 머금고 있을 땐 뭔가 신성하고 따뜻한 것에 자신이 담겨 있는 느낌을 받는다.

이 집에 다양하게 구성된 비례미도 그렇다. 특히 동쪽 창의 비례미가 돋보이는데, 창문의 폭이나 크기에 따라 공간의 느낌은 많이 달라진다. 지금보다 조금 작아지면 답답해지고, 커지면 벽면의 분할 자체가 이상해진다. 창의 높이 또한 창 밖 풍경을 어느 정도 들어오게 할 건지 고민해서 결정한 위치다.

이 집의 독특한 구성 중 하나는 마루를 복도처럼 놓은 것인데, 전통 형식인 마루를 방으로 끌어들인 것이다. 복도로 인해 한 공간이 두 개의 공간으로 선명하게 분리되고, 공간에 깊이감이 생긴다. 마루의 폭은 맞은편 문의 창을 통해 방 안에서 창밖의 풍경을 끌어오는 데 적합한 폭으로 맞추기 위해 고민을 많이 한 것이다. 서울서 온 한 손님은 이 마루가 무척 마음에 들었던지 이런 편지를 보냈다.

"화장실 앞 작은 마루의 부드럽고 따뜻한 느낌이 참 좋았습니다."

이 공간에서 사람들의 사랑을 가장 받는 곳은 다락이다. 다락을 계단처럼 이층으로 만들자 공간의 차별성이 생겨나, 작은 두 공간의 느낌이 각각 다르다. 다락의 창들은 그 위치와 크기, 높이를 여러 모로 배려한 것이다. 창의 크기는 다락의 크기와 비례가 맞아야 하고, 위치나 높이는 바깥 풍경을 어느 곳에서 가장 잘 끌어들일 수 있을지 고민한 결과다. 한여름에 자귀나무의 분홍빛 꽃이 이 창을 가득 채우면 다락은 자연의 아름다움에 몸을 떠는 공간이 된다. 어른이든 아이든 동굴 같은 이 공간을 좋아한다.

"와아, 이 집은 꿈의 집이에요. 꼭 이런 집을 짓고 싶어요!"

대안 초등학교 교사인 아들이 아이들과 '들살이'를 왔다. 도시에서만 자란 아이들이 이 공간을 자신이 꿈꾸었던 공간이라고 말했을 때, 놀라웠다. 처음 보는 집의 형태고 불편한 구조일 수도 있는데, 아이들은 집에서 자유롭고 생기발랄했다. 인간의 유전자 속에 이런 원초적 공간의 원형이 각인되어 있는 건지도 모를 일이라고 생각했다.

그 외에도 감실龕室처럼 처리한 싱크대나 책꽂이는 좁은 공간을 최대한 활용한 지혜다. 그 공간들이 그냥 안으로 들어와버렸다면 방의 크기는 지금보다 훨씬 협소해지고, 느낌 또한 지금과 달리 산만해졌을 게다.

작은 공간이 스스로의 위엄과 깊이를 드러내는 것은 이런 장치들을 고려한 결과다. 덧붙이고 싶고 장식하고 싶은 것을 계속 덜어낸, 극도로 절제된 공간이다. 절제된 단순함, 거기에서 어떤 신성함이 드러난다.

아무도 없는데도 아무렇게나 행동하게 되지 않고, 아무것이나 들여놓게 되지 않는다. 함부로 늘어놓게 되지도 않는다. 이 공간에서 나는 고요해지고 산만하지 않고 차분해진다. 공간이 사람을 만든다는 말이 무엇인지 알게 된다.

"어떻게 하면 멋진 집을 지을 수 있을까?"

"내가 원하는 집이 어떤 집인지 잘 모르겠어요. 평생 본 게 아파트니 집에 대한 상상력이 아예 없는 것 같아요."

요즘 들어 지인들에게서 부쩍 많이 듣게 되는 말이다. 집에 대한 갈망이 있는데, 그것을 어떻게 풀어야 할 지 잘 모르겠다는 말이다. 여기저기서 마음에 맞는 사람들이 어울려 집을 짓는다는 이야기들도 간간이 듣는다.

그런데 그 지향이 '편리'나 '효율성', '아기자기'나 '예쁜', '세련된' 수준을 넘지 못한다면 얼마 가지 않아 권태롭고 지루해질 것이다. 일상의 휴식과 안락뿐 아니라 '정신성의 추구'라는 집의 개념이 생겨나야 하지 않을까? 내가 사는 공간이 들어올 때마다 신성성을 느끼게 한다면 늘 새로워질 수 있다. 일상 속에서 비일상을 만나게 되는 것이다. 내가 문득 낯설어지는 삶의 단절이 생겨난다. 그것이 안 되면 삶은 쉽게 지루한 일상으로 떨어지고 만다. 시간의 풍화를 견디지 못하고 무화無化되어간다.

"참 이상해요. 이 공간은 사진으로 찍게 되지 않네요. 법당에서 카메라를 들이대지 않는 것처럼 말이에요."

민감한 후배의 감각대로 집은 평화와 안온의 공간일 뿐 아니라 '자기 예배의 공간'이기도 한 것이다. 먼지처럼 하찮아지는 내 존재가 문득 '삶의 경건함'이라는 낯선 감각을 맞이하게 된다. 관념의 세계 속에서 그토록 찾아 헤맸지만 좀처럼 찾을 수 없어 허무하기만 했던 그 감각 말이다.

방에 홀로 고요히 앉아 있을 때, 깊은 밤 감나무 그림자가 달빛을 타고 흘러들 때, 새벽의 여명이 한지 창으로 어슴푸레 밝아올 때, 삶이 경건하다는 묵직하고도 감동스런 느낌에 젖는다. 풀풀 날아다니는 먼지 같은 생이 아니라 투명하게 살아 있는 생생한 삶의 감각이다.

두 평밖에 안 되는, 작지만 자기 위엄을 지닌 공간의 놀라운 힘이다

몸으로 살면

다양한 감각과 감수성이 살아난다.

내 생명과 타 생명,

사물과의 공명대가 생긴다.

지금 여기, 보통의 존재

첫 번째 풍경

겨울 들판에 찌르레기가 난다. 수십 마리가 공중 쇼를 하듯 위로 솟구치다가 갑자기 선회한다. 45도 각도로 비스듬한 급하강! 순간 새들의 하얀 배가 햇살에 투명하게 '화들짝' 드러난다. 아, 아, 눈이 부시다.

"챠르르, 챠르르……"

어느 시인의 표현대로 '쌀 씻는 소리'로 노래하며 찌르레기들은 겨울 들판을 난다. 새들이 선회하는 방향을 따라 내 몸도 기운다. 내 몸 안에서도 '챠르르 챠르르', 경쾌한 쌀 씻는 소리가 환하게 들린다.

두 번째 풍경

"고라니다!"

갑자기 논 한가운데서 고라니 한 마리가 껑충 솟아오른다. 푸른 지평선이 일시에 출렁인다. 여름 한낮, 벼 가득한 들판. 벼가 자라는 소리가 들릴 만큼 고요하다. 그 빽빽한 고요를 뚫고 고라니가 뛴다.

고라니가 포물선을 그리듯 두 다리를 허공에 딛고 튀어 오를 때, 대기는 폭발할 듯 튕겨져 나온다. 내 몸에서도 순간 폭발할 것 같은 생기가 함께 터진다. 고라니의 엉덩이와 뒷다리의 발달된 근육이 땅을 박차고 몸을 허공으로 떠오르게 하듯, 내 갈비뼈 어딘가가 근질거리다 허파를 박차고 터져 나오는 커다란 숨소리. 고라니는 들판을 달리고 나는 소리 내어 웃는다. 고라니와 내 몸은 순간 하나다!

세 번째 풍경

며칠 비운 집 뜰이 썰렁하다. 뒤뜰에 가득 피어 있던 봉선화들이 다 사라졌다. 줄기만 앙상하게 남아 있다. 수런수런 피어나 여름 뜰을 붉게 밝히던 꽃들은 없다. 잎들도 거의 사라졌다. 가슴이 철렁하다.

'누군가 담을 넘어 들어와 꽃을 따 갔구나.'

불안이 얼룩처럼 스멀스멀 피어오른다.

'담이 너무 낮아, 좀 더 높게 쌓아야 해. 더 큰 일이 나기 전

에 해야지. 시골에서 혼자 사는 여자들, 흉한 일 당하는 경우 많잖아. 아, 아, 무서워……'

피해의식과 공포는 천리만리를 달린다.

잠시 후 앞뜰의 봉선화들이 눈에 들어온다. 그것도 마찬가지로 줄기만 남았다. 가까이 다가가 보니 검은 줄무늬의 커다란 벌레가 봉선화를 갉아 먹고 있다. 호랑나비 애벌레다.

비로소 제정신이 든다. 방금 전의 생각이 얼마나 터무니없이 황당한 것인지 깨닫는다. 어느 누가 봉선화를 따러 남의 담장을 넘는단 말인가?

네 번째 풍경

저녁 때 하늘이를 데리고 산책을 나간다. 늘 그렇듯 밖에만 나가면 제멋대로 달아나려 한다. 마당에 풀어놓고 기르는데도 밖에만 나가면 거의 광狂적이다. 이런 하늘이는 내가 원하는 '사랑스런' 하늘이가 아니다.

"천천히 가자!"

"헥헥헥 헥헥헥……"

헥헥거리며 자꾸 달아나려고 하는 하늘이의 모습을 오늘따라 유난히 참아주기 힘들다. 내 안에서 자동으로 튀어나오는 것들이 있다. "개 주제에 왜 날 무시하는 거야?" 낮은 자존감, "확 걷어차버리고 싶어!" 낮은 자존감의 다른 자매姉妹, 분노!

하늘이가 마음에 들지 않을 때 내가 보이는 반응이다. 하늘이를 대하는 나를 보면, 내가 나 자신과 세상을 어떻게 대하는지를 알게 된다. 그것들이 왜 내 안에 있는지를 아는 것과 그것들이 사라지는 일은 다른 일이다. 나는 여전히 나와 타 생명에게 이런 마음을 낸다. 씁쓸히, 아주 씁쓸히 그런 나를 본다.

첫 번째와 두 번째 풍경 속 나는 살아 있다. 생명의 빛으로 환하다. 전원생활의 아름다움이나 자연과의 합일을 보여주는 근사한 이미지로 손색이 없을 것 같다. 뭔가 다 이룬 자의 모습 같기도 하다. 세 번째와 네 번째 풍경 속 나는 평생그래왔듯 피해의식에 사로잡힌 겁쟁이 '벌벌이'이자, 분노에차 있는 '깡패'다. 이런 내게 평화는 멀다. 여전히 나는 세상을 믿지 못하고 나를 믿지 못한다.

둘 다 이곳에서 새로운 삶을 시작한 지 십 년쯤 된 나의 모습이다. 그럴듯한 장면만 쓰는 게 이 글의 목적은 아니다.

평생 살아온 습관과 생활양식을 바꾸는 일은 긴장과 오류의 연속이다. 어쩌다 빛 한 줄기가 들어온다. 그 '어쩌다 빛'에 초점을 맞추면 마치 삶 전체가 빛인 것 같다. 하지만 실제는 그렇지 않다. 기나긴 장마철에 어쩌다 햇빛 난 날이 있는 것이다.

나는 평생 자기초월을 꿈꾼 사람답게 여전히 자기초월을

위해 애쓴다. 다만 그 방향이 바뀌었을 뿐이다. 젊은 시절, 그 초월이 '저 너머 어딘가'에 있을 거라고 여겼다면 이제는 '지금 여기'에 있다고 생각한다. 밖이 아닌, 여기 일상 안에서의 내재적 초월을 꿈꾼다.

그러니 삶을 다 이루고 쉬고 있는 자의 평화를 이야기할 수가 없다. 삶 속에서 언제나 자신과 직면하는 내적 긴장이 팽팽하다. 아마도 죽는 순간까지 그럴 것이다. 난 그런 종류의 인간인 것이다.

달라진 것이 있다면 '강박적 자기 추구'가 아니라는 점이다. 주어진 삶, 다가오는 삶을 부지런히 살려고 할 뿐이다. 이를테면 '즐거운 밥하기'는 부지런히 쌓아가야 하는 일이 되었지 반드시 이루어야 할 강박적 추구가 아니다.

몸 돌보기 또한 온갖 건강서를 뒤지고 의학 지식을 찾고 하는 일이 아니라, 내 몸과 더불어 있는 일이 되었다. 아픈 몸과 함께 잘 지내는 법을 터득하고 때로는 아픔을 그저 아픔으로 받아들이는 일이 되었다. 집을 가꾸거나 농작물을 돌보거나 어떤 일을 하든 마찬가지다.

글이라는 속성상 아마도 앞 두 장면이 더 많이 드러날 것이다. 지리멸렬한 뒤쪽 장면들만 가지고 글을 계속 쓰기는 쉽지 않다. 내 삶은 '어쩌다 햇살'일 뿐이다. 그 햇살에 더 많은 비중을 두고 글을 쓰겠지만 그것이 '어쩌다 빛'이라는 것만은 밝히고 싶다.

그러나 장마철에 '어쩌다 햇살'은 잠깐 반짝이다 사라지는, 허망한 순간은 아니다. 그 빛이 실은 장마철을 뚫고 나가는 힘이 된다.

빛은 그저 주어지는 게 아니다. 찌르레기의 군무를 보기 위해서는 겨울의 들판을 매일 걸어야 한다. 찌르레기는 여름새지만 번식기가 끝난 겨울에서 봄까지는 무리 지어 날아다닌다. 그 모습은 시인이 "환한 봉분이 하나 보인다"[1]라고 노래할 만큼 신비롭다.

춥고 황량한 겨울 들판을 일정한 시간 매일 걸어서, 어느 날엔가 찌르레기 무리를 만나게 된다. 챠르르 챠르르, 쌀 씻는 아름다운 노래 소리와 환한 가슴살을 만나게 되는 것이다. 그 순간 내 몸에서 피어나는 햇살!

빛은 그렇게 '창조'된다. 매일 걷는다는 아무것도 아닌 반복적 행위가 없으면 빛도 없다.

나의 글이, 아무것도 아닌 세계가 어떻게 빛을 창조하는지 그 과정을 섬세하게 보일 수 있는 글이 되었으면 좋겠다.

'어쩌다 빛'을 기린다.

---

1 장석남, 《새떼들에게로의 망명》 중에서

오리 날다

"꽈악, 꽉, 꽈악꽈악 꽉꽉꽈아악!"

아직 어슴푸레한 아침 공기를 가르며 소리가 온다. 그 소리에 잠자던 몸속에서 스멀거리며 무언가가 올라온다. 따뜻한 이불을 걷어내고 자리옷 차림으로 긴 담요 한 장을 몸에 두르고 집 앞의 양피못으로 간다.

오리들이다! 겨울이면 어김없이 오는 생명들. 오리 소리다. 수십 마리의 오리가 양피못에 앉아 유유히 물살을 가르고 있다. 처음 이곳에 왔을 때 십여 마리의 오리 떼가 왔다. 그 후로 해가 지나면서 점점 늘어 이제는 육칠십 마리가 떼 지어 온다.

밤에 와서 자고 아침이면 날아오른다. 제 각각의 무리가 있어 함께 움직인다. 새벽에 나가면 오리들이 물속에서 노니는 모습을 볼 수 있다. 점점이 검은색으로 보이다가 차츰 밝아지면 형체가 뚜렷해진다. 못가에 앉아 오리가 날기를 기다린다. 해가 어느 정도 오르면 오리들은 먹이를 찾아 들로 날아간다.

오리가 날 때, 육중한 몸으로 물을 가르며 날아오른다. 오리는 제비처럼 날렵하게 날지 못한다. 날개는 짧고 몸은 무거운 오리가 날아오르는 모습은 마치 물수제비를 뜨듯 통, 통, 통, 날개로 물을 가르며 퍼덕이다가, 허공을 차고 오르는 형상이다. 그때 오리의 온몸에서 튕겨 나오는 힘의 약동! 그 '통몸'이 주는 생동감에 세상이 잠시 흔들린다. 존재를 모르던 공기가 갑자기 제 존재를 알리며 일제히 갈라선다.

저녁이 되면 오리들은 다시 연못으로 돌아온다. 오리가 물 위로 내려앉을 때 또한 가볍지 않은 몸이 내는 육질肉質의 둔중한 소리가 들린다. 통 통 통, 퍼드덕 퍼드덕.

고요한 새벽, 살아 있는 살肉의 싱싱한 소리. 생기롭고 발랄한 커다란 소리. 그 소리에 내 안의 잠자던 세포들도 '퍼드덕' 함께 깨어 일어난다.

남산 집에서 첫 겨울을 맞이하던 때, 오리들을 만났다.

꽥꽥, 꽤액, 꽥꽥꽥!

오리 소리에 깼다. 이른 새벽 담요를 둘둘 말고 어두운 양피못으로 갔다. 어스름한 어둠을 가르고 오리들이 막 날아오르고 있었다. 그 모습을 보고 있던 내 안에서 소리가 나왔다. 나도 모르게 터져 나온 소리.

웃음이었다. 오리 몸짓처럼 뚱뚱거리며 껄껄거리며 생짜의 웃음이 올라왔다. 당황스러웠다. 웃고자 하지 않았는데 몸이 저절로 웃다니.

그 몸의 소리를 잊을 수 없다. 웃음은 내 몸이 오리의 몸에 공명共鳴한 소리였다. 오리의 '퍼드덕'거리는 생명의 약동이 내 몸을 건드려, 내 몸이 함께 '퍼드덕'거린 것이다. 여러 개의 종이 놓인 공간에서 종 하나를 치면 다른 종들이 따라 울리는 것처럼 내 몸이 오리의 몸을 따라 울렸다.

나는 마치 몸을 살리는 오래된 비밀문서를 전해 받은 것처럼 가슴이 두근거렸다.

'타 생명과 공명하기. 그러면 내 생명이 함께 살아난다!'

그런데 타 생명과의 공명은 아무 때나 일어나는 일은 아니었다. 이곳에서는 늘 생명을 지닌 존재들, 자연을 만나고 접한다. 하지만 오리를 만났을 때의 그런 몸의 소리를 듣지 못했다. 그건 드물게 일어나는 일이었다.

그저 아름다운 자연에 감탄하거나, 오래 기억하고 싶은 욕망에 시달리거나, 사진을 찍는 그런 순간이 아니었다. 그 순간이 언제일까?

초등학교 3학년 때였다. 어릴 때부터 중이염을 앓았던 아버지의 뇌에 이상이 생겼다. 병원에서 응급 침대에 실려 가는 아버지를 보았다. 평소엔 그리 커 보였던 아버지가 아주 작았다. 작고 구겨진 아버지의 몸은 마치 벌레처럼 보였다. 아버지가 죽을지도 모른다는 생각이 머리에 스쳤다. 두려웠다. 엄마를 찾았다. 엄마는 동생을 업고, 병원 긴 의자 모퉁이에 앉아 온몸을 앞뒤로 흔들며 "주여, 주여!" 하나님을 찾고 있었다. 엄마는 다른 세계로 가 있었다. 외로웠다.

두려움과 외로움으로 어쩔 줄 모르던 내게 들어온 게 있었다. 유리창이었다. 겨울의 햇살이 비치고 있던 유리창은 병원에서 가장 따뜻하게 느껴지는 사물이었다. 나는 유리창에 얼굴을 대고 울었다.

그때 누군가 내게 말을 걸었다.

"넌 울 수도 있구나!"

창밖엔 병원의 조그마한 뜰이 있었다. 폭설로 눈이 가득한 뜰에 소나무 한 그루가 서 있었다. 키가 작은 어린 소나무였다. 나무는 자기 키보다 더 크고 무거워 보이는 눈을 뒤집어쓰고 홀로 서 있었다. 내게 말을 건넨 건 그 소나무였다. 어린 소나무가 말했다.

"넌 울 수 있구나, 난 울 수도 없어. 엄마도 아빠도 없어."

더 이상 눈물이 흐르지 않았다. 두려움과 외로움도 사라졌다.

이 일은 강렬한 기억으로 남았다. 어떻게 나무가 내게 말을 할까? 어릴 때의 경이로운 의문은 나이가 들면서 풀렸다. 그 소리는 나무가 한 말이 아니라 내 안에서 울린 말이라고. 어린 나무와 나는 깊은 동질감 속에 놓였고, 그래서 마치 나무가 내게 말한 것처럼 들린 거라고. 그 말에 위안을 받은 나는 더 이상 외롭지 않았던 거라고.

어린 시절의 경험은 지금 내가 여기서 맞이하는 생명에 대한 감수성과 연결되어 있으리라. 내 안에 죽지 않고 살아 있는 근원적인 생명의 힘, 그것을 생명의 명랑성이라고 해야 하나. 어떤 순간에도 끝내 생명을 생명으로 살아 있게 하는 힘 말이다.

지리산에서 장마철이면 거대한 나무들이 급류에 휩쓸려 내려오곤 했다. 그 나무들이 계곡에 쓰러져 있는 모습을 보면 경이로웠다. 뿌리 뽑힌 나무가 잎을 틔우고, 다음 해 봄에 꽃을 피웠다.

어떤 경우에라도 생명을 생명으로 피워내는 힘, 뿌리가 뽑히고 쓰러져 누웠어도 생명이 다할 때까지 생명인 그것. 그것이 생명의 '근원적 명랑성'이라고 나는 믿는다. 노숙을 하며 빌어먹어도 한 끼의 밥을 먹게 하는 힘, 따뜻한 햇살 속에서 기지개를 켜고 햇볕을 향해 저절로 몸을 돌리는 그 힘 말이다. 그 힘을 질식시키는 사회야말로 최악의 사회라고 생각한다.

내 몸도 마찬가지다. 거의 사그라진 것 같은 몸 안에 생명의 힘이 있다. 어린 시절부터 지니고 있었던, 사그라질 수 없는 근원적 생명의 선성善性, 명랑성 말이다.

그 힘이 타 생명과 공명할 때, 몸은 스스로 떨고 진동하며 자신이 생명임을 드러낸다. 그러니 다른 생명과 공명할 일이다.

속이 비어 있는 종이 스스로 울리듯, 비어 있는 몸이 떤다. 내가 나에게만 사로잡혀 있을 때 몸은 닫힌다. 피해의식과 분노에 사로잡힐 때 몸은 굳는다. 다만 내가 나를 비워낸 어느 의도치 않은 순간, 나는 열린다. 열려서 타 생명과 하나가 된다. 그럴 때 나는 생명의 근원에 닿는다. 잃어버린 몸의 명랑성을 되찾는다.

오리가 난다. 큰 오리만큼 통짜배기 느낌을 주는 새는 거의 없다. 말 그대로 '통 몸'이다. 그 팽팽한 통 몸이 물을 박차고 오르는 순간, 통 몸의 생명력이 폭발하는 느낌을 준다. 통 몸이 발산하는 통짜배기 힘이 오리 힘의 정체다. 그건 쪼개지기 전의 거대한 통나무가 주는 힘과 같다. 진정 대지의 힘의 현현顯現이다.

이 힘은 '하늘이'가 펄쩍거리며 마당을 마구 뛰어다닐 때도 있다. '하늘이'는 무심히 있다가도 갑자기 통통통 솟구치는 걸음으로 뛰어다니거나, 몸을 뒹굴리며 뭘 신나게 물어뜯거나 한다. 자신 안에서 생명이 약동할 때 하는 몸짓이다. 그릴 때 하늘이의 몸은 오동통하고 쫄깃한, 생살의 생기로움으로 가득하다.

　오리가 날고,
　하늘이는 통통거리고,
　나는 웃는다.

　같은 생명의 몸짓이다. 생명의 명랑성, 삶의 고갱이다!

봄은 소란하다

새벽부터 소리가 온다.

'쯔빗 쯔빗 쯔빗' 박새 소리, '봉봉봉 봉 봉봉봉' 후투티 소리, '찌익 찌이익 찍' 직박구리 소리. 알락할미새와 딱새, 참새…… 작은 새들이 포르르 포르르 서로 위로 날았다 아래로 날았다 곡예를 한다.

봄은 온통 소란스럽다.

생명들의 소리. 새들은 짝짓기를 위해 새벽부터 한 해 중 가장 아름다운 소리를 내고, 짝을 만난 암수는 집을 짓기 시작한다.

이곳에서 봄을 맞이한 첫해, 새벽에 일찍 눈이 떠졌다.

"세상에, 이런 일이!"

스스로 놀라웠다. 평생 야행성인 내가 새벽에 눈을 뜨다니! 수십 년 직장 생활을 하면서 아침에 일어나는 일은 거의 전투였다. 알람 두세 개를 틀고, 마지막 알람 소리에 로봇처럼 몸을 벌떡 꺾어 일으켜 허겁지겁 달려 나가는 나, 지하철에서 꾸벅꾸벅 졸다가 내릴 역을 지나치는 나, 고3 담임을 맡았을 때는 꺽꺽 울면서 일어나던 나, 지리산 수행처에서는 여러 사람이 같이 자는 방에서 다들 일어나 대형 청소기를 돌려도 아랑곳없이 자고 있어 놀림거리가 되던 나.

그런 내가 알람 하나 없이도 새벽에 눈이 떠졌다. 밖이 너무 궁금해서 더 잘 수가 없었다. 매일매일 새로워지는 마당이, 밭이, 들판이, 산이…… 놀라웠다! 뭐라 설명할 수 없는 모호한 기쁨이 가슴에 넘실거렸다. 어제까지만 해도 없었던 새로운 생명들이 계속 나타나는 조화에 어리둥절했다. 그 생명들을 따라 새벽에 어디까지고 걸어 나갔다. 어느 날은 칠불암 꼭대기에 서 있는 나를 발견하고, 어느 날에는 수목원 한복판에 서 있는 나를 발견했다. 내가 모를 내가 있어 그 새벽에 생명들을 따라 헤매고 다니는 듯 했다.

문을 열고 마당으로 나간다. 동물들만이 아니다. 땅속은 더 소란스럽다. 매화나무 아래 흙더미 속에서 무언가 와글거린다. 메마른 흙들이 부슬부슬해지고 봉긋해진다. 살짝 걷어보면 새싹들이 머리에 흙을 이고 고개를 내밀고 있다. 나무 아래뿐이 아니다. 앞뜰 화단이 수런거린다. 구근들이 올라온다. 허리를 숙이니 화단에는 뾰루지처럼 빨간 싹들이 하나, 둘, 셋…… 열다섯…… 스물…… 서른…… 마구 솟아나고 있다. 둥굴레 싹, 작약 싹이다!

뒤뜰 돌담 주위에 아기 주먹만 한 동그란 것들이 땅속에서 쑥쑥 솟아나고 있다. 이게 뭐지? 꽃이다! 꽃이 맨주먹을 날리듯 땅에서 불쑥 솟아나고 있다. 머위꽃 봉우리다.

뒷문을 열고 밭으로 나온다. 양지 쪽엔 개불알꽃이 벌써 피어 보랏빛 작은 얼굴들을 해를 향해 한껏 내밀고 있다. 냉이, 광대나물, 꽃다지, 질경이, 바랭이, 쇠뜨기…… 온갖 풀들이 씩씩하게 올라온다.

골목길을 걸어 들판으로 나온다. 들판 가득 어떤 기운들이 피어나고 있다. 여기저기, 저기여기, 딱히 어디라고 집어 말할 수 없는 온 땅에서 고요한 열기로 솟아나는 생명들. 생명들이 돋아나고 있다! 아지랑이 같고, 안개 같은 모호하고 육중한 느낌이 몸을 채운다. 언어화하기 이전에 이미 몸이 알아차리는 힘.

발이 제일 먼저 느낀다. 발밑의 땅이 달라졌다. 며칠 전만해도 딱딱하게 굳어 있던 땅이 부드럽다. 마치 이스트에 잘부풀려 구운 식빵처럼 폭신하다. 산 방향으로 오르는 오솔길에서 발은 기쁘다. 기쁜 발은 평소에 가지 않았던 먼 곳까지 걷고 또 걸어간다.

약수터 가는 길에서 이른 아침 세상에 나온 야생의 동물들을 만난다. 고라니가 뛰고, '다다닥 딱, 다다다다' 딱따구리가 나무 쪼는 소리가 새벽 공기를 연다.

"봄이 오니 가슴이 스멀스멀 가려워요."

"그래, 뭔지 모르지만 기뻐. 기쁜 것이 올라와."

낮에 장 보러 나갔다가 만난 아줌마들과 서로 미소를 띠고 "그래그래, 맞아 맞아" 하며 맞장구를 친다. '뭔지 모르지만 기쁜 것'이 가슴에서 올라온다고 늙은 얼굴이나 젊은 얼굴이나 함께 웃는다.

경주의 봄은 더 시끄럽다. 산으로 들로 사람들이 넘친다. 주말엔 아예 집 밖엘 나가지 않는다. 울긋불긋한 등산복 차림의 남녀노소로 넘쳐난다. 칠불암 가는 길은 우리 동네를 거쳐 가니 사람들이 무리 지어 가는 모습을 본다. 밭에서 일하다 보면 "아줌마, 칠불암 가는 길이 어디에요?" 하고 큰 소리로 묻는 목소리가 그 어떤 계절보다 많은 때가 봄이다. 수목원 입구는 주차장이 모자라 길에 세워둔 차들 때문에 다른 차가 다니기 어려워진다.

봄이 되면 다들 몰려나온다. 왜들 이리 몰려다닐까? 궁금해지다가 문득, 아주 자연스러운 일이라는 걸 깨달았다. 봄의 생명 중 어느 것 하나 가만히 있는 것이 있던가? 사람도 생명이긴 마찬가지! 가만히 있을 수가 없다. 아파트 안에 갇혀서 봄을 나는 일은 상상하기 힘들다. 생명 하나 저절로 자라지 못하는 공간 아닌가? 그곳에서 내 생명이 갑갑해지는 건 당연한 일. 그러니 밖으로 나돌아 다닐 수밖에!

"우라질, 날씨가 왜 이리 좋은 거야?"

도시에서 직장 다니던 때의 봄날, 난 이 말을 입에 달고 다녔다. 봄이 되면 출근하는 버스에서 뛰어내리고 싶은 충동을 느낄 때가 종종 있었다. 이 버스를 타고 직장이 아닌 다른 곳으로 가고 싶었다. 햇살이 유난히 좋은 날은 학교 교문으로 들어서면서 저절로 욕설이 터져 나왔다. 아이들은 더 했다. 아침에 세수하면서 늘 운다고 하는 아이, 창문 밖으로 뛰어내리고 싶다는 아이, 학교 담장을 넘어 달아나고 싶다는 아이, 어딘가 다른 세상으로 가고 싶다는 아이.

당연했다. 봄의 생명을 가두어두니, 생명이 몸부림쳤다. 거역할 수 없는 생명의 약동이었다.

약동하는 생명의 힘은 언제나 내 안과 밖에 있어왔다. 그런데 나는 왜 이제야 생명의 힘을 절절하게 느끼는 걸까? 왜 이제야 내가 생명이라는 사실을 명명백백히 알게 되는 것일까? 왜 다른 생명과 공명하며 기뻐하는 걸까?

지리산의 자연은 아름다웠다. 봄이 되면 멀리 있던 산이 조금씩 가까이 다가왔다. 하룻밤 자고 나면 한 발짝, 두 밤 자고 나면 또 한 발짝…… 그러다 어느 날 문득 한 뼘 앞까지 다가와 "메롱!" 하면서 웃었다. 마치 어릴 때 '무궁화 꽃이 피었습니다' 놀이를 하는 듯 했다. 눈을 감고 "무궁화 꽃이 피었습니다!" 하고 돌아서면 어느새 한 발짝씩 몰래 다가왔던 동무들처럼, 산이 매일 한 발짝씩 다가왔다. 거대한 먼 산이 며칠 만에 온통 연둣빛으로 부풀어 올라 눈앞에 바짝 다가오면 봄이 온 거였다.

그때 자연의 아름다움엔 어떤 결핍과 초조가 있었다. 자연은 경이로웠지만, 나는 자연에 속한 존재가 아니었다. 오히려 자연과 대비되었다. 저토록 완벽한 존재와 불완전한 나, 아직도 자신을 찾지 못한 나. 자연의 아름다움이 절실할수록 나의 결핍은 더 초라하게 드러났다.

그런데 지금의 나는 자연과 분리되지 않는다. 봄의 자연이 불러일으킨 생명의 축제 속에 나도 있다. 그저 바라보고 구경하는 존재가 아니라, 함께 그 안에 있는 존재가 되어 있다.

무엇이 달라진 것일까?

늘 '저 너머'를 바라보다가 지금 여기, '이 세상'으로 온 거다. 비로소 세상 속에서 터져 나오는 기쁨이 보인다. 하찮게 여겨, 보이지도 않던 것들이 보인다. 작고 여린, 세세한 생명들이 보이고, 그것들이 작지 않은 생명임이 보인다. 봄의 터져 나오는 기쁨에 온몸을 담글 수 있다. 나 또한 그 숱한 생명의 하나로 이 지상에 함께 존재한다는 연대감에 깊이 안도

할 수 있는 것이다.

자동차를 타고 스쳐 지나가듯 살아가던 세상을 이제 다르게 살고 있다. 집을 가꾸고 마당에 꽃과 나무를 심고 밭에 채소를 기르며 이곳에 '머물러' 살고 있다. 세상에 진득하게 몸을 맞대고 살아가는 이가 느끼는 삶에 대한 신뢰, 생명에 대한 기쁨이 무엇인지 조금씩 알아간다.

새벽부터 소란스런 새들과 속살거리는 마당의 새싹들, 밭의 풀들, 들판의 생명들, 뭔가 기쁜 것이 스멀거린다는 아줌마들, 산으로 들로 떼 지어 다니는 사람들…… 모두 다 봄의 생명의 약동을 자신들 속에서 피워내는 존재들이다.

봄이다, 바로 이 세상 속에서 터져 나오는 기쁨이다!

봄의 할매들

아침에 냉이 캐러 뒷밭에 나간다. 폭신하고 부드러운 땅에 온통 냉이 천지다. 등에 따뜻한 햇살 받으며 흙을 헤쳐 냉이를 캐고 있자니 이상한 포만감이 온다. 아니, 충만함이라고 해야 하나.

집 뒤쪽 골목 허름한 옛집에 살고 계시는 할머니, 경로당 출근이시다. 늘 이 시간에 이 길로 가신다. 오늘은 유모차 대신 지팡이를 짚고 가신다. 직각으로 굽은 허리, 머리엔 분홍빛 마후라 두르고.

"안녕하서요!"

큰 소리로 말해야 한다. 귀가 좀 어두우시다.

"냉이 있나?"

"예!"

"그래, 꽃 피기 전에 먹어야지. 냉이도 철들면 못 먹어. 질기다."

가다 말고 냉이 캐고 있는 곳에서 몇 고랑 떨어진 밭쪽으로 걸어 들어오신다. 의아히 바라보는데, 그만 엉덩이를 내리고 오줌을 눈다. 느긋하고 편안한 자세로 따뜻한 햇살 받으며 천천히. 꼭 어린아이 놀이하듯 천진스럽다. 오줌 누고 일어서면서 발밑에 꽃 핀 냉이 들여다보며 하시는 말.

"에고, 벌써 철들이 다 들었구만……."

연분홍 마후라 바람에 날리며 지팡이 짚고 멀어져 가신다. 물기 빠져나간 작은 몸이 떨어지는 꽃잎처럼 무게감이 없다.

잠시 뭔가에 홀린 듯 멍하다가 하하하 웃음이 나온다. 냉이가 철든다고? 정말 기막힌 표현이네. '철든' 냉이들이 내 앞에서 "못 먹어, 질겨, 질겨." 흰 꽃을 살래살래 흔들며 까불대고 있다. 밭 가운데서 아무렇지 않게 오줌 누는 모습이 어찌나 천연스러운지, 게다가 분홍빛 마후라 날리며 표표히 사라지는 뒷모습이라니! 껴안아주고 싶을 만큼 사랑스럽고, 들꽃처럼 지혜롭다.

할머니 뒷모습에 분홍빛 원피스 입고 팔랑거리는 소녀가 나풀거리며 나왔다 들어갔다 겹쳐진다.

오라, 오라.

늙음이여, 세월이여.

이토록 천진하게 오라,

이토록 지혜롭게 오라.

오늘 아침 문득 늙은 요정을 만난 나는 유쾌하다.

그러고 보니 할머니들을 보는 내 눈이 달라졌다. 불과 몇 년 전만 해도 세상의 모든 할머니들은 그저 다 할머니일 뿐이었다. 어떤 개성을 지닌 존재로 다가오지 않았다. 그냥 '늙었다'로밖에 인식되지 않는 존재들이었다. 늙음은 불특정 다수에 불과했다. 그런데 할머니들의 개성이 보이기 시작한다. 그들의 몸짓과 말이 들어오기 시작한다.

여느 시골 동네처럼 이 동네도 할머니들이 많다. 안쪽 동네 할머니 한 분은 늙은 추장 같다. 그분이 지나가면 바람도 위엄 있게 그 뒤를 따라가는 듯하다. 여든 중반은 훨씬 넘어 보이는데 허리도 곧추 서 있고 걷는 모습도 당당하다. 수백 평되는 밭을 혼자 다 싹 틔우고, 김매고, 거느리신다. 할머니에게 잘 보이고 싶어 어린애처럼 꼬박꼬박 큰 소리로 인사를 한다. 그런데 할머니는 언제나 나를 처음 보는 듯 대한다.

"뉘신가?"

"할머니, 저 아래 쌍탑 옆에 이사 온 사람이잖아요."

"아, 그러신가. 젊은이가 늙은 사람에게 인사해주니 고맙

구려."

정중하게 한 말씀 던지시고 표표히 가던 길 가신다. 잘 보이고 싶은 내 마음일랑 아랑곳없다. 시내 약국에서 피곤한 얼굴로 앉아 계신 걸 만나 집까지 차로 모셔다드려도 그저 "고맙네" 한 마디뿐, 다음에 만나면 여전히 덤덤하시다. 자기 집 앞에서 담배를 물고 먼 산을 바라보고 있을 때는 큰 자연 앞에서 느껴지는 장엄함이 온몸에 깃들어 있다.

그런가 하면 '남산 슈퍼' 앞쪽에 살고 계신 할머니는 집처럼 정갈하다. 낡은 집을 단정하게 가꾸어놓고 사신다. 호리호리한 몸매에 옷매무새도 단정하다. 매일 지팡이 짚고 산책을 하신다. 우리 밭을 지나가다 말고, 울타리를 치고 있는 M을 한참 바라보다가 한 마디 하신다.

"참, 곰살맞게도 한다."

산 너머 내남에 사는 지인은 자기가 만드는 대나무 울타리를 보고 동네 할머니가 "아이고, 재롱지게도 한다!"고 하셨단다. 지인은 엄청난 거구다. 덩치 크고, 나이 든 남자들이 하는 일이 '곰살맞고' '재롱지게' 보이는 할머니들의 삶의 스케일이라니…… 하하하.

배반동에서 남산마을까지 걸어서 농사지으러 오는 할머니도 계신다. 서너 정거장은 될 거리를 걸어 매일매일 다니신다. 몇 년 전 처음 농사를 시작할 때, 서툰 내 낫질을 교정해주신 분이기도 하다. 사월의 어느 날, 밭에서 할머니를 만났다.

"힘들지 않으셔요?"

"힘들긴 뭘 힘들어? 송홧가루 날리는 날엔 산이 약 주제, 땅이 밥 주제, 그냥 걸어 다니면 약이 입으로 들어온다."

세상 힘들 것 아무것도 없다는 듯 아침에 도시락 싸 들고 밭에 왔다가, 산이 주는 약도 받아먹고, 땅이 주는 밥도 기르다 저녁 되면 집으로 가시는 할머니. 저 천연한 자세는 하루 아침에 생겨난 것은 아닐 것이다.

서출지 옆, 친구가 세 들어 사는 집 할머니는 올해 여든 아홉이신데, 정정하기가 이를 데 없다. 귀가 약간 어두우신 것 말고는. 할머니 부엌 식탁엔 떨어져 사는 아들이 어머니가 걱정되어 적어둔 글귀가 있다. 〈어머니가 절대 해서는 안 되는 일〉 거기엔 '밭농사 하시지 말 것, 자장면 드시지 말 것, 믹스커피 드시지 말 것……' 촘촘히 적혀 있다. 할머니 하시는 말.

"에라, 날 더러 죽으라 해라. 두 손 놓고 있으면 죽으란 얘기지 뭐냐. 봄 되면 저절로 몸이 밭으로 가는 걸 날더러 어쩌라고? 풀때기가 그리워서 내사 호미 못 놓는다. 동네 친구들과 목욕 갔다 자장면 한 그릇 먹는 게 을메나 재밌는데 그걸 하지 말라 하노?"

늙고 주름진 얼굴 속에서 작은 눈이 장난스럽게 반짝거린다.

할머니들의 개성이 눈에 들어오는 건 어김없이 내가 늙어가고 있다는 증거다. 자연에 밀착되듯이 작고 잘 드러나지 않는 것들에 민감해진 면도 있으리라. 세상의 크고 떠들썩한 것들에 가려져 잘 보이지 않는 들꽃 같은 아름다움, 바람결 같은 지혜를 조금씩 알아가게 되었다는 기쁜 소식은 아닐까.

저녁에 동네를 한 바퀴 돈다. 호호백발의 작은 할머니가 사시는 오래된 기와집 뜰 목련나무에 흰 꽃이 가득 피어 있다. 어두워지는 하늘을 배경으로 피어 있는 흰 목련은 마치 무수한 흰 생명들이 하늘을 향해 날아가는 듯 아찔하다.

쪽동백의 시간

회초리처럼 가느다란 쪽동백 묘목을 심었는데, 오 년이 지난 올 봄, 연둣빛 푸른 잎 사이로 길쭉한 진주알처럼 조롱조롱 흰 꽃봉오리가 맺히더니 드디어 오늘 새벽, 환하게 꽃이 피었다. 노란빛의 수술을 단, 별 모양 작은 흰 꽃은 수줍은 듯 고개를 숙이고 있다.

오 년을 기다린 꽃이라니! 꽃 한 송이 보는 일의 감격이 하루 종일 내 안에서 출렁인다. 오 년의 시간, 나무의 시간과 나의 시간이 같이 왔다. 어린 나무가 자라서 꽃을 피우는 시간, 그 시간을 같이 지내왔다고 생각하니 가슴 가득 차오르는 무엇인가가 있다.

처음 집의 마당은 시멘트로 덮여 있었다. 아무런 생명도 자라지 못했다. 오래된 시골집이라면 으레 있기 마련인, 뒤뜰의 늙은 감나무 한 그루조차 없었다. 나무가 베어져 나간 밑둥치만 흔적으로 남아 있었다. 사는 게 바쁘고 힘들었다는 증거처럼 보였다.

마당에 시멘트를 걷어내고 화단을 만들어 나무와 꽃을 심기로 했다. 심고 싶은 나무들을 노트에 하나씩 적을 때마다 가슴이 밝아졌다. 매화, 앵두, 산목련, 단풍, 산수유, 감나무…… 어릴 때 흔하게 보았던 나무들부터 떠올랐다. 그리고 남의 집에 서 있는 나무들을 관찰했다. 가까이 가면 가슴이 환해지는 나무들을 물어 적었다.

눈에 띌 듯 말 듯 은은한 반투명의 우아한 꽃을 달고 있는 노각나무, 여름 내내 붉은 꽃을 달고 있는 배롱나무, 잎이나 꽃은 물론 열매도 고와서 봄부터 가을까지 기쁜 석류나무, 물에 연꽃이 있다면 육지엔 목단이 있다고 할 만큼 아름다워 꽃의 여왕이라고 불리는 목단나무, 이른 봄 부처님께 공양 올리듯 뾰족한 잎을 하늘로 향해 내밀다가 밥알 같은 작은 꽃을 초여름 하늘에 피워내는 이팝나무, 열매가 마치 산딸기 같은 산딸나무…… 아, 그리고 꽃사과나무가 있었다.

막상 화단을 만들려고 흙을 구하려니 흙이 없었다. 시골엔 온통 흙인 것 같은데 실제로 흙은 귀했다. 다 주인이 있는 땅이니 아무데서나 파올 수도 없었다. 흙을 사야 했다. 그러나 산 흙이나 논흙이 아닌 밭 흙을 구하기는 또 어려웠다. 결국 첫 해를 넘긴 다음 해에야 흙을 구해 화단을 만들 수 있었다. 흙을 구하는 일이 그토록 힘든 일이라는 걸 경험하고서야 알았다.

여러 해를 걸쳐 인터넷으로 종묘원을 뒤져 묘목을 사고, 이른 봄 수목원에 가서 며칠 동안 보고 또 보며 수형이 아름다운 나무를 골랐다. 많은 나무들 속에서 마음에 드는 나무를 찾는 게 쉽진 않았지만, 설레고 신났다. 며칠 동안 나무들을 옮겨와 정성스레 심고 물을 흠뻑 줬다. 산목련, 단풍나무, 이팝나무, 매화, 꽃복숭아나무, 보리똑, 꽃사과…… 꽃사과나무를 심을 때는 가슴이 아릿했다.

어느 봄날 오후, 졸리고 지친 채 북관 이층 복도를 오를 때였다. 무겁고 게슴츠레한 내 눈 앞에 나타난 것이 있었다. 복도 벽 쪽으로 난 창문 밖에 제법 큰 나무가 붉은 봉우리를 가득 달고 서 있었다. 그동안 한번도 본 적이 없는 나무였다. 그 나무가 거기에 있는지도 몰랐다. 어디선가 갑자기 나타난 요정인 듯 나무는 눈부신 꽃을 온몸에 달고 조용히 서 있었다. 그 우아하고 황홀한 자태에 취해 나는 수업 들어가는 중이라는 사실도 잊고 그 자리에 붙박은 듯 서 있었다.

누렇게 뜬 얼굴, 생기라고는 찾을 길 없이 너덜너덜한 내 몸과 마음에 한 줄기 아름다운 바람이 불어왔다. 그토록 눈부신 꽃을 달고도 조용한 그 나무가 나 자신을 보게 했다. 부끄러웠다.

"선생님, 뭐 하셔요?"

날 찾아 교무실로 내려가던 반장 아이가 불러, 침묵 속에서 깨어났다. 난 말없이 그 아이를 내가 서 있는 자리로 데려왔다.

"저 나무가 무슨 나무니?"

"어, 거기 나무가 있었네. 저도 잘 모르겠어요."

그 크고 환한 나무를 아이들도 잘 몰랐고, 나도 몰랐다. 그 정도로 자라려면 수십 년 이상은 그 자리에 있었을 터인데, 한번도 그 존재를 알아보지 못했다. 아마도 건물 앞쪽에 있는 거대한 은행나무에 가려, 뒤쪽 잘 보이지 않는 구석에 서 있는 그 나무를 알아보지 못했는지 모르겠다. 아니면 학교라는 공간을 제대로 사랑해본 적이 없는 탓인지도 몰랐다. 아이들이나 나나 학교는 언제나 빨리 떠나고 싶은 공간일 뿐이었다. 그 공간에 무엇이 자라고 있는지 관심을 가지고 살펴볼 마음 따위는 없었다.

동료들에게 물어도 그 나무가 무슨 나무인지 아는 이가 없었다. 나이 많은 생물 선생님이 '꽃사과'라고 알려줄 때까지 무슨 나무인지도 몰랐던 그 나무가 피워낸 꽃을 바라보러 수업이 끝난 뒤 북관 이층 복도로 올라갔다. 그 자리에서 짤랑짤랑 소리가 날 듯 생기 가득한 꽃과 그 생기의 근원일 나무의 침묵을 느꼈다. 아이들과 교사들이 다 떠난 학교에서 석양이 지고 어둠이 내릴 때까지 나무를 바라보는 게 그때 내 삶의 찰나적 기쁨이었다.

그 나무를 오래 잊고 있었다. 그런데 내 집 마당에 심는다! 내가 길러서 꽃을 보게 될 나무다.

나무들은 자신의 자태와 특성으로 서로 어우러졌다. 달밤에 바라보니 작은 신神들이 지상에 내려온 듯 집이 그윽했다.

오륙 년 전 그렇게 우리 집으로 온 나무들이었다. 꽃사과나무는 삼 년 만에 꽃을 피웠다. 그 붉고 아름다운 봉오리와 투명하도록 환한 꽃을 보면, 몸이 먼저 웃었다.

가장 여리고 어린 나무는 쪽동백이었다. 어린아이 종아리같이 어설프고 가녀린 나무가 오 년이라는 세월을 견디고 자랐다. 그 과정을 옆에서 지켜봤다. 내가 심고, 물을 주고, 벌레를 잡아준 나무, 정성 들여 돌봐준 나무가 꽃을 피웠다.

옷장에서 가장 아끼는 옷을 꺼내 입고 단정하게 나무 곁에 선다.

오랜 기다림으로 너를 맞는다.
옷깃을 여미고
우주의 신비에 초대될 날을 손꼽아 기다리던 날들
드디어 그 시간이 왔다!

자세히 보니 긴 꽃대가 있고 그 끝마다 지름이 2센티미터쯤 되는 꽃이 스무 송이 정도 달려 있다. 길게 나온 암술 하나와 노란 털이 소복한 열 개쯤의 수술이 함께 있다. 꽃부리는 종 모양이고 끝은 다섯 갈래로 갈라져 있어서 마치 꽃잎이 다섯 장처럼 보이지만 통꽃이다. 잔털들이 오소소 소복하다.

오 년의 시간이 나무에 쌓이듯 내 안에도 쌓였다. 나는 이제 바쁘게 돌아가는 세상과는 조금 떨어져 여유를 가지고 살게 되었다. 무언가를 계속 하고 또 해야만 하는, 나도 모르게 붙은 내 안의 조바심과 긴장이라는 오랜 관성 위에 새로운 시간들이 쌓였다.

봄 저녁 별 할 일 없이 마당을 거닐거나 동네 한 바퀴를 도는 일이 깊은 충일감을 주는 일이 되었다. 내 몸을 느끼고, 내 주변의 자연을 느끼면서 걷는 시간. 그 시간은 그저 의미 없이 흘러가는 분주한 시간이 아니다. 서서히 느릿느릿 쌓여가는 시간의 층들. 이때 시간은 새로이 창조된다. 소모되고 사라져버리는 시간이 아니라 내 안에 쌓여 새로운 삶이 된다. 다른 시간을 살고 있는 것이다.

느티나무의 시간

"남은 삶에 더 이상 설레는 시간이 없겠지."

"사는 게 너무 지루해."

"뻔한 인생이 남아 있네. 내 아이들의 시간이나 바라봐야 할 나이가 되다니……"

사십 대 중반쯤 동료들이 하던 말이었다. 이제 뻔한 삶만 남았다고, 사는 게 더 이상 설레지 않는다고. 언제나 같은 시간, 지루한 시간만이 우리를 기다리고 있다고.

늘 미래를 향해 달려왔던 우리들은 세상이 던져준 삶의 중요한 의미들을 다 성취하고 나서는 무엇을 어떻게 살아야 할지 몰라 허둥댔다. 십 대 시절엔 좋은 대학엘 가야 했고, 이십 대엔 괜찮은 남자를 만나 성공적인 결혼을 해야 했다. 여자에게 가장 좋은 직업(?)이라는 교사직에 들어오기 위해 전력 투구를 하기도 했다. 내 주위 교사 친구들은 삼십 대엔 집을 장만하기 위해 애썼고, 사십 대엔 강남이나 목동에 괜찮은 아파트를 차지하기도 했다. 모범적이고 성실한 자식들은 골치 썩일 일은 하지 않았고, 남편들은 기업의 임원직으로 올라가 있거나 탄탄한 자기 일들을 하고 있었다.

더 이상 달려갈 미래가, 성취해야 할 삶의 목표가 사라진 사십 대 중반. 우리들은 어디에 서 있는지조차 가늠할 수 없는 이전투구의 한복판에 서 있는 자신을 발견하기도 하고, 단단한 발판인 줄 알았던 삶이 갑자기 모래밭처럼 스르르 무너지는 듯한 위기감에 시달리기도 했다. 무엇보다 허망했다.

더 이상 설렘이 사라진 시간. 무엇을 해도 뻔한 시간. 그런 시간을 수십 년 더 살아야 하는 건 일종의 형벌 같았다. 그래서였는지 방학이 되면 유난히 해외여행을 많이 갔다. 그 지루한 시간을 새롭게 해줄 것은 새로운 연애나 여행밖에 없다고 말하면서.

'시간이 새로워지지 않는 병'을 앓고 있는 한 소설가의 산문집을 돌려 읽으며 구구절절 공감하기도 했다.

"시간이 새로워지지 않는 병은 골수염, 관절염, 사지무력증, 심신황폐증, 언어의 발기불능증, 언어증발증 (……) 웬 짐승이 이를 갈며 울어대는 듯한 울음이 끝도 없이 들려오는 치매성 이명증과 (……) 폭양의 물가에서 풀을 뜯는 새카만 암염소의 하초를 향하여 바지를 까내리고 달려들 것만 같은 금수충동증 (……) 온갖 치매의 합병증과 병발증을 난만하게도 불러일으켜 놓았는데, 그해 여름 나는 그 모든 치매에 이끌리어 강진으로 떠들어왔다."[2]

소설가의 절망은 야단스러웠다. 과장되긴 했지만 많은 중년이 겪는 일일 것이었다.

나 또한 마찬가지였다. 젊음이 화려했던 것도 아닌데, 이제 중년의 시간을 지나고 있다. 노년에 대한 긍정적인 상상력도 가질 수 없었다. 삶은 그냥 주어진 궤도 속에서 굴러갈 것이고 나는 속수무책 그 시간 속에서 낡고 늙어갈 것이다. 그렇게 초조해지고 초라해졌다.

그런데 지금 나는 다른 시간을 살고 있다. 내가 만난 시간은 생기롭고 발랄하다. 단순하고 투명하다.

지난 시절 이십 년이나 한 자리에 서 있던 나무 한 그루를 발견할 애정 없이 내 일상을 살았다. 여기 아닌 다른 곳을 바라보고 꿈꾸며 그리워했다. 새로운 시간은 내가 있는 일상의 자리를 떠나야만 겨우 생겨났다.

일상을 견디다가 휴일이면 일상이 아닌 다른 곳, 다른 시간

2 《풍경과 상처》, 김훈, 문학동네 1994.

을 찾아 나섰다. 삶에서 뭔가 근사한 것, 그럴듯한 그 무엇을 찾았다. 그 다른 시간은 일상에 들어오면 다시 낡아지고 닳아져갔다. 그러니 늘 주말이나 방학을 기다렸다. 그때만 새로운 시간을 만들 수 있는 시간이 주어졌다. 그런 반복이었다. '지루함—견디기—일탈하기' 이 삼박자 속에서 점점 허무해져갔다.

일상의 사소하고 작은 것들을 견디어야 하는 그 무엇으로 생각하는 한, 삶은 지루할 수밖에 없을 것이다. 내 삶의 대부분을 차지하는 것이 일상이므로. 나는 일상의 모든 것들을 지루해하고 경멸하며 살았다. 밥하기 싫고, 청소하기 싫고, 직장 가기 싫고…….

그런데 지루한 반복이 아닌 그 무엇이 세상에 있던가? 해도 지겹게 떠오르고, 밥도 지겹게 먹고, 숨도 지겹게 쉰다. 지겹게 반복되지 않는 것은 도무지 진리의 자리에 꼽사리 낄 자격이 없다.

수백 평의 땅에 구십 평쯤 되는 거대한 골기와 집을 지은 앞집에서 수십 년, 백여 년 된 나무들을 옮겨다 심었다. 크레인과 덤프트럭에 실려 온 크고 아름다운 나무들은 굉장했다. 커다란 소나무와 동백, 매화, 팽나무, 회화나무…… 나무를 보면서 즐거워들 했다.

그러나 그 나무를 보면서 자신의 시간을 새롭게 탄생시킬 수 있을까? 나무의 시간과 나의 시간이 함께한 시간 없이도 가능할까?

시간이 새로워지려면 시간을 소비하는 게 아니라, 창조해야 한다. 꽃이 피고 지고를 계속하듯이 반복되는 일상을 몸으로 살아야 한다. 몸으로 살아낸 만큼 시간은 내 안에 쌓인다. 풀풀 날라 가는 시간이 아니라 쌓이는 시간이 된다.

마트에서 다 정리된 파를 가져다 쓰는 것과 내가 씨앗을 심고 가꿔서 자란 파를 밭에서 뽑아 흙을 털고 껍질을 까서 쓰는 것에는 다른 시간이 있다. 느리고 의미 없어 보이지만, 그 시간 속에 생생한 기쁨이 있다.

밭의 쪽파를 다 캤다. 뿌리에 흙이 잔뜩 달려 나온다. 흙을 털고 바구니에 담는다. 양지 바른 곳에 앉아 쪽파를 깐다. 흙 속에 묻혀 있던 흰 몸들이 하얗게 드러난다. 한 시간쯤 뿌리를 칼로 자르고 마른 잎이 붙은 껍질을 까고, 저린 무릎을 편다. 하늘이 푸르다.

쪽파를 흐르는 물에 담가 헹구니 우르르 흰 머리들이 음표같이 너울댄다. 물에 하얀 음표들이 떠다니며 지난겨울 내내 흙 속에서 있었던 이야기들을 도란거리는 것 같다.

이 시간들은 내 몸을 통해 축적되는 시간이다. 나를 늙은 느티나무처럼 만들어줄 시간이다.

비 오는 봄날 오후 가느다란 빗방울을 맞으며 밭에 씨를 뿌리고 흙을 돋울 때, 무언지 모를 기쁨이 내 안에 차오른다. 호미질을 하는 손을 통해 온몸으로 전해지는 부드러운 땅의 촉감, 얼굴과 손등을 간질이며 고요히 내리는 봄비, 나는 나를 잊는다. 다른 시간이다.

시간이 나무에 쌓이듯 내 안에도 쌓였다.

나는 이제 바쁘게 돌아가는 세상과는

조금 떨어져 여유를 가지고 살게 되었다.

우리가 공부하는 시간

시간이 되자 사람과 음식이 모였다. 잡채, 애호박전, 샐러드, 떡, 직접 빚은 왕만두, 삭힌 고추무침, 버섯 들깨탕, 굴비찜, 동치미…… 한쪽에서는 그릇과 수저가 나오고 한쪽에서는 음식을 담고, 포도주를 따르고, 또 다른 쪽에서는 불고기가 익어갔다. 마치 저절로 일어나듯 이 모든 과정이 자연스러웠다. 오 년 세월의 내공!

함께 나누는 밥과 음식이 따뜻하고 푸짐했다. 올해는 새로운 얼굴과 이웃도 함께했다. 오랜만에 명상으로 시작하니 온 방이 고요하다. 한 해를 회고하는 자리. 각자 자신이 선 자리에서의 일 년이라는 시간들이 불려 나왔다.

"음식물 쓰레기가 꽉 막혀 물이 빠지지 않는 싱크대 같았던 공부였는데, 뻥하고 뚫린 배수구처럼 시원한 공부로 바뀌었다"는 S의 말에 '아' 하는 감탄이 여기저기서 터진다. 결혼한 지 일 년이 좀 지난 그는 "요리하는 남자'다. 밥하고 설거지를 하면서 남자인 그가 일상의 구체적인 언어를 얻었다.

새로운 생명을 잉태하고 있는 R, 아픈 엄마를 위해 108배를 한다는 H, 학교에서 아이들과 일 년간 벼농사를 한 게 큰 공부가 되었다는 N, 올 한 해가 많이 힘들었던 G, 나날이 공부의 힘으로 잘 살아가고 있다는 P, 동해의 벌떡이는 물고기처럼 생기발랄한 J…… 모두의 한 해가 펼쳐진다.

작은 선물들이 오간다. 사과나무 묘목과 헝겊가방, 보랏빛 무릎 담요와 양모 양말, 털실로 짠 벙어리장갑, 새 도감圖鑑, 손편지, 면 방석. 시가 낭송되고 오카리나 연주가 울리고, 음악에 맞춰 춤도 추고…… 발그레 달아오른 행복한 웃음들, 따뜻한 마음들이 오고 간다.

'남산공부 모임'의 연말 겨울 축제의 풍경이다. 경주 남산 마을에 집을 짓고 난 다음 해인 2010년부터 몇몇 사람들과 함께 모여서 공부를 했다. 그 모임이 오 년이 되었다.

'내가 공부하는 이유는 일상의 삶을 온전하고 충만하게 살고 싶어서지요. 늘 반복되는, 때로는 지루하고 권태롭고 지리멸렬한 그 일상을 통해 자기 안의 빛을 창조하는 일, 그게 공부(일종의 수행)라고 생각해요. 이를테면 자연에 더욱 가까워지기, 농사짓기, 자신에게 정성 들인 밥 공양하기, 정원일 하기, 내가 사는 공간을 신성한 아름다움으로 가꾸기, 머리보다는 몸으로 살기, 지금 여기에 있기. 그러니 공부는 자신의 삶과 분리될 수 없는 거지요.'

공부 모임을 같이 하자고 J에게 청한 편지의 일부다. 내가 살아온 삶이 관념과 이상주의로 가득 찬 허공의 삶이라는 것을 깨닫고, 너무도 당연해서 물음조차 던지지 않았던 근원의 영역에 대한 새로운 배움을 시작하는 길에 함께할 동지를 찾는 일. 그것이 공부 모임을 시작한 동기였다.

그래서 공부 모임에서 중요하게 생각했던 것은 텍스트이기도 했지만 따뜻하고 정결한 공간을 만들고 밥을 나누는 일이기도 했다. 집이라는 공간에서 벌어지는 교감들이 텍스트와 함께 삶에 스며들기를, 그래서 각자의 일상이 바뀌는, 공부와 삶이 분리되지 않는 공부를 해보고 싶었다.

오 년간 한 달에 한 번 책을 읽고 글을 쓰고, 모여서 밥을 먹고 명상을 하고 시를 낭송했다. 깊이 들어주고 격려하며 자신과 서로를 알아갔다. 삼십 대에서 오십 대까지 고루 모였고 그림이나 목공예를 하는 예술인들도 있어 층이 다양했다. 경주뿐 아니라 포항, 진주, 상주 때로는 수원에서 오는 구성원들도 있었다.

2010년 공부 모임 시작 때의 기본 전제는 여성적이고 영성적인 것, 무엇보다 일상에 발 딛고 있는 공부를 한다는 것이었다. 사람들과 어떻게 공유하는 부분을 만들어낼 수 있을까를 주로 고민했던 시기이다.

2011년은 대안적 삶에 대한 관심이 중심에 있었다. 붓다의 삶과 죽음을 따라가 보았고, 신화 공부를 했다. 나카자와 신이치의 〈카이에 소바주〉 시리즈[1]와 엘리아데의《성과 속》[2] 등을 읽었다. 삶의 폭이 아주 확장되는 느낌, 새로운 개념들이 생겨나는 신선함이 있었다.

M선생의 '공부란 무엇인가'를 주제로 한 네 번의 강의는 공부 모임의 한 획을 그었다. 평생 공부 열심히 해야겠다는 시적詩的 고양이 이루어졌다. 그동안 몸으로 하는 공부, 삶과 분리되지 않는 공부 등으로 규정해온 공부의 개념이 '고귀한 인간 되기'라는, 말 그대로 고귀한 개념을 얻었다. 평생 '책상'과 '밥상'이 함께하는 삶(지성의 벼림과 몸의 벼림)에 대한 열정과 의지도 생겼다.

2012년 이후의 공부는 한 차원 높아졌다. 고전 읽기에 제대로 발을 들여놓기 시작했다. 강유원의《인문고전강의》[3]와 《역사고전강의》[4] 를 길잡이로 고전 텍스트들을 읽었다. 그러면서 자연스럽게 우리가 살고 있는 현재의 기반인 서양 근대사와 중국사를 공부했다. 역사 공부는 시간에 대한 감각, 감수성을 기르는 과정이기도 했다. 혼자 해도 될 공부를 왜 같이 했을까? 함께하는 공부는 무엇이 다를까?

함께 공부를 하면서 이런저런 변화를 겪었다. 우선 살면서

1 동아시아 2005. 2 한길사 1998. 3 라티오 2010. 4 라티오 2012.

그 어느 때보다 많은, 다양한 책을 읽었다. 일상을 새롭게 보기 위한 텍스트들을 찾고, 공부 모임에서 함께 읽을 책을 찾기 위해 도서관의 숱한 책들을 뒤졌다. 혼자 읽을 것이 아니니 공부 주제에 가장 적합한 텍스트를 찾아야 했다. 그 과정 자체가 공부가 됐다. 길잡이인 내가 텍스트를 완전히 이해해야 했기에 한 책을 서너 번씩 읽고 발제하는 과정은 깊고 끈질긴 공부였다. 대충 읽고 안다고 생각하던 예전의 버릇에서 벗어나는 과정이기도 했다.

밤에 열심히 텍스트를 읽고, 아침이면 뒷마당이 바라보이는 안방 창 앞에서 M과 함께 토론하고 배우고, 깨치는 시간이 몇 시간씩 계속됐다. 수 년 동안의 아침 공부는 삶의 지극한 기쁨이었다. 아침밥을 먹는 것을 잊을 만큼 치열하고 아름다운 시간들, 새롭게 전환한 삶의 의미를 더 깊이 이해하고 인식하는 시간들이었다.

이 시간들이 있어서 내 삶의 전환은 서서히 뿌리를 내렸다. 과거의 습관들을 바꾸고, 모르던 세계를 알게 되었다.

신화 공부를 하면서, '성聖과 속俗'이라는 개념을 얻으면서, 내가 남산마을에서 아침이나 저녁에 느끼는 신성한 느낌의 이유를 이해하게 되고, 어느 날 문득 늘 하던 설거지가 최초의 설거지인양 빛나는 이유 또한 알게 되었다. 그것은 일회적이거나 단순한 감상의 차원이 아니었다.

그건 인간의 오랜 습성이었다. "인간은 누구나 최초의 시간(신화적 시간)으로 돌아가고자 하는 갈망이 있다", "성스러운 것이 따로 있는 게 아니라 속이 곧 성스러움을 드러낸다".[5]

내가 느낀 것들이 인간이 지닌 종교성의 발현이라는 것을 알게 되면서 내 느낌과 경험에 신뢰가 생겼다.

농사를 지으면서 느끼는 기쁨 또한 그랬다. 흙을 만지고 농사를 짓는 일이 왜 기쁠까? 18세기 중농주의자들이나 농사를 자기 의식적으로 하는 사람들의 이야기에서 그 기쁨이 인간에게 내재해 있는 보편적 기쁨임을 알게 되기도 했다.

새로운 개념을 얻는 건 새로운 세계를 알게 되는 것이다. 나는 내 일상을 이해할 새 개념을 얻고, 그것으로 다시 일상을 바라보고 살아보면서, 그 개념이 확장되는 경험을 했다. 그건 인식과 실천이 함께 가는 일이라 온몸으로 희열에 차는 일이었다. 텍스트로 배우고, 배운 것을 일상에서 살아보고, 살면서 다시 배우고…… 이 반복적인 시간들이 새로운 삶을 든든하고 창조적으로 만들었다.

또한 실존적이고 문학, 심리적인 것들에 익숙했던 삶에 역사인식을 얻게 되면서 시간을 길게 보는 눈을 얻게 되었다. 상황 따라 일희일비하지 않는 자세를 얻은 것이다.

어디 써먹을 곳도 없는, 순수한 자기 기쁨으로 하는 공부였다. 그야말로 위기지학爲己之學이었다. 이런 공부의 과정이 없었

5 《성과 속》, 마르치아 엘리아데, 한길사 1998.

다면 새로운 삶은 초기의 설렘이 사라진 뒤 권태로워지거나 무의미에 시달릴 수도 있었을 것이다.

남산공부 모임을 위해 텍스트를 열심히 읽는 것 외에도 내가 했던 일들은 모임을 위해 밥을 올리는 일이었다. 붓다 공부를 하면서 자연스럽게 '밥 공양을 하고 싶다'는 마음이 우러났다. 정성스럽게 밥을 하여 남에게 대접을 한다는 건 내 삶에서 큰 변화다. 끝내 극복되지 않을 것 같았던, 밥의 고통스럽고도 힘겨운 역사의 무게를 떨치고 나는 즐겁게 한 끼의 밥을 올렸다. 밥을 하고 집을 공들여 가꾸면서 이 공간에서 우리들의 삶이 빛나는 순간들이 되기를 기대했다.

매달 마지막 토요일 저녁에 모여 밥을 먹고 공부하다 열한 시쯤 마치는 게 우리의 일정이었다. 하지만 언제나 헤어지는 시간은 새벽 한 시가 넘어서였다. 이야기하고 나눌 것들이 그만큼 많았다. 공부가 끝나도 갈 생각들을 하지 않았다. 진주에 사는 친구는 공부 모임을 위해 아예 남산마을에 셋집을 얻기도 했다. 한겨울이나 한여름 새벽에 헤어지며 길 위에 서서 또 한 달 열심히 살다가 다시 만나기를 기약했다. 남산 공부 모임은 각자에게 일종의 중심축이었다. 삶을 지탱해주고 격려하는. 서로 그리워하고 기다리는 시간이었다.

"매일 반복되는 지루하고 우울한 일상 속에서 나는 곧 먼지로 부서져 사라져버릴 것만 같을 때가 많다. 지겹다. 우울하다. 무기력하다. 신경질 난다. 미치겠다. 온갖 감정들이 와자지껄한 장터처럼 시끄럽게 드나들며 나를 부수어간다. 고통에 짓눌려 먼지로 사라지고 싶지 않다. 나는 살아 있으니 살아 있는 책임을 다하기 위해 공부를 하는 것 같다. 먼지로 바스러진 나를 다시 끌어모아 온전한 존재로 재생시키기 위해 나는 공부를 하고 있다. 나의 공부는 '지금 여기'와 '자기 자신'으로부터의 지칠 줄 모르는 도주를 멈추고, 있는 그대로를 받아들이는 연습인 셈이다."-G

"올해 나는 집을 단장했다. 원목으로 가구도 몇 가지 구입하고 광목천을 떠서 커튼도 세탁소 힘을 빌려 만들고 불필요한 물건들도 정리하고 나름대로 내가 머물고 싶은 공간을 만들기 위해 정성을 들였다. 그랬더니 집에 대한 애정이 생겼다. 정돈을 하는 일은 중요한 것 같다. 그래서 요즘은 집의 상태를 보며 내 마음을 돌아보곤 한다. 되도록 간소하고 단정하게 살려고 노력한다."-H

"'아, 나는 모르는 사람이구나'라는 깨침이 부끄럽다기보다는 얼마나 고맙고 가슴 벅찬 느낌인지…… 난 텍스트를 따라가기 바빴고 늘 소화불량으로 모임에 참석한 것 같다. 삶 속에서 얼마나 실천하며 스스로 달라졌는지에 대한 질문은 부끄럽기 그지없다. 이런 질문은 늘 내게 벅차다. 누군가에게 내보일 만큼 시선을 끄는 인생이 아니어도 좋다. 공부할 수 있으니 괜찮다. 그것으로 족하다. 겨울의 달빛과 여름의 별빛들, 존재를 흔들어놓던 M선생님의 강의, 정성스런 혜련 선생님의 밥상, 그리고 남산 집에서 비로소 귀한 존재가 되는 도반들을 기억한다." -P

"시간의 축적체인 나 자신을, 내 친구와 가족을, 내가 살고 있는 세상을 이해하기 위한, 제대로 보기 위한 공부가 역사 공부다. 돌아보니 공부 모임을 통해 고전의 깊은 의미들을 깨달아가는 데는 부족했지만 배운 것들은 많다. 선생님들과 구성원들의 삶을 통해 사람과 세상을 어떻게 바라봐야 할 것인지, 힘든 일을 어떻게 겪어야 할 것인지 알게 되었다. 공부 모임은 나를 함부로 내버리지 않고 고귀하게 여기도록, 성장할 수 있도록 해주는 스승이다." -R

"결혼이라는 큰일을 앞두니 괜히 짜증이 많이 났는데 '나에게 결혼이란 무엇인가'라는 글을 쓰면서 복잡한 마음을 조금이나마 들여다볼 수 있었다. 늦게 공부 모임에 합류해서 구성원들을 잘 알거나 그리 친한 것도 아닌데 나도 모르게 내 이야기를 털어놓게 된다. 아마도 남산 집이 주는 분위기가 그렇게 만든 게 아닌가 싶다. 어릴 때 외갓집에서 잠시 살았는데 이 집은 할머니가 사시던 집 분위기가 난다. 편안하고 고요하다." -N

"남산 공부 모임에는 일명 '나공'(나에게 공부란 무엇인가)을 쓰는 통과의례가 있었다. 지난 시간을 되돌아보고 내가 어떤 사람인 지를 가늠해볼 수 있는 소중한 시간이었다. 나를 다시 사랑할 수 있는 용기를 가질 수 있음에 행복했던, 그 느낌이 고스란히 살아 있다. (……) 올해는 새로운 수업 방식을 시도하면서 경험 을 통한 구체적인 정보를 담고 있는 책을 읽는 것이 어떤 힘을 갖는지 몸소 느꼈다." -S

"'자신에게 위패를 모셔라'라는 말씀은 큰 하늘이 울리는 듯 한 감동이다. 그 감동을 잊을 수가 없다. 고귀한 삶이란 무엇인 가? 내가 할 수 있는 고귀한 삶이란 '내 몸과 마음, 영혼에 좋 은 것을 채우고 싶다'는 것이다. 좋은 것이 과연 무엇일까? 의 문이 들기도 하고 설명하기도 힘들지만, 그래도 좋은 것이라고 말하고 싶다. 정말 공부를 하고 싶다. 껍데기로 하는 공부가 아 닌 진짜 공부를 하고 싶은 것이다. 깊은 산에 들꽃 하나가 피고 진다. 아무도 모르지만 그 들꽃은 할 일을 다 하고 갔다는 생각 을 한다. 그런 당연한 공부를 하고 싶다." -J

따로 또 같이

어떤 모임이 생기를 가지고 지속되는 기간은 한 삼 년이라고 한다. 남산 공부 모임은 비교적 오랜 시간 자기 생명을 가지고 갔지만, 모든 것에 생로병사가 있듯 쇠퇴기를 맞아 끝이 났다. 하지만 오 년의 시간 동안 쌓아온 서로에 대한 신뢰와 애정은 그 후의 삶으로 이어졌다.

일 년에 한 번 '겨울 축제'라는 형식으로 모여 서로 살아온 것을 나눈다. 음식을 나누고, 글을 나누고, 마음을 나눈다. 머지않은 미래에 이웃으로 함께 살아가기를 꿈꾼다. "밥 먹으러 와!" 하며 밥이 식지 않을 거리에 살면서, 격려하고 돌보아주는 삶을 살고 싶다.

어디 가서든 소수의 사람들과 연대하거나 함께 배우기를 청하는 나의 태도는 페미니즘이 선사한 선물이다. 연고 없는 경주에서 사람들을 찾아내고 설득하여 같이 밥 먹고 공부하며 삶의 의미를 묻고 생활을 나누어온 내 삶은 '여성주의적 공동체'의 역사에서 비롯된 것이다.

여성주의적 공동체를 경험한 것은 내 삶에서 아주 소중하고 특별한 경험이다. 삶의 가장 큰 동력이기도 했고, 여전히 살아 있는 동력이다. 당시 내가 속하거나 활동했던 공간은 대학원 여성학과와 '또 하나의 문화', 그리고 '한국여성민우회' 같은 단체와 '여성주의 소모임'이었다. 1990년대라는 시대 분위기 속에서 여성주의는 한창 자라나는 싱그러운 나무 같았다. 나무들이 모여 숲을 이루기도 했다.

여성학과에서 나는 여성학이라는 학문의 특수성이 갖는 공동체적 경험을 톡톡히 했다. 동기들의 도움이 없었다면 늦은 나이에 직업을 가지고 공부를 병행하기 힘들었을 것이다. 강의 시간표를 내 시간에 맞추어주고, 도서관에서 참고 도서를 찾아주고, 영어가 안 되어서 종합시험에 떨어져 재시험을 치르는 나를 어둑한 교정에서 기다려주었다. 세미나나 수업 때 학문적 언어도 없이 '상처받은 동물의 눈빛'으로 거의 반벙어리 수준으로 '어버버'거리는 나를 봐줬다.

연령과 경험의 차이가 다양했던 동기들은 싸우기도 잘하

고 협동도 잘했다. 방법론 수업의 공동작업 때에는 수업이 거의 부흥회였다. '잘난 내'가 '못난 여자들'의 문제를 해결해주겠다는 포부로 여성학과에 와서 실은 본인이 여성 문제의 종합세트였음을 깨달았다는 간증들이 터져 나왔다.

무엇보다 동기들 중 몇몇은 '못난 내'가 하는 '미워도 다시 한 번'식의 눈물 콧물 짜는, 지치지도 않고 계속 나오는 내 삶의 드라마를 듣고 또 들어주었다. 엄마가 되어주기도 하고 집이 되어주기도 했다. 후배들과 아이를 같이 길렀고, 함께 먹고 나누고 공부했다. 여성학과는 내게 새로운 삶의 공간이었다.

'또 하나의 문화'(이하 또문)는 여성학과와는 다른 느낌의 공간이었다. '또문'의 분위기는 많이 낯설었다. 자율적이고 자유로운 공간, 그러나 정情적이지 않은 공간, 친밀한 느낌을 갖기는 어려운 공간이었다. 너무도 '잘난 분'들이 모여 있었고, 말과 행동이 당당하고 거침없어 나처럼 자존감이 낮은 사람에게는 주눅이 드는 공간이기도 했다.

쭈뼛거리면서도 '또문'엘 들락거렸던 것은 '또문'의 주체들보다 '또문'을 찾아오는 사람들 때문이었을 것이다. 가부장제 사회에서 여성으로 살아가는 게 힘든, 다양한 관심과 욕구를 가진 여자들이 모여 각자 관심대로 이야기하고 놀고 공부하는 소모임이 좋았다. 직장인 소모임, 영화 소모임 등 여러 소모임이 있었는데 나는 '글쓰기 소모임'을 했다. 우리는 소설가 김형경의 집에서 한 달에 한 번 모여 하룻밤을 꼬박 새워가며 이야기하고 먹고 놀았다.

'또문'은 나같이 목마른 사람들에게 '제각각 알아서 마음껏 말하고 놀면서 뭔가 해보라'고 장을 펼쳐주는 품이 넓은 마당 같았다. 또문 캠프에서 공동체를 주제로 사람들과 토론하고, 그 시대만 해도 자신의 정체성을 사회적으로 커밍아웃하지 못했던 레즈비언들의 이야기를 들으면서 여자들이 만들어가는 삶에 대한 희망으로 설레었다.

여성민우회에서는 이혼 여성들과 '자조모임'을 했다. 서울과 군포에서 모였는데 군포에서 더 활발했다. 이혼 여성들과 이런저런 모임을 하고, 아픔을 나누고 아이 양육 문제를 의논하고, 밥 먹고 놀고 했다.

우리끼리 모여서 소모임을 한 것도 참 진한 경험이었다. 여성주의자들 중 심리학이나 영성에 관심을 가진 몇몇이 우리 집에서 모였는데, 그중 하나가 '꿈모임'이었다. 텍스트를 읽고 자신의 내면을 성찰하는 모임이었다. 다들 진지하고 정직하게 자신을 만나고 드러내곤 했다.

누구는 별거하고 있는 남편에 대한 꿈을 가져와서 자신이 얼마나 남편과 경쟁하고 있는지를 발견하기도 하고, 누구는 돌아가신 아버지에 대한 죄책감이 꿈을 통해 드러나고, 누구는 항상 집이 사라지거나 귀곡 산장처럼 되는 꿈으로 오랜 고아의식이 드러나기도 했다. 모임을 통해 자신이 가고자 하는 길을 모색한 것도 의미 있었다.

여기저기서 여성주의가 꽃처럼 피어나던 시대 분위기 속에서 서로 연대하고 나누고 공감하는 시간과 공간들, 방랑자와 구도자, 탐구자들…… 몸은 고달프고 힘들었지만 마음은 벅찬 시절이었다. 상처와 고통, 깨달음과 자유, 희열이 함께 반짝거리던 시절, 내 인생의 화양연화花樣年華였다.

그 경험은 지금의 나에게 그대로 연결되어 있다. 내 삶이 달라지면서 내 안의 페미니즘도 달라졌지만, 그리고 남자 대신 품었던 여자에 대한 환상도 깨지고, 영성공동체에 대한 꿈도 초라하게 무너졌지만, 환상이 깨지는 고통만큼이나 지혜도 얻었다. 여전히 나는 사람들과 함께 새로운 삶을 꿈꾸고 이루어가는 노력을 한다. 그것이 내 삶의 열정과 기쁨의 한 부분이다.

〈집으로〉[6]라는 영화가 생각난다. 그 영화의 흥행에는 현대인이 잃어버린 근원적 고향에 대한 그리움이 있었다. 누구나 그런 고향을 가슴 속에 묻고 산다. 내게도 그런 그리움이 있었다. 시골 외할머니에 대한 환상. 내가 언제든 가면 늙은 고목처럼 그 자리에 서서 날 따뜻하게 맞아줄 외할머니, 그런 할머니 한 분만 있다면 삶이 이토록 공허하지는 않을 거라고 생각했던 시절이 있었다. 그러나 영화를 보는 대부분

6 이정향 감독, 2002

의 사람이 그 할머니와 자신을 동일시하지 않는 것처럼 나 또한 그랬다.

그런데 언젠가부터 내가 그 할머니가 되지 않는 한, 그런 할머니는 없다는 깨달음 같은 것이 왔다.

영화 속 할머니는 벙어리였다. 입을 봉한 자연의 상징 같았다. 언제든 가서 필요한 것을 얻고, 언제든 버리고 떠나 와도 되는 말 못하는 존재. 그러나 지금 내가 되고자 하는 할머니는 '자기인식을 획득한 자연'과 같은 존재다. 착취당하고 대상화되는 무의식적 자연이 아니라 그 쓰라린 과정을 통해 오히려 자기탐험의 힘을 길러낸, 상처와 지혜를 동시에 품고 있는 존재다. '저 높은 곳'이 아니라 '저 낮은 곳'으로 하강하는, 내 생명과 세계의 신성성에 눈뜬 존재 말이다. 자연을 일상으로 바꿀 수도 있겠다. 이상주의적이고 관념적인 삶으로부터 일상으로 내려온다는 것은 일상의 의미를 새롭게 인식하고 살아가는 일이다.

'자기 인식과 자기 언어를 가진 자연지自然智'는 어쩌면 근대가 버린 것들에 대한 재발견의 자리가 될 지도 모르겠다. "나이테 없는 어른"들을 양산하는 "안락을 향한 전체주의"[7] 사회에서, 온몸에 나이테를 새겨 늙은 고목 같은 존재가 되기, 지친 누군가 와서 기대어 쉬면서 새로운 언어와 인식의 눈을 뜨는 공간 되기, 그런 사람과 공간이 하나 둘 늘어나기, 그게 지

7 《전체주의의 시대경험》, 후지타 쇼오조오, 창비 1998.

금 내가 그릴 수 있는 공동체에 대한 하나의 이미지이다. 내가 그린 존재가 되든 못 되든, 나는 이미 그 길로 들어서 있다.

오래된 것들은 아름답다

경주 불국사 아랫동네 구정동 고물상 뜰에는 온갖 낡고 헌 물건들이 모여 있다. 전국에서 날라 온 크고 작은 수백 개의 항아리, 옛 시골 부엌의 문짝, 한옥 띠살문, 집에서 뜯어낸 고재(古材)들, 낡은 엘피판, 녹 가득한 유기그릇들, 다듬이돌, 옛날 다리미, 대패, 구들장, 돌확, 옛 기와, 낡은 재봉틀, 궤짝…….

물건만 고물이 아니라 사람들도 고물이다. IMF 금융위기로 부도 맞아 술로 세월 보내다 고물상을 하게 된 예순 넘은 김 사장, 김 사장 주유소의 직원이었다가 이제는 고물 고치는 기술자가 된 '최가이버' 아저씨, 시골 동네 구석구석 다니며 고물 실어다 파는 임씨, 일 있을 때마다 따라나서서 몸을 쓰는 강씨, 모두 다 한물간 고물들이다.

세상 모든 고물들을 모아둔 것 같은 쓰레기더미 한편에, 낡아빠진 평상 펴놓고 술추렴들 한다. 옥수수 생막걸리에 밭에서 뚝뚝 따온 고추, 시골 빈집에서 주워온 항아리에 들어 있는 묵은 된장 찍어 거나하게 마신다.

언젠가부터 이 고물들 속에 나도 끼어들었다. 고물 놋사발에 따라주는 탁주 한 잔 마시고 고물들 틈에 끼어 있으면 문득 다른 세상이 보인다. 머리 곧추세우고 한없이 위로 오르고자 했을 때 보지 못한 것들, 품지 못한 것들이 편안하게 들어와 앉는다. 고물 속에 못 들어올 게 무에 있으랴.

석양이 들면 문득 고물들의 다른 시간이 드러난다. 이 고물들 세상에 둘도 없는 진수, 더 덜어낼 것 없는 정수精髓가 된다. 변재邊材는 썩어 사라져버리고 심재心材만 남은, 까칠하게 빛나는 나무들. 윤기 다 빠져 나가 오직 흙 자체로 굳어 있는 옹기. '늙음의 고요함'으로 빛나는 몸, 세상 헛폼, 헛발길질 다 버린 진지한 몸. 다른 아무것도 아닌 몸이 고스란히 드러난다.

그리하여 고물상은 갑자기 쓰레기더미 속 빛나는 생으로 환생還生한다. 세상 부러울 것 없는 고물들의 빛나는 공간이 된다. 고물이 되려면 진짜여야 한다. 가장 정예로운 것들이 썩지 않고 살아남아 석양빛에 반짝인다.

난 낡은 것, 오래된 것들을 좋아한다. 아니, 정확하게 말하면 끌린다. 좋아하는 것이 능동적이고 의지적인 것이라면 끌리는 것은 수동적이고 스스로 어찌해볼 수 없는 것이다.

끌림의 역사도 오래다. 어린 시절 쓰레기장에서 노는 것을 좋아했다. 하루 종일 희열에 차서 산더미 같은 쓰레기를 헤집고 그 속에서 보물들을 발견하는 기쁨에 시간 가는 줄 몰랐다. 내가 보물로 골라낸 것들은 머리카락이 다 빠지고 팔도 한 짝 없는 인형이라든가, 쓰고 버린 화장품 통이긴 했지만.

할머니의 궤짝을 들여다보는 일 또한 늘 설레는 일이었다. 할머니를 조르고 졸라서 궤의 놋 자물쇠가 열리고 그 안의 것들이 밖으로 나오는 모습을 보면 가슴이 울렁거렸다. 그 안에서 나오는 건 오래된 무명천이거나, 실, 반짇고리, 버선, 저고리, 할머니가 참빗으로 곱게 빗어 모아둔 머리카락 등이었다. 그것들이 풍기는 눅눅한 듯, 매캐한 듯한 냄새 또한 좋았다. 그 오래된 냄새는 무언가 알 수 없는 곳, 먼 곳으로 나를 데려가는 것 같았다.

오래된 목화솜을 타서 다시 만든 이불을 덮을 때 느끼는 아늑함은, 세상이 별로 편치 못했던 내게는 드문 안락함이기도 했다. 오래된 물건들이 주는 다사로움, 거리감 없는 친밀감, 편안함, 아늑함은 가보지 못한 어떤 다사로운 곳에 대한 무한한 상상력과 그리움을 가져다주었다.

새 물건은 정서가 깃들어 있지 않다. 그 물건이 지닌 자기만의 내력, 독특한 이야기, 어떤 표정이 없다.

이를테면 집에 있는 오래된 '개다리 밥상'은 자기만의 표정이 있다. 하도 낡아서 예전의 칠은 다 벗겨졌다. 한쪽 다리는 들려서 다리 밑을 덧붙여놓았다. 살짝 불구인 다리를 깨금발처럼 들고 있는 밥상, 그게 안타까워 굽을 대어준 누군가의 마음.

한쪽 다리를 덧붙여준 개다리 밥상을 볼 때마다 나는 왠지 모르게 모자란 것들, 부족한 것들에 대한 연민의 마음이 든다. 슬프고도 고적한 부드러움이 마음에 깃든다. 이름도 개다리 밥상, 흔하고 천한 밥상인데 그 '개다리'가 불구이기까지 한 이 물건의 삶에 대한 연민……

집 뒤편의 흙돌담은 집과 같이 오랜 세월을 건너왔다. 오랜 세월, 바람과 비와 햇빛에 바래 모든 불필요한 것들이 다 빠져나갔다. 그 담을 바라보는 내 가슴은 서늘하다. 얼마나 많은 바람과 비와 햇살이 그 몸을 뚫고 지나갔을까? 얼마나 오랜 시간 그 자리에 서 있었을까? 어떤 비바람의 요동도 그저 맞을 뿐인 저 온전한 받아들임, 숱한 세월의 부대낌 속에서 익혔을 단단한 고요함. 바라보고 있으면 내 안에서도 단단한 고요가 생겨난다. 군더더기 없는 정결한 마음이 싹튼다. 물질이 어떻게 정신으로 화化하는지 담은 묵묵히 보여준다.

오래된 유기그릇도 그렇다. 옆에 두고 있으면 온기가 느껴진다. 따뜻하고 은근한 기운이 있다. 금은 너무 번쩍이고, 은은 차가운데, 유기鍮器는 은은하다. 현대의 유기그릇도 좋지만 옛 유기가 더 좋다. 놋그릇을 주로 썼던 시절에 만들어낸 그릇은 현대의 세련된 유기보다 어수룩한 듯해 제맛이 난다. 물론 가격도 한몫한다. 현대 유기는 매우 고가高價다. 고물상에서 오래되고 낡은 유기그릇들을 싸게 구입해서 잘 닦는다. 닦는 품이 꽤나 들지만 녹이 슬어 못 쓸 것 같은 그릇이 닦을수록 은은히 반짝거리며 살아나는 맛은, 닦는 수고를 보상해주고도 남는다. 잘 닦아서 제 빛을 살려낸 그릇은 자기만의 오랜 역사를 담고 있어서 쓸수록 정이 간다.

집도 마찬가지다. 새 집에는 없는 것들이 낡고 헌 집에는 있다. 백 년 전쯤 산에서 베어 왔을 소나무들, 울퉁불퉁한 나무를 서까래로 한 집. 다듬어지지 않은 나무들은 자신들이 서 있던 산의 이야기를 전한다. 아마도 그 산에서 못생기고 잘 자라지 못했을 나무들, 굵고 씩씩한 나무들 사이에서 자라느라 구불구불 제 몸을 구부리며 해를 향해 얼굴을 열심히 내밀었을 나무들, 그 옆에 있었을 작은 관목들, 풀들, 가끔씩 숲의 고요를 깨고 '퀑퀑' 울어대던 장끼의 울음소리…… 집을 지을 때의 행복한 마음들도 떠오른다.

새벽달이 서쪽 하늘로 넘어간다. 빛바랜 아침 달은 모든 생生들이 다 빠져나간, 말갛고 가벼운 뼈 같다. 기름기 한 점 없는 해맑은 얼굴 같은 빛바랜 뼈. 물기 맑은 햇살에 깨끗하게 말라 바스러진 단풍잎 같기도 하다. 모든 것을 다 이루고 존재감도, 미련도 없이 제 길을 가는 존재.

어린 시절 혼자 잘 놀았다. 그런 내게 낮달은 뭔가 모를 서늘함으로 다가왔다. 뭐랄까, 슬픔과는 다르고 초연함과도 다른, 뭐라 규정하기 힘든 느낌. 다 바래 비어 있는데 그게 참 아름다웠다. 오래되고 낡은 것들에서 내가 느끼는 정서에는 그런 느낌이 있다. 비워서, 바래서 아름다워진 것.

씻기고 씻겨, 빛바랜 말간 뼈를 눈앞에 보는 것 같은 낮달을 좋아하는 것처럼 바래고 낡은 것들을 사랑한다. 내 삶이 낮달처럼, 정예로운 고물처럼 비우고, 바래어 돌아가기를 바란다. 그렇게 된다면 한 생이 참 아름다웠다고 말할 수 있을 것 같다.

농사 일기

2010년 6월 감자 캐기

떨어지는 빗방울을 맞으며 감자 몇 뿌리를 캔다. 땅속에서 하얀 살을 서로 맞대고 있던 둥글둥글한 몸들이 밝은 세상으로 나온다. 갓 땅속에서 나온, 속이 말갛게 보일 듯한 감자를 끓는 물에 찐다. 하얀 분이 파사삭 나오는 뜨거운 감자를 호호 불어가며 먹는다. 밖에는 비가 오고 있다.

문득 비 오는 날 감자를 캐, 쪄 먹는 이 일이 세상에서 가장 아름다운 일처럼 느껴진다. 감자는 비를 맞으며 캘 때 거의 예술의 경지에 이른다. 비를 맞아 촉촉해진 땅속에서 희고 둥근 알 감자들이 우르르 드러날 때, 그것을 만지는 손의 촉감과 경탄 어린 눈길, 그리고 그 풍경의 근원이 되어주는 안개 드리운 들과 산, 하늘. 이 모두가 어우러진 한 순간, 감자 캐는 노동은 예술의 차원으로 훌쩍 올라간다.

2012년 5월 풀 뽑기

아침 일찍 밭에서 풀을 뽑는다. 엊그제 계속 온 비로 거의 빛의 속도로 올라오는 풀들과 씨름한다. 수백수천 개의 씨가 소복이 떨어져, 그 자리에서 그대로 올라오는 싹들! 땅이 옻이 올라 온몸 근질이며 토해내는 듯한, 턱없이 작고 재재재재한 것들을 한꺼번에 호미로 죽 긁어낸다. 실보다 더 가는, 무수한 흰 뿌리가 햇빛에 몸을 드러내며 눕는다. 비릿한 살냄새. 수백, 수천의 생명이 한꺼번에 땅에서 뽑혀 나간다.

다 자라 질겨진 풀들은 제법 싸울 만한 대상이다. 잘 뽑히지도 않고 힘도 엄청 든다. 그러니 정당한 적수 같다. 그런데, 그냥 세숫대야로 씨앗을 화악 쏟아부은 듯한, 숱한 어린 풀들을 한번에 훑어낸 날은 온몸에 두드러기가 날 것 같다. 비릿한 살냄새가 하루 종일 따라다니는 듯 께름칙한 마음을 지우기 힘들다. 그래서 한 번의 호미질로 긁어낼 수 있는, 조그만 풀들은 그냥 두기로 한다. 어쩐지 그래야 할 것 같다. 농사는 생각처럼 단순하고 평화로운 일만은 아니다.

2013년 5월말 양파 수확

양파를 수확해 먹는다. 달콤 매콤한 싱그러운 맛. 작고 여린 몸으로 겨울을 나고, 희고 둥근 뿌리가 점점 커지다가 흙 위로 둥실 드러나면서 잎은 쓰러진다. 이제 양파를 수확할 때가 되었다는 말이다. 양파 껍질을 벗기면서 이 둥글고 흰 생명의 생리가 문득 신기하기만 하다. 노래인지 시인지 모를 것을 저절로 흥얼거린다.

작년 겨울 동짓달에 심은 양파.
겨울 내내 죽은 듯 침묵하더니
봄이 오자 살아 있는 기척을 냈다.
별스레 추웠던 지난겨울,
백리향도 죽고, 치자도 죽었다.
그런데 누렇게 떠버린 그 얼굴 그대로 살아났다!
흰 속살 켜켜로 시린 나이테 만들어냈다.
한 입 베어 물면 '아삭' 하는 싱그러운 소리로
맵고 단 겨울과 봄이 씹힌다, 통째로.

2014년 6월~7월 나누는 기쁨

"그거 좀 팔면 안 될까요?"

칠불암 갔다 내려오는 사람들이 걸음을 멈추고 밭을 구경하다가 허물없이 말한다.

내가 웃으며 대답한다.

"돈 받고 팔기에는 너무 귀하고요. 그냥 선물로 드릴 수는 있어요."

채소를 한 아름 안고, 입이 귀에 걸린 중년 남자가 하는 말.

"뭔가 어려운 말 같기도 하고, 심오한 말 같기도 하고…… 좌우간 감사합니다!"

저녁 산책을 하면서 밭의 야채들을 이웃들에게 전한다. 공사 중인 이웃과 비구니 스님들이 살고 있는 절, 동네 할머니, 연꽃 그리는 화가, 카레집을 하는 아라키…… 넘치게 나오는 채소들을 나눈다.

"이거 택배비나 나옵니까?"

언제나 내 택배를 접수하는 불국 우체국 접수원의 말이다. 몇 년째 보내고 있으니 내가 뭘 보내는지 대충 훤하다. 상추, 쑥갓, 케일, 근대, 아욱, 감자, 당근, 양파, 마늘, 오이, 토마토, 호박, 옥수수, 고추, 가지, 못난이 사과, 배추, 무 등등. 계절 따라 포장해 친지들에게 보낸다. 그래, 돈으로 치면 택배비도 안 나올지 모른다. 그런데, 나는 돈으로 계산되지 않는 무엇인가를 보내고 있다. 내가 창조하진 않았지만, 또 아주 창조하지 않았다고도 할 수 없는 창조물, 싱그러운 생명을 보낸다. 이 생명들을 보고 먹는 기쁨을 혼자 지니기엔 벅차다. 그래서 택배비도 안 나올(?) 작물들을 오늘도 또 보낸다. 그리고 괜히 뿌듯해한다.

농사는 내가 홀로 '짓는' 일이 아니다. 자연이 주는 순수 증여를 옆에서 조금 '거드는' 것일 뿐…… 내가 받은 풍성한 선물을 다른 사람과 나누는 즐거움이라니!

2015년 7월 밭 매기

밭의 무성한 풀들을 뽑는다. 시작은 미약했으나 끝은 창대했다. 고구마 순들 다 걷어 올리고, 여기저기 무성히 자란 풀들 뽑고, 콩밭의 잡초와 병든 콩들을 제거하고, 땅콩 밭에 무성한 풀들 또한 뽑아냈다. 비를 맞은 풀뿌리들이 흙을 잔뜩 머금고 있어 무겁다.

참 이상도 하지, 풀을 뽑다 보면, 땅을 만지다 보면 나는 사라진다. 그저 내가 땅이 되거나, 아무것도 아닌 것이 된다.

여름 저녁 밭을 매다가 눈을 들어 바라보는 남산의 풍경은 문득 낯설다. 내 존재가 새롭게 보이는 느낌이다. '아, 내가 지금 여기 이 땅에 속해 있구나.' 하는 안도감. 아주 오랫동안 갖지 못했던 낯선 안도감이다.

지리산을 내려올 때, 내 안에서 들렸던 소리 중 하나가 "지구에 폐나 끼치지 말고 살아"였다. 그 소리를 잊지 않았던 나는 내 먹을 것은 내가 지어 먹을 수 있기를 바랐다. 자급자족하는 삶. 이 시대에 자급자족이라니! 턱도 없는 말이지만, 그 한 실천으로 집 뒤에 이백 몇십 평 되는 땅을 구했다.

비닐 멀칭이나 농약은 물론 화학 비료를 주지 않고 작물을 길렀다. 땅을 망가뜨리거나 죽이는 일을 하고 싶지 않아서였다. 타 생명을 먹어야만 살아갈 수 있는 인간인 내가 할 수 있는 일 중 하나는 행복하게 산 생명을 먹는 일이고, 그 생명을 행복하게 기르는 일이기도 하다. 땅을 숨 쉬기 힘들게 하는 비닐 덮개 없이, 농약과 비료도 안 먹고 자란 작물들은 행복한 생명들이다. 내가 그 생명들을 건강하게 기르고, 행복하게 자란 생명을 먹는 일은 즐겁다.

철 따라 먹을거리들을 심다 보면 한 해에 사십여 가지를 심게 된다. 씨앗을 뿌리기도 하고 모종을 심기도 한다. 이백 평이 넘는 땅은 사실 혼자 농사짓기에는 벅찬 땅이다. 첫 해에는 옆집 아저씨가 작은 경운기로 밭을 갈아주었다. 그 다음 해부터는 M이 삽 하나로 큰 밭을 다 갈고 이랑을 만든다. 그러면 난 씨를 뿌리고, 김도 매고, 수확을 한다.

땅을 만지는 일에는 이상한 희열이 있다. 그 기쁨의 원천이 무엇인지는 아직도 잘 모르겠다. 다만 그 기쁨이 자연에서 온다는 것을 알 뿐이다. 촉촉한 비를 맞으며, 또는 산들바람, 따스한 햇살을 받으며 땅에 엎드려 있을 때, 기쁜 줄도 모르게 기쁘다. 시간이 가는 줄도 모른다. 호미질을 하다가 문득 바라보는 산과 하늘은 낯설다. 그 낯섦은 내가 지상에 존재하고 있다는 깊은 안도, 감사 같은 것이다.

흙을 만지고 작물을 돌보고 수확하는 일은 그 노동이 아무리 힘들어도 피곤하지가 않다. 피곤한 게 아니라 고단할 뿐이다. 지쳐서 툇마루에 쓰러져 누워서도 비시시 웃음이 나오는 이상한 충만감이 있다. 내 몸도 자연이고, 땅과 풀, 채소, 곡식들도 자연이다. 하늘도 바람도, 비나 햇살도 다 자연이다. 자연인 내가 자연에 속해 일하는 것, 내가 농사일에서 무의식적으로 느끼는 은밀하고 깊은 기쁨일 게다.

하늘이와 나

우리 집엔 '하늘'이라는 이름의 개가 있다. 하늘이는 하루 종일 마당에서 먹고 놀고 오줌 갈기고, 똥 싸고 자고 짖고 한다. 나비 한 마리가 날아가면 따라가다가 '폴랑' 허공으로 사라지면, 멍하니 나비가 날아간 방향을 바라보거나 여기저기 킁킁대며 냄새를 맡거나 자기가 정한 장소에다 오줌 누고 똥 누고 신나서 종종대며 돌아다닌다.

가끔은 요가처럼 고난도의 자세를 하고 몸을 털어대기도 하고 밭에 데려가면 어디선가 야성의 힘이 솟구쳐 나온 듯 미친 듯이 풀을 뜯어대다가 조용히 앉아 있곤 한다. 저물녘 황혼결에 어딘지 모를 곳을 바라보고 앉아 있는 하늘이의 뒷모습을 보면 마치 늙은 성자의 뒷모습에서 느껴질 법한 무심한 기운이 온몸을 감싸고 있다.

요즘 같은 봄이면 땅을 뚫고 나오는 싹들의 냄새를 맡기라도 하는지 킁킁대며 여기저기 흙을 긁어댄다. 쉬고 싶으면 자신이 좋아하는 장소, 이를테면 여름엔 서늘한 그늘이 지는 아궁이가 있는 낮은 흙바닥이나 뒷밭으로 나가는 쪽문 밑의 작은 공간이나, 신발장 아래 같은 자신에게 최대한 편한 장소(이런 장소를 찾아내는 데 거의 천재적이다)에 배를 좌악 대고 엎드려 세상에 더없이 편한 자세로 누워 있다.

그러다가도 지나가는 소리나 주변의 변화에 민감하게 반응해 번개같이 튀어 일어나 짖어대거나 뛰어다닌다. 늘어지게 누워 있다가도 "하늘아!" 하고 부르면 약간 옆으로 뛰는 듯이 앞으로 뛰는, 특유의 자세로 달려오는데 그 역동적인 몸의 움직임은 바람을 가르고 햇빛도 가를 만큼 강렬하고 아름답다. 솟구치는 생명력을 마주할 때 우리는 어찌해볼 수 없는 경탄과 아름다움에 자신을 잠시 잊는데, 바로 하늘이의 달려오는 몸이 그렇다! 그 '통 몸'의 튀어 오름이라니…… 쉼과 움직임 사이에 어떤 삐걱거림이나 부조화도 없다.

하늘이의 몸이 정교함의 극에 이를 때는 똥 눌 때다. 똥이 마려우면 킁킁 대면서 똥 눌 자리를 찾는다. 대충 아무 데나 누는 것이 아니라 자기 자리를 열심히 찾는다. 그리고 몸을 활처럼 둥글게 만다. 그 몸은 정말 똥(을 누기 위한 가장 정교한) 몸이다. 몸을 말아 활처럼 둥글린 등과 수축한 두 다리로 땅을 단단하게 짚는다. 힘을 준다. 온몸이 팽팽하게 긴장한다. 쑤욱 미끈한 똥이 나온다. 겨울엔 갓 나온 따뜻한 똥에서 모락모락 김이 올라온다.

하늘이의 '똥 폼'을 볼 때마다 나는 부러움과 감탄을 동시에 느낀다. 똥 한 번 누는데 저렇게 완벽한 조형미를 단 한 번의 실수도 없이 이룰 수 있다니! 나도 하늘이처럼 온몸을 활처럼 탄력 있게 만들어 시원하게 똥을 눠봤으면…… 늘 변비에 시달리거나 비실거리는 똥을 누거나 하는 나는 오직 부러울 따름인 하늘이의 '똥 폼'이다.

하늘이를 바라보고 있으면 '생명력'이라는 것이 무엇인지 저절로 알게 된다. 제 생명에 충만한 움직임, 어느 순간에도 자기 자신일 뿐인 그 단순하고도 질서 있는 아름다움에 저절로 끌려들게 된다. 정靜과 동動이 동시에 한 몸에서 튕겨 나올 듯이 팽팽하게 살아 있는 느낌이라고 할까. 그런 하늘이를 보고 있으면 '아…… 하늘이처럼 살고 싶다'는 생각이 절로 든다. 저렇게 근원적인 생명력 속에, 본원적 해탈의 평화 속에 살고 싶다.

그러나 하늘이와 나 사이에는 건널 수 없는 심연이 놓여 있다. 생명을 가진 나도 자연이지만 나는 결코 자연으로 살지 않는다. 나의 삶은 이미 언어적 삶이고 문명이다. 하늘이의 단순함은 언제나 도달하고픈 눈앞의 궁극처일 따름이다.

'저 작위 없는, 정예로운 단순성의 아름다움이라니!'

하늘이를 볼 때마다 내 몸엔 어떤 절실한 안타까움과 조바심이 일어난다. 하늘이가 지닌 '직접적 단순성'에 다다르고 싶은 갈망이다. 나는 어떤 경우에도 하늘이처럼 될 수가 없다. 언어를 쓰는 인간, 문명인인 나는 이미 생명 그 자체로 사는 하늘이가 될 수 없는 것이다.

인간인 내가 하늘이처럼 '자연'이 된다는 것은 무엇을 의미할까? 언어를 버리고 무지해지고 문명을 포기하는 것일까? 짐승처럼 살거나 모든 욕심을 버리고 산속에 들어가 가난하게 살면 그렇게 되는 것일까?

문명인 내가 하늘이 같은 천진한 단순성에 도달하려면, 역설적이게도 다시 문명을 통하는 수밖에 없다. 삶의 단순화는 고도로 세련된 문명적 행위를 통해서만 가능할 것이다. 언어를 통해 언어를 넘어서는 것이다. 유위有爲문명의 극점에서 부르는 희망의 노래가 무위無爲자연이다.

추사가 말년에 쓴 글씨는 마치 어린아이가 쓴 글자 같이 천진난만하다. 수많은 벼루와 붓을 닳아 없앤 희대의 명필이 다다른 최종점이 바로 모든 작위가 사라져버린 경지다. 어눌한 어린아이의 첫 붓놀림 같은 것이다. 그 어눌함은 평생의 수련으로 이룬 정예로운 작위, 지성의 힘이 문명적 세련을 하나하나 지워나감으로 도달한 것이다.

삶에서 수준 높은 자기절제와 수신修身으로 다다를 수 있는 정예로운 경지, 그것이 단순함의 세계다. 단순하고 소박한 삶의 이상은 지성으로 스스로를 벼리는 지난한 과정 끝에 문득 보이는 희망의 빛일 것이다. 그러나 그 궁극의 모습은 내 눈앞의 '하늘이'이고, 저기 느티나무 고목이고, 봄날 어여쁜 수선화이다. 나무 위에 앉아 있는 사랑스런 몸짓의 찌르레기이기도 하다. 내가 도달하고픈 궁극적 삶의 모델들이 내 눈앞에 가득하다.

내게 있는 모든 사회적 지위나 역할을 다 지워보자. 딸, 엄마, 파트너, 전직 교사, 페미니스트, 작가, 늙어가는 여자······ 그러면 내게 남는 건 무엇인가? 어떤 사회적 문명적 옷도 입지 않은 생명, 하늘이 같은 생명이 있을 것이다. 나는 이 생명력으로 가득 찬 삶을 살고 싶다. 많은 경우 사람들은 사회적 지위나 역할이 사라진 자신을 쓸모없는 존재라고 생각한다. 노년이 힘든 것 또한 사회적 쓸모가 사라진 자가 느끼는 고통 때문이기도 하다. 그러나 노년은 존재 그 자체, 자신의 생명과 만날 수 있는 시기이기도 하다.

마당을 통통거리며 돌아다니는 하늘이를 보거나 봄날 땅을 뚫고 솟아나는 작약 싹을 보고 있으면 내 몸 가득 평화롭고도 안타까운 그리움이 차오른다. 근원적 생명력에 대한 그리움이다.

나는 내 몸속 깊이(언어와 문명의 세련에 의해 덮여 있는) 걸림 없이 단순한, 약동하는 생명력을 느낀다. 추사의 글씨가 천근의 밀도로 단련된 붓의 힘으로 작위적 세련을 지워 어린아이다운 무위의 천진성으로 나아갔듯이, 나도 내 일상의 질서와 규율을 스스로 만들고 싶다. 쉼 없는 공부를 통한 농축된 지성으로 문명, 언어적 세련과 수식을 지워 근원적 생명의 질서와 만날 수 있기를 바란다. 그리하여 달밤에 피어난 함박꽃처럼 충만하길, 하늘이처럼 '통 몸'으로 뭇 존재들과 교감할 수 있기를!

하늘이의 단순함은

언제나 도달하고픈

눈앞의 궁극처일 따름이다.

당신에게 건네는 일상적 안부

이 이야기는 자기 탐험의 끝에서 '일상'에 도달한 사람의 이야기다. 집을 가꾸고 밥을 해 먹는 '아무것도 아닌' 일이 평생의 방황과 추구 끝에서야 가능해진, 한 여자의 이야기다.

숨 쉬고, 몸을 눕히고, 밥을 먹는 일.
비가 오고, 햇빛이 비치고, 바람이 부는 일.
평생 했지만 피해 가려고만 했던 것,
항상 곁에 있었지만 그 의미를 물어보지 않은 것.

이 글은 비로소 처음으로 본, 그 '아무것도 아닌' 세계에 대한 기록이다. 그 아무것도 아닌 세계가 어찌나 절절하고 그리운 것인지, 그토록 원했던 '스스로 충만해지는' 일인지에 대한 이야기이다. 그 세계를 만나 아홉 해를 넘긴 지금 이 순간에도 새롭게 깨닫고 있는 삶의 기록이다.

내가 말하는 집과 밥의 절실함은, 그것이 오랜 갈증과 방랑 뒤에 온 삶의 '고갱이'라는 데 있다. 삶의 의미가 '저 너머

나 밖'에 있지 않고, 밥 먹고 청소하고 빨래를 개고 동네를 한 바퀴 도는 평범한 일상 자체에 있다는 것. 그것이 자기다움이며 자기초월일 수조차 있다는 것을 몸으로 겪어가는 그 절실함 말이다.

돌아보니 지난 십 년이 오십 대를 통과해온 시간이었다. 어떻게 살아왔든 많은 사람들이 중년이 되면 자기 부정과 절망에 부딪힌다. 그 회의나 절망을 어떻게 살아가는가는 또 다른 이야기지만, 삶을 통합하려면 그동안 소외시켰던 부분을 살아가야 한다.

나는 가장 근원적인 것을 소외시켰다. 내게는 숨 쉬기처럼 당연한 일상이 없었다. 평생 밥을 먹었지만 '밥'이 없었고, 평생 몸을 지니고 살았지만 '몸'이 없었고, 평생 집에서 살았지만 '집'이 없었다.

온갖 관념의 세계를 헤맨 끝에 만난 게 '아무것도 아닌' 세계라는 역설. 그 역설이 지극히 개인적인 일일 뿐만 아니라 이 시대의 많은 사람들이 '함께' 겪는 모습일지도 모른다는 직관. 그런 것이 글을 시작하게 했다. 그러니 내가 쓰고자 하는 것은 관념에서 구체적인 일상으로 내려오는 '과정'이다. 그 과정에서 겪은 지루함과 고됨, 자신과의 싸움, 그러면서 조금씩 쌓여간 삶의 어떤 굳건함, 단순한 기쁨, 아름다움, 고요한 시간……. 그 일상의 즐거움이나 깨달음을 나누고 싶었다.

 만난 사람이 있다. M이다. 삶의 절실한 흐름이 인연을 가져다주었을까? 나는 그와 '따로-함께' 살며, 배운다. 그를 통해 나는 일상이 어떻게 성화聖化될 수 있는지 알게 되었다. 놀라운 삶의 경지를 한 존재의 삶을 통해 구체적으로 겪게 되었다. 독특하고 희귀한 경험이다.

 매일매일 밥하는, 반복적이고 때로는 괴로운 일이 지극한 아름다움이 되고, 하루 종일 나무를 다듬고 대패질을 하는 지루하기 짝이 없는 일이 어떻게 나비처럼 가볍고, 희열에 찬 일이 되는지 알게 되었다.

 지루한 일상이 빛이 되어가는 과정. 그 투명하고 가볍고 고귀한 세계를 들여다보고, 조금씩 따라 하다 보니 나 자신도 그렇게 닮아가는 시간들을 만났다. 내 이야기 도처에 그의 숨결과 흔적이 함께할 것이다. 내 언어와 그의 언어가 섞이고, 그의 생각을 내 생각인 양 빌려 오기도 할 것이다. 일부러 그러지는 않겠지만 삶의 흐름은 이미 은연중에 스며들어 있을 테니 말이다.

 사실 글을 쓰며 많이 망설였다. 내가 살고 있는 삶을 글로 쓸 수 있을까? 그저 몸으로 살아야 하고, 겪어야 되는 영역을 글로 쓴다는 것이 어떤 의미가 있을까? 제대로 전달되고 같이 공감할 수 있을까? 내가 쓰는 언어 또한 그렇다. 언제부턴가 많은 말들이 이 말이 저 말 같고 저 말이 이 말 같아졌다. 살아내지 않고 말로만 있는 공허한 말들에 대한 회의. 내 말이 그런 말 중 하나가 될까 걱정스럽기도 하다.

그런 망설임을 안고 쓴다. 가능한 구체적으로 쓰려고 한다. 무엇보다 정직하게 쓰려 한다. 언어에 빚지는 일이 없기를 감히 바라본다.

감사할 사람들이 있다. 이 년여 동안 글을 실어주고 정성스럽게 편집해 준 여성주의 저널 〈일다〉의 편집장 조이여울과 관심과 공감을 보내준 독자들에게 감사한다. 연재한 글을 책으로 엮는 과정에 글을 읽고 조언과 격려를 해준 친구들에게 감사한다. 언제 어디서나 빛을 발견하는 '카페 버스정류장'의 계해 씨, '철학하는 일상'을 살아가는 경신 씨, 특히 연재 때부터 보내주던 열렬한 지지를 탁월하고 세심한 조언으로 빼곡하게 마무리해준, 오랜 벗이자 균형 잡힌 상담가인 혜규에게 감사한다. 출근길 지하철에서 '시간을 견디다가' 우연히 이 글을 '발견'하고 책으로 엮어준 명민한 편집자 희선 씨에게 감사한다.

무엇보다 나의 한 시절을 절절하게 살았던 공간과 시간들에 감사한다. 나를 받아준 경주라는 땅, 남산마을, 백 년 된 나의 집, 이 오래된 깊은 공간들에 감사를 올린다. 그리고 그 공간을 함께하며 성장했던 〈남산 공부 모임〉 도반들에게 감사한다. 그 시간과 공간을 통해 나는 지금의 내가 되었다.

끝으로 다니던 직장을 그만두고 말없이 사라진 나를 궁금해하거나 원망했을 지인들에게 인사와 사과를 전한다. 삶의 지독한 허기와 갈증, 이를 해결하지 못하면 한 걸음도 더 못 나아갈 것 같은 두려움……내 허기와 갈증을 스스로도 이해하기 힘들었으므로 뭐라고 설명할 수가 없었다. '수행'을 하러 간다는 말도 못 하고 떠나서, 일상으로 돌아오기까지의 긴 시간들에 대해 안부를 전한다.

2019년 6월

김혜련